더 나은 삶을 위한 다섯 가지 원칙

더 파이브

더 나은 삶을 위한 다섯 가지 원칙

더 파이브

Luck

Decision

Ability

THE

5

Courage

Opportunity

김한송·민주란·최형숙·함해식
황성유·김수옥·김동아·김경희·김미예 공저

도서출판 더 로드
The Road Books

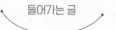
변화를 꿈꾸는
사람들에게

현대인들의 삶은 과거에 비해 훨씬 풍요로워졌다. 사회의 한 구성원으로서 누릴 수 있는 다양한 혜택도 많아졌다. 개인의 권리를 충분히 보상받을 수 있는 제도도 다양하다.

반면 '빨리빨리!' 구호에 맞춰 성과 중심의 경쟁 구도에 사로잡혀 있기도 하다. 지식과 정보를 공유하는 시대를 넘어 AI 인공지능을 활용할 수 있어야만 살아남는 시대가 되었다.

편리하고 부족함 없는 세상에 살면서도 개개인의 삶을 들여다보면 여전히 공허하고 외롭다. 늘 불안과 두려움으로 아슬아슬한 하루를 보내며 살고 있다. 왜일까? 멈춰서 나 자신과 소통하는 시간이 부족한 탓은 아닐까?

자기 계발 열풍이 불고 있는 시대다. 성장과 변화를 일구고 싶은 욕구가 갈수록 치열해지고 있다. 그만큼 누구나 좀 더 나은 삶을 살기 위한 바람을 갖고 산다. 하지만, 내 중심을 찾기보다 타인의 성공을 좇아가기에 바쁜 경우가 허다하다. 심리학자 매슬로의 욕구 이론 중 최종 목적지인 '자아실현의 욕구'를 실현하고 싶다는 갈망일지도 모르겠다.

나 또한 열심히 살면서도 늘 불안했다. 나만 뒤처지고 있다는 생각이 들면 조급해졌다. 나를 성장시키기 위해 어떤 노력을 기울여야 하는가에 대한 답을 외부에서 찾으려고만 했다. 그러면서 나 자신을 남들과 비교하며 끝도 없이 깎아내렸다. 자존감은 바닥이었다.

언젠가부터 '행복'이라는 키워드도 방향을 잃고 떠도는 돛단배처럼 의미를 상실해 버렸다. 왜 행복해지고 싶고, 어떻게 노력해야 성장할 수 있는지 깊이 고민하지 않았다.

타인의 시선에 내 삶의 주도권을 빼앗긴다면 아무리 좋은 자기 계발 프로그램을 공부해도 헛것이지 않겠는가. '나'를 찾기 위한 노력을 필사적으로 해야 했다.

25년 동안의 직장생활을 마무리했다. 교육자로 살아온 시간이 나를 성장하게 했고, 다양한 경험들은 자신감을 가질 수 있게 해 주었다. 단단해진 내공을 자산으로 내가 원하는 삶의 방향을 다시 찾고 싶었다. 하지만 생각보다 쉽지 않았다.

작가와 강사로 살고 싶은 막연한 바람만 가지고 있을 뿐 무엇부터 해야 할지 막막했다. 단순히 글을 쓰는 행위 자체가 좋아서 6년 전. 책 한 권 펴냈다. 그게 전부였고 끝이었다.

책도 읽지 않고 글도 쓰지 않았다. 완벽히 멈춰있었다. 그러면서 말로만 작가가 되겠다고 하는 내가 한심하게 느껴졌다. 진짜 작가가 되려면 어떻게 해야 할까. 나를 냉정하게 바라보기 시작했다.

성장하려면 성장할 수 있는 나만의 도구를 찾아야 했다. 그것은 내게 '책'이었다. 특히 자기 계발 서적들과 인문학, 철학책은 누구도 조언해줄 수 없는 인생의 방향을 제시해줬다. 내가 왜 변화하고 성장해야 하는지 깊게 생각할 수 있었다. 책은 어디까지나 책일 뿐. 당장 먹고사는데 무슨 도움이 되느냐고 반문하는 사람들도 있었다. 하지만, 나는 책 속에 답이 있음을 알아차렸다.

작가가 되고 싶다는 생각이 더 확고해졌다. 진짜 글쓰기를 만났다. 책을 펴내는 것도 중요하지만 작가의 본질을 잊지 않아야 함을 알게 되었다. 작가로서 살아간다는 것은 매일 글을 쓰는 것! 그것뿐이었다.

단순한 그 원칙이 성장의 기본 발판임을 서서히 깨닫기 시작했다. 그때부터 매일 글을 썼다. 먼저 일기부터 썼다. 정해진 분량을 꾸역꾸역 써 내려갔다.

난생처음 '블로그'라는 나만의 글 쓰는 공간을 만들었다. 1년 넘게 꾸준히 기록하고 있다. 매일 쓴 내 글을 읽어볼 때마다 한 땀 한 땀 나의 노력이 보였다.

'아 이렇게 내가 조금씩 달라지고 있는 것이 변화의 시작이구나' 가슴이 뛰었다.

내가 성장한 만큼 변화된 삶을 살 수 있다는 말을 처음엔 믿지 않았다. 벼락치기 공부하듯 뚝딱 글을 쓰면 작가가 될 수 있고, 인터넷에 나와 있는 자료들을 짜 맞추면 뚝딱 강의안을 만들 수 있다고 생각했다. 하지만, 매일 내가 해야 할 일을 반복적으로 꾸준히 하는 것! 그것이 변화의 시작임을 받아들였다.

스스로 할 수 있다고 믿는 사람은 움직이고 도전한다. 실패해도 오히려 그 경험을 디딤돌로 삼는다. 도전하는 과정에서 오는 한계 때문에 낙담하거나 물러서지 않는다.

'존 맥스웰'은 자신의 저서 《사람은 무엇으로 성장하는가》에서 "인생은 가능성의 씨앗들을 심어놓은 기름진 땅이다."라고 말했다. 진짜 변화를 꿈꾸는 사람들은 강한 신념이 있기에 끊임없이 성장하려고 노력한다. 방해 요소가 있을 때도 좌절하지 않고 자신의 무한한 가능성을 찾아 반드시 해낸다는 집념으로 부딪힌다.

성공한 사람의 대부분은 변화하기 위해 기꺼이 실패를 두려워하지 않았다. 실패를 '문제'로 보지 않고 더 나은 방법과 길을 찾기 위한 절호의 기회로 받아들인 용기 덕분일 것이다.

변화는 저절로 오지 않는다. 반드시 성장통을 겪어야 한다. 어떤 분야에서든 우뚝 서서 그 자리를 지키는 사람을 보면서 부럽다는 생각에 그치면 결코 변화할 수 없다. 치열하게 사는 사람들의 노력이나 수고를 따라 해 보고 나만의 방법을 찾아 매일 성장하기로 마음먹어야 한다. 헤르만 헤세는 우리가 변화시킬 수 있고 변화시켜야만 하는 대상은 우리 자신뿐이라고 말했다.

나는 나에게 수시로 질문을 던진다. '오늘은 어제의 나보다 더 나은 내가 되었을까?'

매일 성장할 수 있다면 완벽히 다른 삶을 살 수 있음을 믿는다. 다른 삶이란 어제의 내 생각과 오늘의 생각이 완전히 달라짐을 의미한다. 변화된 삶은 진정한 풍요와 만날 수 있다고 나는 확신한다. 변화된 내 모습으로 타인을 도울 수 있는 인생. 얼마나 멋진 삶인가.

오늘도 예외 없이 나는 책을 편다.

작가 김한송

차례

Part 2
기회 · Opportunity

Part 3
용기 · Courage

Part 4

결단 · Decision

Part 5

능력 · Ability

더 파이브

Part 1
운 · Luck

THE 5 LOCDA

1

가슴에 새겨진
인생 컷

김한송

2016년 6월. 캐나다로 향하는 비행기에 몸을 실었다. 비행기를 타 본 적은 제주도로 신혼여행을 갔을 때가 전부다. 바쁘게 살았다. 가까운 이웃 나라조차 가 본 적 없었다. 그런 내가 '캐나다'라니. 그저 놀랍다. 7박 9일 일정으로 떠나는 북미 여행. 집도 직장도 이렇게 오래도록 떠나 본 적은 처음이다. '이건 대박 행운이야 안 가면 무조건 손해지!' 누가 뭐라 하지도 않았는데 혼자 여행 가는 게 가족들에게 미안한 생각이 들었다. 비행기가 이륙하는 순간 기분이 묘했다.

첫 도착지 토론토 공항까지 열두 시간이 넘게 걸렸다. 비좁은

좌석에서 긴 시간 가려니 답답하기도 하고 괜히 왔나 하는 생각이 들었다.

'와 사람들은 이렇게 긴 시간 동안 어떻게 여행하고 다니지?'

내 눈엔 모든 게 신기했다. 기내식으로 먹는 식사는 왜 이리도 느끼한지. 겨우 몇 시간인데 김치 생각이 간절했다. 본격적인 여행은 하지도 않았는데 장시간 비행기 타니 힘들게만 느껴졌다. 토론토에서 다시 캘거리 공항으로 이동했다. 대륙이 넓다는 게 실감 났다. 시차 때문에 다른 사람은 이동하는 차에서 계속 잠을 청하기 바빴지만, 나는 광활한 땅을 넋 놓고 바라봤다. 끝도 없이 펼쳐진 휑한 들판이 이렇게나 넓어도 되나 싶을 정도다. 우리나라의 몇 배나 될지 가늠조차 어렵다.

단체 여행인 만큼 가이드를 잘 따라다니기만 하면 불편할 일은 없었다. 관광버스는 굽이굽이 돌아 높은 곳으로 한참을 올랐다. 차에서 내려 사람들이 모여 있는 곳으로 다가갔다. '우와!' 나도 모르게 탄성이 나왔다. 아찔하게 내려다보이는 깊은 계곡에 맑은 하늘이 투명하게 비친다. 그 웅장함에 압도되어 입이 다물어지지 않았다. 형언할 수 없다는 말이 이런 말이구나 느낄 수 있는 순간이었다. 흐린 날이 많아 1년에 며칠이나 볼까 말까 한 경치를 볼 수 있었으니 우리는 정말 운이 좋았다. 멀리서 왔다고 날씨가 반겨주었을까. 떠나온 지 사흘째. 힘듦을 자처하고 그 먼 곳을 달려오는 이유를 비로소 느낄 수 있었다.

여행 중간쯤 "나이아가라 폭포"를 갔다. 캐나다와 미국 국경 사이에 있는 대폭포라고 가이드가 설명했다. TV에서 자주 등장했던 폭포였는데 막상 두 눈으로 직접 보니 자연이 이렇게까지 위대하구나. 새삼 실감 났다. 멀리서만 봐도 신기하고 아찔했다. 대도시 가운데 이런 자연경관이 펼쳐져 있다니. 우리 일행은 비닐 옷을 입고 배를 탔다. 폭포 가까이 다다르니 무서움이 엄습했다. 끝없이 깊은 계곡 속으로 굵고 하얀 물줄기가 힘차게 쏟아져 내렸다. 위대한 자연 속에 있으니 저절로 숙연한 마음이 들었다. 가슴이 탁 트였다. 사소한 일 하나에 마음 뺏기며 살았던 내가 무척 작게 느껴졌다. 역시나 경험은 참 중요하다는 생각이 들었다. 이런 행운을 놓칠 뻔했다니.

어린이집 교사로, 원장으로 일한 지 20년. 나는 일벌레였다. 지자체마다 보육 시설의 교직원들 사기 충족을 위해 다양한 혜택이 있었다. 연차휴가는커녕 방학조차 자유롭게 쉬기 어려운 어린이집 교직원들을 위한 배려였다. 우수교사를 추천해서 하루 휴가를 주고 에버랜드를 갈 수 있는 지원을 하기도 했고, 약간의 본인 비용을 부담하기만 하면 동남아시아 해외연수를 보내주기도 했다. 그런데, 우리 어린이집 교사들은 한 번도 신청하지 않았다. 자리를 비우면 동료들에게 미안하기에 그렇겠지 생각했다. 그런데 생각해 보니 원장인 내가 먼저 연수를 가지 않으니 교사들은 내 눈치가 보여 말도 못 꺼내지 않았을까. 교사들도 나도 아파도 쉬지 못했다. 내가 없으면 원에 큰일 날 것처럼 아이들과 함께했다. 집 안의 특별한 경조사가 아니면 하루 휴가는 우리에게 사치였다.

"선생님 스승의 날 행사로 교사 힐링캠프가 있더라. 반 걱정은 하지 말고 다녀와 알았지?"

"원장님도 항상 원 신경 쓰시고 일하시는데 제가 어떻게 가요. 말씀만이라도 힘이 됩니다. 감사해요. 다음 기회에 모두 같이 가요"

연수에 참석할 교사 명단에 매번 우리 원만 신청자가 없었다. 자기 반 아이들이 눈에 걸려서 어떻게 가느냐는 것이다. 내심 그렇게 말해주는 교사들이 고마웠다. 그때까지만 해도 나는 일이 최우선이었다. 자리를 비운 사이 무슨 일이라도 생기면 어쩌나 노심초사 염려하며 원을 지켰다. 아주 중요한 회의나 교육이 아니면 자리를 비우지 않는 것이 나의 원칙이었다. 바쁜 신학기가 지나고 5월 무렵. 원장 회의에 참석했다. 해외연수 이야기가 안건이었다. 각 원의 일정을 고려해서 다양한 의견을 수렴하고 회의를 진행했다. 6월 초에 일정을 잡았다고 했다. 구청에서 보육업무에 지친 원장들을 위한 연수였다. 비용의 절반을 해당 구청에서 지원해주는 엄청난 지원이었다. 대부분 한두 차례 다녀온 경험이 있었다. 공식적인 연수였지만, 선뜻 결정하기 어려웠다. 고민 끝에 회사에 보고했더니 흔쾌히 승낙해줬다. 해외여행은 한가할 때 여유가 생기면 가는 것이라고만 생각했다. 내 인생에서 이런 행운이 찾아오다니.

열심히 살고 볼 일이다.

별이 쏟아지는 하늘을 올려다보며 아버지를 그리워했던 여고 시절. 청명한 남색 하늘에 은색으로 반짝이는 별들을 바라보고 있는 것만으로 기분이 좋았다. 그때는 자연이 위대하다는 생각은 미처 하지 못했다. 가슴속에서 뭔가 터져 나올 것만 같은 마음을 다 받아 주던 밤하늘의 풍경은 나의 마음 지기였다. 바쁜 일상 속에 동심은 사라져 가지만, 다시금 추억을 되살려보는 지금이 있어 행복하다. 드넓은 자연을 품을 수 있는 운도 잘 살아온 대가다. 살면서 옹졸한 마음 들 때마다 내가 본 대자연을 떠올린다. 시야를 멀리 바라볼 줄 알아야 서두르지 않는 인생을 살 수 있음을 알았다.

잠시 멈춰 바라보는 시간! 가져볼 만하다.

2

운은 언제나
노력의 끝에서

민주란

운이 좋았다. 치열한 경쟁을 뚫고 합격했다. 대한항공 승무원 공채 시험. 신문에서 모집 공고를 보고 본사에 신청하러 갔다. 모집 서류를 나눠 주었다. 증명사진을 찍고 서류를 작성해서 제출하는데 온 가족이 출동했다. 엄마는 증명사진 찍을 때 입을 옷을 사 주셨다. 여동생은 신청서에 필요한 서류를 준비해 주었다. 아버지께서는 학업에 힘쓰길 원하셨지만, 말리지는 않으셨다. 누나가 승무원이 되면 전 세계를 다닐 수 있겠다며, 남동생은 부러워했다.

필기시험도 치르고 면접도 여러 차례 봤다. 시험장에는 매번 많은 사람이 몰려들었다. 항공 승무원이라는 직업의 인기를 실감했다. 영어시험은 필수였다. 대학 편입할 때 열심히 공부했던 영어가 도움이 되었다. 면접도 여러 번 봤는데, 할 때마다 예상 질문과 답변을 준비하고 연습했었다. 이미 승무원이 된 주변 사람들을 찾아가 도움을 청하기도 했다. 시험과 면접이 끝날 때마다 인원이 쑥쑥 줄어들었다. 최종 합격 인원은 50명이었다.

신체검사에서 딱 걸렸다. 헤모글로빈 수치가 너무 낮았다. 한 달 반 안에 높이지 않으면 합격 취소가 될 수 있다고 했다. 기가 막혔다. 몇 달에 걸쳐 시험도 면접도 전부 통과했는데, 건강 문제로 발목이 잡히다니. 어릴 적부터 워낙 건강이 약해서 골골대며 자라긴 했지만, 중고등학생이 되면서 운동도 하고 많이 좋아졌던 터였다. 그래도 앉아 있다가 갑자기 일어나면 머리가 핑 도는 때가 많았다.

브로콜리 프로젝트. 이때부터 엄마는 뉴코아 백화점에서 브로콜리를 사다 나르기 시작하셨다. 빈혈에 좋다는 비타민도 준비하셨다. 생간도 사 오셨다. 구어서도 먹기 힘들었던 소고기 간을 생으로 먹으라고 식사 때마다 참기름을 뿌려 다른 어떤 반찬보다 먼저 먹게 하셨다. 열흘에 한 번꼴로 피검사도 하러 갔다. 수치가 올랐는지 확인했다.

다른 합격자들은 기쁨을 누리고 있을 때 나는 시험 준비를 하던 때보다 더 철저히 하루를 살았다. 마지막 피검사를 했다. 본사에서 바로 결과를 알려주었다. 합격!

5년 전, 한국에서 마리가 전화를 걸어왔다. 둘째 딸 켈리의 친구다. 켈리가 5살 때 '워싱턴주 타코마'에 있는 몬테소리 학교에서 만났던 한 살 많은 아이다. 승무원이 되고 싶은데 어떻게 준비했는지, 또 시험은 무슨 공부를 하며 준비했는지 물어왔다. 고등학생 때를 떠올렸다. 고1 때 전라남도 이리(현재는 익산)에서 서울로 올라왔다. 학군이 가장 세다는 강남 반포로 이사를 왔었는데 전학을 할 수 없었다. 집 근처에 세화여고가 있었다. 하지만, 지방에서 오는 학생들은 순번에서 밀렸다. 어쩔 수 없이 외할머니가 살고 계신 아현동 주소를 옮겼다. 여동생은 상명여중, 나는 신광여고를 다니기 시작했다. 5분에서 10분이면 갈 학교를 버스 타고 몇십 분을 가야 했다. 운이 되게 없다고 생각했다. 억울했다. 차별을 받는 것 같아서 화도 났다.

매일 버스를 타고 다니면서 멀미에 시달렸다. 이리에서는 걸어 다니거나 자전거를 타고 다녔다. 반포에서 남영동 가는 버스는 잠수 대교를 지난다. 버스는 항상 만원이었다. 흔들리는 버스를 30~40분 타고 내리면 종일 머리가 어지러웠다. 밤에 잠자리에 들어서도 온몸이 흔들리고 가위도 자주 눌렸다.

원망만 하고 있을 수는 없었다. 공부할 시간을 아껴야 했다. 영어 단어를 외우기 시작했다. 흔들리는 버스에서는 가방을 들고 있는 것만으로도 힘겨웠다. 작은 노트에 단어를 적어놓고 내릴 때까지 계속해서 외웠다.

지원한 대학에서 떨어졌다. 운이 없다고 생각했다. 절대 재수는 시키지 않을 거라고 하셨다. 단식 투쟁까지 해 보았지만 결국은 인하 공전 관광학과에 입학할 수밖에 없었다. 2년제 대학에 들어갔지만 만족할 수 없었다. 허송세월 보낸 적도 있다. 새벽반 영어 공부를 시작했다. 아침 6시, 종로 파고다학원에 영어 수업 등록을 하고 꾸준히 다녔다. 모든 희망이 사라진 듯했다. 더구나 아버지께서 대학 1년 동안은 통금시간을 저녁 7시로 정하기까지 하셨다. 딸 걱정이 보통 아니셨다. 다른 짐작을 해 보자면, 원하는 학교가 아니라서 혹시라도 낙담하고 공부를 멀리할까 봐 미리 선을 그으셨던 것이리라. 하지만 가만히 있을 순 없었다. 학원 다니며 공부에 재미도 느끼고 고등학교 때보다 더 열심히 공부했던 것 같다.

캐나다 밴쿠버로 유학하러 갔을 때 영어 공부를 치열하게 했던 기억이 있다. 영어로 수업 듣고, 대화하고, 토론하려니 쉽지 않았다. 강의 내용을 잘 못 알아들을까 봐 리코더를 들고 다니며 녹음했다. 같은 수업을 쉬지 않고 반복해서 들었다.

"엄마, 드디어 꿈을 영어로 꿨어요."

리포트 쓰기가 가장 어려웠다. 학과 성적에서 리포트 비중이 가장 크다. 작문 공부는 시간이 필요했다. 책을 읽고 꾸준히 단어를 외우고 메모했다. 수업 들으며 노트 정리도 꼼꼼히 했다. 야간

대학 작문 수업도 따로 들었다. 정규 수업 후 저녁에 하는 수업이라 졸음과 싸워야 했다. 첫 학기는 엉망이었다. 영어 공부는 했어도 작문은 생각보다 늘지 않았다. 스트레스 때문에 밤마다 F 학점받는 악몽에 시달리기도 했다. 학년이 끝나면서 그렇게 원하던 A 학점을 받았다. 노력한 결과는 반드시 온다.

마리 덕분에 지난날을 떠올려 보았다. 원하는 대학에 가지 못했던 것은 지독히 운이 없었기 때문이 아니라, 실력이 모자란 탓이었다. 서울 생활 적응한다는 핑계로 공부를 제대로 하지 않았다. 실력을 키우고 자라게 할 만큼 독하지 못했다. 대한항공에 입사했을 때는, 반면 행운이라고 생각했다. 유학 가서 공부하던 때도 노력은 배신하지 않는다는 것을 알았다.

매 순간 나를 '그 자리'에 있게 한 것은 무엇일까? 매일 허투루 보내지 않고 편입을 목적으로 공부하고 최선을 다했던 나의 노력이 씨가 되었다. 혼자서 이루었던 일도 없었던 것 같다. 부모님의 보살핌도 온 가족의 염려도 나에게는 행운이고 도움이었다.

마리에게 조언해 주었다. 그리고 나 자신에게도. 어떤 일에 도전할 때는 요령과 방법을 배우는 것도 중요하지만, 무엇보다 지극한 노력과 최선을 다하는 자세가 중요하다. 꾸준히 노력하는 사람에게 성취할 자격이 주어진다. 운은 언제나 노력 뒤에 따라온다.

오늘의 나는, 무엇을 위해 어디를 향해 '노력'하고 있는가.

3

넘어진 자리에서 얻은
강사 직업

최형숙

우울증에서 벗어나기 위해 했던 공부가 나를 강사라는 직업의 세계로 이끌었다. 행운의 아이콘이 되었다.

1998년 11월. 남편은 13년 다녔던 회사를 가지 않았다.

"자기야 월차 냈어?" "응"

이튿날, "자기야 연차 냈어?" "응"

일주일 후 "자기야 사표 냈어?" "응"

남편을 쳐다봤다. 아무 일 없다는 듯 텔레비전 보고 있는 사람. '당신은 속 편해서 좋겠다.'

2살 된 딸 연수를 포대기에 업고 밖으로 나왔다. 눈이 내린 사택 마당은 눈 밟는 소리와 뒤에서 신나서 소리 지르는 연수의 함성뿐이다.

'이 사택에서 언제 나가야 하지?'

'애들도 어린데 어쩌자고 한마디 상의도 없이 사표는 낸 거지?'

발밑에 걸린 돌멩이를 냅다 뻥 찼다. 순간 발가락이 아리다. 큰 돌멩이에 화 풀려다 아파서 주저앉는 바보인 나다. 아이들과 전세 계약도 다 끝나지 않은 시내 아파트로 이 겨울에 이사를 어떻게 한단 말인가? 머릿속에 실타래가 시작과 끝도 없이 더 얽혀 간다.

돌아서서 집으로 들어가려는 순간 남편이 현관문을 열고 나온다. 눈이 마주쳤다.

'그래, 가장인데 얼마나 많은 생각을 하고 사표 냈겠어. 자신이 제일 많이 생각하고 사표 냈겠지.'

"자기야. 사표 내고 말도 못 하고 많이 힘들었지? 우리 여행 갈까? 당신 한 회사에 13년 다녔으면 1년에 일주일씩 해도 몇 달은 다닐 수 있어. 갔다 와서 생각하자."

우리는 그날 밤 아이들 옷, 딸 젖병 소독할 냄비. 부르스타. 아이스박스에 김치. 라면 한 상자를 챙겨 엑센트에 싣고 무조건 떠났다. 다니다가 좋으면 들어가고, 맛있는 식당 있으면 밥 먹고, 재미있어 보이면 즐겼다. 해를 넘겨 두 달을 여행했다. 명예퇴직 후 받은 1년 치 월급은 꽤 많이 여행 다니며 써 버렸다.

1년 후, 남편은 카센터를 차렸다. 하루에 펑크 수리 한 대 없는 날도 많았다. 정비기사는 충주에서 제일 비싼 사람이다. 앉아서 매일, 매달 돈 까먹는 재미에 눈이 돌아갔다. 주위 사람들은 말렸다. 퇴직금 다 날리지 말고 빨리 끝내라고.

대장은 매일 새벽 일어나 카센터 광고지를 아파트 단지 자동차에 붙이고 다녔다. 나는 차 고치러 오는 손님들까지 밥을 해 먹였다. 아침 간식, 점심 식사, 오후 간식, 저녁밥까지 해먹이며 카센터 일을 했다. 하루에 3~4시간 수면만이 가능했다. 6살, 3살 두 아이를 돌봐야 하는 것도 내 몫이었다. 밤낮으로 노력한 결과, 다행히 1년 후 자리를 잡았다. 정신없는 나날들이 이어졌다.

점점 최형숙이 없어졌다. 카센터 여사장님, 출동 기사, 아이들 엄마, 내가 제일 듣기 싫은 여장부라는 수식어까지 붙었다. 여장부라고 부르는 손님들께 겉으로는 웃었지만 쳐다보기도 싫었다. 여장부라는 말을 듣는 순간 난 여장부의 역할을 하고 있기 때문이다. 힘들어도 씩씩해야 하고, 웃어야 하고, 뭐든지 다 잘해야 하는 '여장부'라는 말은 지금도 제일 듣기 싫은 말이다.

난 어느새 죽는 것과 이혼하는 것이 소원인 사람이 되었다. 사는 것도 힘들고, 최형숙이라는 사람도 없어졌다. 운전하다 보면 중앙선을 넘어가고 있었다. 시골로 보험 서비스를 출장을 가다 보면 저수지에 차 본 넷이 걸쳐 있기도 했다. 아무도 모르는 우울증이 나를 집어삼켰다.

마흔두 살, 살기 위해 공부를 시작했다. 상담을 공부하면서, 재밌는 상담사가 되고 싶었다. 웃음 치료와 레크리에이션을 배웠다. 배우고 나니 써먹고 싶어 봉사를 다녔다.

"재밌는 선생님들 오시는 날이었구먼, 와줘서 고마워요."

"엉덩이 잘 흔드는 선생님 왔구먼요. 난 선생님 엉덩이 두드려 줄 때가 젤 좋아."

생전 웃지도 않고, 표정도 없는 경자 어르신이 와서 내 엉덩이를 툭툭 두드린다.

"선생님 오늘은 춤 많이 추고 가요. 선생님들이랑 놀 때가 제일 재밌어."

요양원에서 우리 봉사단 올 때만 기다리는 어르신들을 보며, 치매 강사가 되었다. 치매 어르신들을 보며 치매 가족에게 필요한 프로그램 개발 및 진행을 했다.

강의를 잘하기 위해 공부를 했다. 서울, 부산, 천안, 대전 어디든 내가 공부할 교육과정이 열리면 달려갔다. 전문분야를 비롯한 장르 가리지 않고 다독을 하였다. 독서는 지금도 진행형이다.

카센터 일을 도와주고 있어서 내가 공부할 방법은 잠을 줄이는 것뿐이었다. 하루 3~4시간 자면서 일하고 공부하고 배웠다. 강의는 보통 3주 전에 의뢰가 온다. 강의 의뢰가 들어오면 어떤 강의든 다 할 수 있다. 3주 동안 앙코르 강의를 받을 만큼의 실력을 쌓고 연습하고 연습한다.

코로나가 오기 전 관공서와 기업에 펀 리더십 강의를 했다. 보건소(지금은 치매안심센터)에서 치매 예방 강사 7년 차다. 웰다잉 지도사, 사상체질을 비롯한 도형 심리 전문강사 자격증 과정도 진행한다. 웃음 치료 및 레크리에이션, 실버 통합 과정도 진행한다. 자격증으로 이불을 덮고 자도 된다.

"공부하다 죽겠어. 자격증 그만 따. 자격증 따다 죽었다고 뉴스에 나올 수도 있어." 친구들은 놀린다.

오늘도 난 그 시간, 그 자리에서, 그 모습으로 그것들을 계속 꾸준히 한다. 운을 부르는 방법이다.

내가 넘어진 자리가 행운의 자리이자 일어나는 자리다. 넘어져서 땅바닥을 쳐다보는 것이 아니라 털고 일어나자. 내가 할 수 있는 것들을 하나씩 배우고 나누어 주자. 내가 원하는 곳으로 가는 가장 빠른 지름길이다. 우울증이 걸렸을 때 나는 노력했고, 일어섰다.

운은 노력하는 사람 곁으로 오는 통통 볼이다. 통통 볼을 잡을 수 있는 키워드는 노력, 지속이다. 난 우울증으로 매일 죽음을 생각했던 사람이다. 이젠 죽음을 통한 삶을 강의하는, 사람을 도와주는 강사가 되었다. 난 참 운이 억세게 좋은 사람이다!

4

운은 선택하고
행동하는 자에게 찾아온다

함해식

나는 운이 참 좋았다. 대한민국 남자라면 알만한 특전사에 지원해서 합격했다. 5년이란 군 생활하면서 스키 훈련, 낙하산 훈련, 스킨 스쿠버 훈련, 해외 파병 등 모두 한 번씩 해봤다. 나는 남들이 하지 못한 경험을 했다는 것에 가슴이 뿌듯하다.

1997년 8월. 스무 살, 저녁에 집에서 TV 보고 있는데 특전사 군부대 소개하는 광고가 나왔다. 낙하산 점프와 스키 훈련, 바다에 보트 타고 가서 훈련하는 모습이 너무 좋았다. 며칠 지나도 잊히지 않고 지원해 보고 싶은 마음이 들었다. 고등학교 친구 진관이랑 같이 9월에 대구 병무청에 같이 가서 지원했다. 11월에 대구 국군 병원에 가서 필기시험과 체력 검사 수양 평가 등 3차까지 모두 끝냈다. 저녁에 친구랑 같이 밥을 먹고 집으로 왔다. 며칠 뒤 모두 합격했다고 연락이 왔다. 태어나 처음으로 하고 싶은 일에 선택했고 합격한 것에 너무 기분이 좋았다. 누구의 도움 없이 해낸 일이다.

1998년에 1월 16일 경기도 광주에 친구랑 같이 입대했다. 신병 교육 입대 하루 전 부대 근처에 방 잡아, 통닭에 소주를 먹으면서 우리 잘해 보자는 다짐하고 하룻밤을 같이 잤다. 다음날 우리는 경기도 광주 신병 교육장에 입대했다. 매일 반복된 새벽 기상과 훈련, 교육 등 단체 생활하다 보니 조금씩 지쳤다. 2개월 후 친구는 더는 훈련을 참지 못하고 집으로 돌아갔다. 친구를 보낼 때 마음이 힘들었지만 견뎌냈다. 함께 의지하던 친구가 떠나 마음이 허전했고 나는 잘할 수 있을까라는 고민을 많이 했다. 하지만 군 생활 5년 덕분에 배운 것 3가지 있다. 첫째 다양한 사람 만나다 보니 절제하는 방법을 배웠다. 동기 한 명이 잘못해도 모두 같이 기합받기에 말과 행동을 조심하게 되었다. 둘째 군대에서 받는 스트레스를 이겨내면서 정신력이 강해졌다. 전역 후 사회에서 받는 스트레스는 크게 힘들지 않았다. 셋째 가족의 소중함을 깨달았다. 중고등학교 시절에는 부모님이 항상 챙겨주는 것을 당연함이라 여겼지만 그건 나의 착각이었다. 전역 후 목돈을 만들어 원하는 대학에 입학하고 자동차도 구매했다.

군 생활 1년 차 가을에 독수리 훈련에 참가한 적이 있다. 저녁에 군산 공항에서 저녁을 먹고 낙하산 가방을 메고 비행기 타고 지리산 일대에 뛰어내렸다. 뛰어내린 후 발밑에 아무것도 보이지 않았다. 나는 호수나 연못에 빠지지나 말자는 심정으로 낙하산 줄을 조절했다. 몇 분 뒤 소나무에 걸렸다. 내 머리는 바닥이고 다리는 하늘 향해 있었다. 거꾸로 떨어진 것이다. 잠시 뒤 바닥으로 내려오고 싶어 높이가 얼마인지 알아보려고 머리에 쓰고 있던 헬멧을 던졌다. 3미터 이상 되는 것 같았고 혹시 주변에 사람들이 있나 불러도 보았다. 그러나 아무도 없었다. 그래서 나는 바지에 있던 칼로 낙하산 줄을 잘랐다. 내 몸이 바닥으로 떨어졌다. 잠시 한숨을 쉬고 살았다는 마음에 기분이 좋았다. 그리고 장비를 챙겨 집결지로 이동했다.

2020년 새해, "매출 올리자"라는 목표를 적은 현수막을 공장에 걸어 두었다. 전반기가 지나도록 매출에는 변화가 없었다. 무언가 변화가 필요했다. 지인의 추천으로 서울에서 마케팅 수업을 들었다. 4시간 수업을 듣고 새로운 세상이 보였다. 강의를 듣는 70명 모두가 소상공인 대표였다.

쉬는 시간 어떤 대표가 자기소개를 했다. 10년 동안 사업하다 폐업했는데 이 수업을 듣고 적용해 매출이 많이 올랐고 오늘 다시 이 수업 들으러 왔다고 말했다. 앞으로 본인은 사업이 어렵고 도움이 필요한 사람에게 본인의 경험을 나누어 주고 싶고, 기회가 되면 책도 내서 강의도 하고 싶다고 말했다. 나는 그 사람의 말에서 진실함을 느낄 수 있었다. 이 수업을 듣고 난 후 나도 누군가에게 도움 줄 수 있는 사람이 되겠다고 다짐했다.

여기 오기 전 장사에 관한 책을 많이 사서 보기는 했지만 이만큼 내 마음이 와닿지 않았다. 그 후 나도 성공한 사업가처럼 따라 하기 시작했다. 낮에는 일하고 새벽에는 책 쓰기 수업과 독서 모임 했다. 지나고 보니 이런 일들이 나를 움직이고 행동하게 해 운이 온 것으로 생각한다. 사람과 책, 글쓰기 통해 매일 성장하는 내 모습이 느껴진다. 작년과 비교해 보면 일을 대하는 내 마음과 나는 어떤 사람인지 알 것 같다. 다른 사람이 중심이 아닌 내가 주인공으로 살고 자 노력한다.

원래 소심하고 부정적 성격 소유자이다. 자신감이 없고 땅만 보고 걸었다. 무언가 결정 내릴 때도 내 생각보다 남의 생각을 더 중요시했다. 고객에게 싫은 소리를 듣고 아무 말도 못 하고 혼자서 끙끙거린 적이 많았다. 남 눈치 보고 지내다 보니 내 몸만 아팠다. 결국, 며칠씩 방에 누운 적도 있다. 혼자서 마음속으로 억울해서 그랬다. 지금은 주변에 좋은 사람과 책을 보고 글을 쓰다 보니 내 마음이 한결 좋아졌다.

이런 내 모습 변화하기 위해 노력도 한다. 새벽 4시에 일어나 자기 계발서를 보고 명상과 시각화 훈련도 꾸준히 한다. 회사에 출근해 공부한 부분 아이디어 실행도 한다. 퇴근해서는 내가 필요한 부분 강의도 듣는다. 반복적이고 지속해서 하다 보니 연차 쌓일수록 나 자신도 변화가 생겼다.

돌아가신 아버지는 70년 동안 농사일을 하셨다. 초등학교 2학년 다니던 학교 그만두고 할머니랑 같이 농사일 배우기 시작했다. 한 분야에 오래가기는 쉽지 않다. 분명 아버지도 일하다 중간중간 힘든 시기가 있었다. 초등학교 시절 아버지는 여름에 비가 많이 와서 농작물이 피해가 커서 속상해서 일주일 방에 누워있었다. 밥도 먹지 않고 아무 말도 하지 않았다. 그리고 어머니에게 앞으로 농사짓지 말자고 하소연했다. 그러나 어머니 아버지에게 지금까지 배운 게 농사일이니 이걸로 최고되어 보자고 말을 했다. 수시로 아버지를 위로했다. 어머니 말에 용기 얻어 농사 처음부터 다시 시작한다는 마음으로 했다. 더 빨리 새벽에 일어나고 남보다 더 많이 부지런히 움직이고 늦게까지 일했다. 다음 해에 농사가 잘되어 자신감을 되찾았다. 돌아가시기 직전까지 밭에 가서 즐기면서 일했다.

아버지는 농사일을 할머니 권유로 먹고살기 위해 시작했다가 점점 농사에 재미도 느끼고, 시련을 겪다 보니 이제 농사일을 사랑하신 것 같다. 항상 자식들에게 올겨울만 하고 일 안 한다고 말하고 봄이 되면 다시 농사짓는다. 일할 때만큼은 얼굴이 밝고 생기도 넘쳤다.

좋은 생각은 자신에게 좋은 기운을 만들지만, 좋지 않은 생각들은 자신에게 안 좋은 기운을 만든다. 운이 좋은 사람은 살면서 일의 전환에 능숙해야 한다. 안 좋은 일이 있어도 그 일은 금방 잊고 새롭게 기분전환하여 다른 일을 시작한다. 그 일들을 잊어버리는 게 쉬운 일이 아니겠지만 그러한 과거의 집착에서 벗어나서 다시 새로운 일들을 맞이할 준비를 해야 할 테니 말이다.

5

바람이 운이 되었다

황성유

난 운이 좋다. 발 뻗고 편히 잘 수 있는 집과 내 편인 남편과 행복하게 사니 말이다. 그러나 어릴 때는 끔찍했다. '운'은 내 삶에 존재하지 않는 단어였다. 가정폭력인 환경에서 가난하게 살다 죽을 거로 생각했다. 벗어나려는 의지조차 없는 무력한 생활이었다. 어머니는 아버지의 알코올 중독과 폭력에서 시달리다 이혼했다. 할머니가 가족들을 챙겼다. 철없는 난 남동생들과 반찬 싸움하며 지냈다. 아버지는 낮에 자고 밤에 잠 안 자며 할머니를 욕하고 형제들을 이유 불문하고 때렸다. 폭력과 폭언에서 도망치는 일은 본능적 행동이었다. 매일 밥상 엎고 트집 잡고 주먹으로 맞는 건 공포 자체였다. 낮잠 자는 아버지 몰래 부엌에서 국에 밥 말아먹는 조마조마한 생활이었다. 주식이 라면과 칼국수인데 도망치랴 굶는 일이 많았다. 노는 시간 약속 1분 늦었다고 맞고 벌 서는 일은 부지기수였다. 울면 더 맞으니 억울하기도 하고 서러웠다. 감정 표현 못 하고 속으로 삭이며 지내야 했다. 학교에서는 밝게 보이려고 노력했다. 가난하고 어두운 가정사를 숨기고 싶었다. 부끄러웠다. 직면하지 않고 회피하고 살던 생각과 행동들이 인생 전반에 영향받을 줄 몰랐다. 가정폭력 환경에서 따뜻한 말 한마디는 기대할 수 없었다. 장녀인 나는 동생들을 달래 가며 돌볼 줄 몰랐다. 형제들과 다투고 치고받고 싸우는 일이 많았는데 말리는 이도 없었다. 어떤 행동을 해도 관심받지 못했다. 아버지에게 도망가고 숨는 일은 무력한 생활로 살게 했다. 원더우먼, 슈퍼맨, 6백만 불 사나이가 되어 아버지의 폭력에서 벗어나는 게 소원이었다. 가정폭력 경험은 시야를 좁게 했다. 우물 안 개구리처럼 살았다. 무섭고 엄한 사람과 대화하는 게 무서웠지만 담담하게 보이려 노력했다. 밤에 밖으로 도망 다녀도 이웃들은 몰랐다. 따뜻한 방에서 맘 편히 자는 이웃이 부러웠다. 평생 이런 식으로 살게 될 거라 생각하니 한스러웠다. 달과 별을 보며 하나님을 찾았다. 서럽게 울던 기억이 생생하다. 간절한 기도는 이뤄져 하나님을 믿고 살게 되었다.

어릴 때 꿈은 '선생님'이었다. 가난한 종갓집으로 친척들은 제사를 지내러 왔다. 거의 선생님, 약사, 법조인이었다. 그래서인지 본 대로 꿈꿨다. 초등학교 5학년 때 담임 선생님이 일기 쓰기를 숙제로 냈다. 친절하게 대하며 잘했다고 사인해 주고 챙기는 따뜻한 선생님이 좋았다. 마음에 상처 있는 아이들에게 위로와 힘을 주고 싶었다. 선생님에게 처음으로 칭찬받았는데 날아갈 듯 기분이 좋았다. 친척들은 "동생들을 잘 챙겨라."라는 말뿐이었다. 꿈이 생기니 열심히 공부하려고 결심했다. 나 자신과 싸워 이겨 내고 싶었다. 의지를 다지려 운동장을 달렸다. 10바퀴 돌아야겠다고 결심하고서 달리고 나면 자신감이 생기고 힘이 났다. 하지만 교사의 꿈은 언감생심이었다. 가난으로 끼니 걱정과 "돈 없다"라는 할머니 말은 무의식에 깊이 박혔다. 중학교 2학년 때 할머니는 판잣집으로 이사한 며칠 후 자살을 선택했다. 그날 아침 일찍 할머니는 밥하다 말고 내 눈을 빤히 쳐다봤다. 어려서 몰랐다. 자다가 돌아가신 줄 알았다. 가난을 큰 장벽으로 생각하며 살았다. 장녀로 동생들을 돌보는 책임감, 든든한 기둥 되는 걸 회피하는 겁쟁이였다. 할머니가 돌아가신 후 아버지는 사과 과수원에 며칠 일하다 힘들다고 그만뒀다. 몇 번이나 이사했다. 주인 할아버지, 할머니는 월세 안 낸다고 방 구들장을 망치로 다 부수고 방문을 잠갔다. 집안 물건들을 구더기 있는 화장실 옆에 뒀다. 형제들은 밖에서 잘 수밖에 없었다. 마을 사람들이 소개한 토끼털 깎는 부업을 했지만, 종일 일해도 3천 원도 못 받았다. 자살을 생각했지만 시도할 용기가 없었다. 집안은 난장판이 되고 개학하고도 학교에 가지 못했다. 아버지는 나에게 집안일하며 식순이로 살기를 원했다. 옷을 벗게 하고 알몸으로 학교 가지 말라고 엄포를 놓았다. 놀라고 무서워 방바닥에 오줌을 쌌다. 집안일하는 거보다 학교를 못 가는 게 두렵고 무서웠다. 학교에서 불우이웃 도움을 받아 무사히 졸업할 수 있었다. 천안에 있는 산업체 고등학교에 가게 되었다. 지방으로 내려가는 버스에 배웅 나온 아버지를 보며 안도감과 마음 한구석이 짠했다. 아버지를 본 마지막 모습이 되었다. 고된 3교대 일과 공부를 병행하며 고등학교를 졸업했다. 운이 좋다는 건 바라는 일이 이뤄지는 일이다. 원대로 아버지의 그늘에서 벗어나게 되었다. 기숙사 생활하며 친구들과 어울렸다. 공부하는 친구를 원했는데 노는 걸 좋아하는 분위기였다. 결국, 왕따로 혼자가 되었다. 학교 친구를 사귈 기회가 없었다. 내가 이사 가든 친구가 전학 가든 인연이 없었다. 약한 체력이라 공장 생활은 고됐다. 야간 일이 힘들어 기숙사 안에 숨어 있을 때도 많았다. 어릴 때 겪은 무서운 일들을 잊고 싶었다. 힘든 시절을 하소연하며 살고 싶지 않았다. 내 인생은 나 혼자라고 생각하며 극복하려고 부단히 노력했다. 아버지는 "머리 나쁘다. 융통성 없다"라고 남동생과 비교하며 때렸다. 머리가 좋지 않아 남들보다 노력하려 애썼다. 나를 표현하는 키워드는 '노력'이다. 융통성 없는 성격은 원칙대로 학교를 끝까지 다녀서 졸업했고 평범한 삶을 살고 있다. 내가 운 좋은 걸 알게 된 건 대학원에서 가족 상담을 배운 덕분이었다. 알코올 중

독 가정, 가정폭력을 경험한 사람들은 평범한 삶을 살지 못하는 경우가 많았다. 연구 보고서로 나온 결과들이었다. 그런 환경과 처지를 볼 때 난 행운아였다. 힘든 시기는 누구나 있다. 나에겐 어린 시절이 그랬다. 운명을 좌우할 선택이 필요했던 순간의 장면들이 떠오른다. 긴박한 상황과 환경이 많았는데 잘 견디고 버텨 준 나에게 고맙다. 지금, 이 순간 숨 쉬며 사는 자체가 운 좋다. 몸과 마음이 온전하게 있다는 건 큰 행복이다.

할머니의 죽음은 나에겐 엄청난 충격이었다. 할머니는 5형제를 낳았다. 6.25 전쟁으로 할아버지는 실종되고 3형제를 잃었다. 부잣집에서 살다 하루아침에 가족 4명을 잃었으니 힘들었을 거다. 아버지는 상속받은 땅을 술김에 헐값에 팔았다. 백수 아버지 뒷바라지를 했으니 몸과 맘고생이 심하셨을 거라 짐작된다. 그렇게 어렵고 힘들게 고생했는데 편히 누리지 못하고 보람 없이 돌아가셨다. 할머니 인생을 생각하니 인생의 허무함을 느꼈다. 우울하고 무기력한 삶을 오랜 기간 경험했다. 죽음에 대해 끊임없이 생각했다. 죽음을 통해 의미 있는 선택을 하도록 했다. 천주교 신자인 할머니 따라 세례를 받고 하나님을 알았다. 하나님을 믿고 산다는 건 큰 행운이 되었다. 부자든 가난하게 살든 죽는 순간 가져갈 수 있는 건 아무것도 없다. 돈, 보석, 물질 어떤 거든 가져갈 수 없는 거다. 죽음 후 가는 영의 세계에서의 돈은 '의(義)'다. 사람들과 인연은 없지만, 하나님을 가까이하게 된 계기가 되었다. 회피하며 사니 사람들과 소통하는 게 서툴렀다. 오해가 생겨도 풀려는 마음보다 덮어버리는 쪽을 선택했다. 하나님을 의지하며 버틸 수 있는 시간이 되었다. 우여곡절 끝에 하나님 안에서 착한 신랑을 만났다. 세상 내 편이어서 고맙고 소중하다.

6

인생 수업료 7천만 원

김수옥

바닥에 주저앉아 목 놓아 울었다. 다 잃었다. 집도, 사람도, 건강도. 삶을 포기하려 했지만, 그마저도 실패했다. 온몸에 힘이 빠졌다. 가슴을 쥐어뜯었다.

"애! 너 돈 있으면 나한테 맡겨봐라."

2006년 4월. 친정 고모에게 칠천만 원을 떼였다. 결혼 4년 차. 우리 부부의 전 재산이었다. 나를 딸처럼 아껴주고 챙겨주던 사람이었다. 맞벌이에도 빠듯한 살림에 고민이 많던 나를 안쓰러워했다. 자신에게 돈을 맡겨보라고 권했다. 2부 이자 줄 테니 1~2년만 맡겨서 바짝 모아보라고 말했다. 2부 이자. 솔깃했지만 우리에게는 그럴만한 돈이 없었다. 거절했다. 일주일이 지났을까? 그 제안이 머릿속에서 맴돌았다. 무엇보다 '가족이니 큰 문제는 없겠지'라는 생각에 과감하게 2천만 원을 신용대출로 받아 건넸다. 매달 40만 원씩, 통장에 이자가 찍혔다. 나도 모르게 입이 쩍 벌어졌다. 대출이자 10만 원을 제하고도 30만 원의 적금을 넣을 수 있었다. '돈이 돈을 버는 것이 이런 것이구나!' 통장에 찍힌 40만 원을 보고, 또 봤다.

  그 무렵 시부모님에게도 5천만 원이 생겼다. 갖고 계시던 작은 땅이 도로로 편입되면서 받은 보상금이었다. 일정한 수입이 없으시던 시부모님께는 큰돈이자 노후에 쓰실 돈이었다. 그 돈을 잘 활용할 방법을 고민하고 계셨고, 나는 2부 이자 받는 곳에 1년만 맡겨보자고 말씀드렸다. 그렇게 칠천만 원. 시부모님에게는 매달 백만 원, 우리에게는 40만 원씩. 이자가 들어왔다. 요긴했다. 금방 큰돈이 모일 것 같았다. 착각이었다. 1년이 되어갈 무렵부터 이자가 밀리기 시작했다. 전화도 잘 받지 않고, 어쩌다 통화가 되면 둘러대기 일쑤였다. 불안했지만 나는 그때까지도 고모를 믿었다. 가족이고, 나를 아꼈으니 돈을 떼어먹을 리 없다고 생각했다. 배신당했다. 연락이 두절되고, 들어오던 이자도 끊겼다. 결국 고모는 자취를 감추고야 말았다. 고스란히 내 빚이 되었다. 잠을 잘 수도, 먹을 수도 없었다. 믿었던 이에게 당한 배신으로 내 몸은 지치고 쪼그라들었다. 하지만 우리가 당장 갚아야 할 칠천만 원. 시부모님의 돈을 먼저 해결해야만 했다. 고민 끝에 우리 집을 팔기로 했다. 1억이 조금 넘는 경기도 외곽의 아파트, 대출 50 프로인 집을 팔아 칠천만 원이라는 빚을 모두 청산하니 남는 게 하나도 없었다. 첫째 율이가 세 살, 연년생 둘째 훈이가 7개월 무렵이었다.

갑작스러운 충격과 스트레스로 몸에 이상 신호가 왔다. 몸살인 줄 알고 약을 먹었지만 낫지 않았나. 동네 내과에서 검진을 해주던 의사가 큰 병원으로 가 보라고 권했다. 두 달 후, 신촌 세브란스 병원에서 각종 검사를 받았다. '갑상선암'이었다. 순간 시간이 멈춘듯했다. 얼마나 지났을까? 2006년 10월, 둘째의 돌잔치도 치르지 못하고 수술했다.

나는 목에 긴 호스를 걸고 누워있었다. 호스 안에 피가 침대 옆 플라스틱 통에 고이고 있었다. 병실 유리창에 내 모습이 비쳤다. 순식간에 벌어진 악몽 같은 일들이 영화의 한 장면들처럼 지나갔다. 눈을 감았다. 눈물이 양쪽 귓불을 타고 목으로 흘렀다. 마음 편히 병원 침대에 누워있을 겨를이 없었다.

월세 집을 알아봐야 했다. 다행이라고 생각해야 할까. 암 진단금으로 삼천만 원이 생겼다. 이 돈이면 월세 보증금으로 집을 구하러 다닐 수 있었다. 퇴원하자마자 수술한 목에 밴드를 붙인 채, 연년생 딸과 아들을 데리고 월세 집을 구하기 위해 부동산을 전전했다. 금방 숨이 차고 다리엔 힘이 풀렸다. 쓰디쓴 입을 물로 헹구고 마셔도 목구멍까지 쓴맛이 전해졌다. 우여곡절 끝에 찾아낸

월세 집, 계약하고 나오니 그제 서야 종아리에 통증이 느껴졌다. 발바닥이 아파 더 걸을 수가 없었다. 잠시 허리를 숙이고 바라본 낯선 동네. 어둠이 내려앉고 있었다. 아이들을 꼭 안았다. '그래도 다행이다. 돌아갈 집이 생겼으니 말이다.'

월세 집으로 이사했다. 정신없이 집을 구하러 다닐 때는 몰랐다. 잘 곳이 생겼다는 안도감이었을까. 심장이 두근거렸다. 잠도 제대로 자지 못했다. 집안으로 비치는 가로등 불빛의 그림자. 꼭 고모의 모습 같았다. 머리가 깨질 것 같았다. 아이들과 남편에게 미안했다. 우울증에 시달렸다. 혼자 있던 어느 날, 방 문틀에 걸려 있는 철봉 대를 바라보다 끈을 묶었다. 바들바들 떨리는 손으로 끈을 잡아당겼다. 쿵! 중심을 잃은 내 몸은 바닥으로 나뒹굴어 졌다. '마음대로 죽지도 못하는구나. 나는!' 일어날 힘도 없었다. 어린아이처럼 울던 그때 주방에 걸린 아이들 사진이 보였다. 사진 속 딸과 아들의 밝은 표정. 살고 싶었다.

정신 똑바로 차려야 했다. 남편과 연년생 자식이 있다. 다시 일어설 구체적인 목표와 계획이 필요했다. 생각하고, 기록하고, 결단하기를 반복했다. 멈추지 않고 반복하기 3개월째. 기록한 것 중 구체적인 계획, 실행이 가능한 것을 목표로 삼았다. 첫 번째 목표를 적어 냉장고에 붙였다. '32평 아파트'

돈 공부를 시작했다. 재테크, 부동산에 관련된 유튜브 강의, 도서관에 가서 관련된 책은 무조건 읽었다. 카드 할부로 유료 강의도 신청해서 들었다. 생각조차 해 본 적 없던 공부가 생소하고 어려웠지만 목돈을 만들기 위해 허리띠를 더 졸라매고, 취업도 했다. 일하면서 공부를 하려니 남들의 2~3배 노력이 필요했다. 더 많은 공부시간 확보를 위해 새벽 4시 30분에 일어나 세 시간을 공부하고 출근했다. 일하다 보면 오후 서너 시쯤 잠이 쏟아졌다. 연신 하품이 나왔다. 퇴근해 돌아오면 아이들을 챙기고 밤 10시나 되어야 자리에 앉을 수 있었다. 몸이 천근만근이다. 가족과 나만 생각하기로 했다. 첫 번째 목표를 떠올렸다. 아이들이 잠들면 '시간 가계부'와 '금전 가계부'를 펼쳐 오늘과 내일의 일을 체크해나갔다. 그렇게 하루하루, 2년쯤 되었을 무렵 희망이 보이기 시작했다. 통장에 돈이 차곡차곡 쌓이기 시작했다. 힘이 났다. 공부를 시작한 지 5년 후. 경기도 외곽에 30평대 아파트를 장만할 여유가 생겼다. '이때다!' 싶었다. 그동안의 공부와 모아놓은 목돈으로 전세 끼고 집을 샀다. 당장 들어가 살 수는 없었지만 내 집이라는 생각에 몇 달을 그 집 앞으로 가서 바라보고 또 바라봤다. 그렇게 10년. 2018년 10월. 드디어 대출 없이 우리 집을 갖게 되었다. 내 볼을 꼬집어보았다. 이 악물고 보내던 시간이 떠올랐다. 샴페인이라도 터트리고 싶었다. 참았다. 얼마나 기다리고 힘들게 되찾은 순간인지! 더 단단하게 지켜낼 힘을 키우는데 집중해야했다. 하던 공부와 생활 루틴을 지속해갔다. 노력과 운이 따랐다. 투자해 두었던 작은 빌라의 가격이 올라 또 다른 투자의 기회를 만들어 주었다. 노력의 대가와 운을 손에 쥐었다.

작은 성과 속, 10년 전 내가 보였다. 노력 없이 요행을 바랐다가 스스로 절망에 빠졌던 나. 2부 이자는 욕심이었고, 내리막길이었다. 삶을 내려놓으려던 순간은 비겁했다. 다시 일어나기 위해 공부하며 버틴 시간을 통해 뭐든 쉽게 만들어지는 건 없다는 걸 깨달았다. 노력의 힘과 가능성을 배웠다. 역경은 또 다른 지혜의 길을 열어준다는 말처럼 살기 위해 했던 '돈 공부'를 통해 세상을 보는 눈을 키울 수 있었다. 경제 서적을 비롯해 다양한 책을 만나며 독서습관도 생겼다. 죽을 고비를 넘기며 진짜 인생을 사는 태도와 성장이 무엇인지 알았고 변화된 태도는 10년, 20년 후의 삶에 대한 계획도 구체적으로 만들게 했다. 하루하루 성장하는 삶에 대한 집중은 조급하고 나약했던 나를 인내의 힘과 주도적인 삶을 사는 근력을 갖게 했다. 무엇보다 노력으로 얻은 가치의 소중함과 감사의 마음을 더 크게 가질 수 있었다. 악몽 같았던 칠천만 원의 경험이 나를 성장시키는 원동력이 되었다. 혹독했지만 나를 성장시킨 인생 수업료. 그 이상의 배움을 생각하니 아깝지 않다.

힘들고 어려운 순간이 다가오면 나는 칠천만 원의 인생 수업료를 생각한다. 이제 무너지지 않을 자신 있다. 다시 또 도전하고 이겨 낸다. 진짜 인생. 지금부터다.

7

동아의 전성시대,
동아시대

김동아

2020년 봄, 코로나가 한창 기승을 부리던 때였다. 지금의 김미경 학장님은 유튜브로 우리에게 심각성을 알렸다. 다섯 살 딸 지우를 코로나 때문에 어린이집을 보내지 않고 있었다. 대구 경북지역에서 퍼져 나온 확진자들이 전국으로 퍼진 상태여서 꼬리에 꼬리를 무는 상태였다. 태어나서 한 번도 겪어보지 못한 바이러스에 대한 무서움, 두려움이 세상을 뒤흔들고 있었다. 각종 TV 채널, 유튜브, 신문 등 하나같이 코로나바이러스 얘기뿐이었다. 그러니 강원도 주문진 근처 영진에서 살던 나도, 태어난 지 40개월 이상 된 어린 딸도. 코로나19 때문에 어린이집을 못 간다는 사실을 알 정도였으니. 김미경 강사의 유튜브를 보면서 세상이 예전과 같지 않다는 것을 알았다. 코로나-19로 배움의 수단이었던 평생학습관, 도서관, 평생교육원이 문을 닫았다. 거리에는 사람들이 거의 보이지 않았다. 놀이터 정자 아래서 수다를 떨던 동네 아줌마들도 자취를 감췄다. 동네 아이들과 함께 뛰어놀던 놀이터에도 지우뿐이었다. 사람들과의 단절이 시작되었다. 사람들과 만나지 못하고 배우고 싶어도 배울 수 없었다. 가고 싶어도 마음대로 다닐 수 없었다. TV, 유튜브가 전부였다.

몇 년 전 김미경 강사를 볼 수 있었던 때가 있었다. 보험 회사인지 투자은행인지 이들과 함께한 콜라보 강의였다. 김미경 강사를 보기 위해 신청서를 밴드에서 보고 신청했다. 강의를 보기 위해 일찍 서둘렀다. 택시를 탔다. 도착한 남항진의 어느 결혼식장이었다. 들어가 보니 벌써 사람들이 강의를 주최한 사람들이 마련해 둔 의자에 모두 앉아 있었다. 빨간 의자들이 나란히 줄지어 있었다. 꽉 찬 인원들에 숨이 막혔다. 벨벳 의자의 붉은색에 기가 눌렸다. 빈자리를 찾으려 해도 쉽지 않았다. 겨우 중간에 자리가 하나 있는 것을 발견했다. 죄송하다며 눈인사하면서 중간 자리까지 갔다. 앉아서 내가 아는 사람이 있나? 두리번거리며 주위를 살폈다. 산후조리원 동기였던 동갑내기 현지를 봤다. 반가웠지만 너무 멀리 있었다. 애가 어린이집 가니 쟤도 와있다고 하며 입가에 미소를 지었다. 12시가 되어도 김미경 강사가 보이지 않았다. 기업 콜라보 강의였다. 그들의 인원 모집을 위해 김미경 강사를 내 서운 거겠지. 판매 강의는 듣고 있었지만, 사인은 하지 않았다. 젊은 사람들이 돈 버는 일이고 수익이 높다는 말에 신청서를 쓰는 사람이 많았다. 옆에 있던 젊은 여자가 그녀의 남편한테 전화했다. 한참 설명했다. 전화기 너머에서 그녀의 남편이 다 있으니 하지 말라하는 소리가 들렸다. 젊은 여자는 뭔가 아쉬운 표정이었다. 자기가 지금 좋은 정보를 알고 있는데 남편이 벌써 있다고 얘기했으니 기운 빠질 일이다.

김미경 강사가 도착했다. 문밖에서 비명과 함께 웅성거리는 소리가 들렸다. 머리끝이 안으로 살짝 말리고 옆머리는 웨이브 진 단발머리 스타일이다. 예상보다 키가 컸다. 늘씬한 몸매, 뭘 입어도 어울릴 김미경 강사가 하이힐을 신고 당당하게 무대로 걸어갔다. 바로 내 옆을 지나가는데 연예인 뺨치는 함성이 식장 안을 순식간에 가득 채웠다. 내 눈앞에 있는 인기 강사 김미경을 만나는데 가슴이 두근거리기 시작했다. "와" 하며 목청껏 소리쳤다. 얼굴이 뜨거워졌다. 눈에는 눈물이 핑 돌기 시작했다. 그날의 강의는 주부들에게 하는 얘기였다, 꿈을 꾸고 그 꿈을 이루기 위해 열심히 공부해서 준비하라는 얘기였던 것으로 기억된다.

닉네임을 동아시대로 정했다. 2020년 7월 2일 MKYU에 입학했다. MKYU 홈페이지에서 모든 일에 내 시대가 되고 싶었다. 도움을 주고 싶었다. 김미경 강사처럼 선한 영향력 펼치는 사람이 되고 싶었다. 김미경 리부트 책을 읽었다. 혼돈 시대, 밀려오는 파도에 휩쓸릴 것인가? 파도를 즐기는 서퍼가 될 것인가. 그 선택에 따라서 혼돈 시대의 질서를 알 수 있다고 했다. 오프라인에서 온라인으로 다 옮겨지고 있다며 다가올 시대를 살려면, 우리도 온라인에 집을 짓고, 주소가 있어야 한다고 열변을 토하는 김미경 강사를 봤다. 더욱이 아이를 가진 엄마라면 아이를 위해 공부해야 한다는 말씀에 고개를 끄덕였고 지우를 떠올렸다. 우리 아이가 살 시대를 엄마가 알아야 도움을 줄 수 있고 조언을 할 수 있다고 생각했다. 미룰 수 없었다. 지금이 아니면 안 되겠다는 맘이 들었다. 트랜스포메이션을 하기 위해 특강 신청했고 온라인에 집을 짓기 위해 CIO2 과정을 들었다. CIO2는 인스타그램에 관한 강의였다. 인스타그램에서 사업을 할 수 있도록 가르치는 과목이었다. 디지털을 잘 다루기 위해 오픈 카카오 방을 전전하며 영상편집을 배웠고 강의를 들었다, 영상편집은 영상이 있어야 한다. 그 당시 챌린지가 많았다. 스쾃 챌린지 하기 위해 30일 동안 매일 개수를 늘려가며 100~150개를 하는 영상을 찍었다. 장소는 주로 집 앞 놀이터였다. 팔 굽혀 펴기 챌린지도 영상으로 남겼다. 그 영상으로 편집하며 편집 기술을 늘려갔다. 요소에 효과를 바꿔갔다. 자막도 넣고 효과음도 넣기도 하고 빼기도 했다. 편집 앱마다 강점이 달랐다. 제공한 템플릿도 달랐다. 하나하나 넣어가며 적당한 것을 골랐다. 영상 퀄리티가 점점 높아졌다. 눈을 사로잡을 수 있는 포인트도 자연스레 알게 됐다. 궁금하게끔, 볼 수 있게끔 대문 영상이 중요했다. 많은 애플리케이션의 작동법을 배우고 익혔다. 오픈 카카오 방 리더가 매일 던져주는 애플리케이션을 내려받아 사용했다. 익숙해지기 위해 매일 만지며 연습했다. 날로 실력은 늘어갔다. 웬만한 애플리케이션을 익숙해지는 데 시간이 그리 오래 걸리지 않았다.

MKYU 홍보를 담당하는 서포터스 공고를 보고 신청했다. 합격했다. 그 시기에 나라에서 디지털 서포터스를 뽑는 공고를 보게 됐다. 과감히 원서를 냈다. 자기소개서에 MKYU 파트너스로 활동하고 있으며, 인스타그램 3개월 만에 1700 팔로워를 가지고 있다고 소개서에 썼다. "블로그 강의도 열심히 듣고 있고 시민들을 위해 준비된 사람입니다."라며 뽑아달라고 했다. 디지털 배움터 서포터스에 합격하셨다고 OT에 참가해달라고 연락이 왔다.

바람대로 동아 시대가 왔다. 나는 그렇게 믿고 싶다. 운은 그냥 오지 않는다. 열심히 노력하고 준비한 사람에게 운이 따른다. 디지털을 배우기 위해 오픈 카카오 방을 전전하고 내 돈 내고 공부하고 연습했다. 밤낮 가리지 않고 꾸준히 연습한 결과이다. 소 뒷

걸음질에 쥐 잡는 횡재가 아니었다. 본인이 하고 싶은 일에 열심히 공부하고, 노력하고 준비하면 없던 운도 생긴다. 운은 끊임없이 노력하는 사람들의 눈에 띈다. 좋은 기운이 몰려온다.

8

나는
운이 좋은 사람이다

김경희

난 운이 좋은 사람이다. 어릴 때부터 워낙 가난하게 살아서 어지간한 시련은 잘 견딘다.

가난이 오히려 나를 견디게 해주는 버팀목 역할을 해 준다. 가난이 자랑은 아니지만, 그 덕분에 생활력도 있다. 성실하다는 소리를 많이 듣는다. 없이 살아도 억척스럽게 살아온 엄마 덕분이다. 일이라면 종류를 가리지 않고 척척해낸다. 학력도, 스펙도, 부족하지만 성실 하나로 여기까지 버텨왔다. 남들은 비쩍 마른 나를 보며 한마디 한다. "어머 그 몸으로 어떻게 살아요?" "네 괜찮습니다. 이래 봬도 하체는 튼실합니다." 상대방은 어이없다는 듯 웃고 만다.

20년간 제조업에서 일했다. 살기 위해 돈을 벌어야 했다. 3년 전, 힘들지 않고 편하게 큰돈 벌고 싶어 보험 회사에 취직했다. 사실 그 당시에 몸이 좋질 않았다. 쉬면서 이직 준비 중이었다. 두 아들의 만류에도 불구하고 자신만만 해하며 시작했다. 나를 무시하던 사람들 보란 듯이 일어서고 싶었다. 잘 될 줄 알았다. 이것이 내 불행의 시작이었다. 지인을 찾아가 무언의 압력으로 가입을 강요했다. 처음엔 가까운 주위 사람을 가입시키다 보니 그럭저럭 버틸만했다. 3개월을 넘기지 못했다. 총 3곳의 보험 회사를 옮겨 다니며 가지고 있는 돈을 다 까먹고 유지하던 보험마저 해약했다. 해약한 돈으로 생활비를 충당했지만, 결국엔 무너졌다. 힘든 상황에선 귀도 얇아졌다. 친구의 말에 솔깃해 수당 몇 푼 받아 보겠다고 기획 부동산까지 가게 되었다. 절대 설득당하지 않으리라 다짐했다. 그러다 두 달째 되던 날 유니스트 근처에 임야가 나왔다며 팔아 보라고 했다.

"팔 자신 없으면 본인이라도 사든가. 사놓으면 분명 큰돈 벌 수 있습니다"

정 안되면 아들에게 물려주라는 말에 귀가 솔깃했다. 요리하는 둘째 민호가 생각났다. 작은 커피숍을 운영하는 상상을 하며 시원하게 계약서에 서명했다. 100% 대출 받았다. 그때부터였다. 빚더미에 앉게 된 게. 무너지는 건 한순간이었다. 몇 달간은 신용카드로 돌려 막았다. 그것도 그리 오래가진 못했다. 빚은 순식간에 불어났다. 결국, 신용불량자가 되었다. 여기저기서 빚 독촉이 시작됐다. 급기야 집에까지 찾아오겠다는 협박성 전화가 수도 없이 걸려왔다. 커튼을 치고 사람 없는 척 불도 켜지 않았다. 내 불운은 가족으로까지 번졌다. 먼저 첫째 은호에게 그 공포가 고스란히 넘어갔다. 할머니 밑에서 힘들게 자랐던 은호는 고등학교 졸업 후에야 내게 올 수 있었다. 내게 온 지는 이제 6년이 다 되어간다. 엄마 밑에서는 힘들게 살지 않고 행복하게 살 수 있을 거로 생각했던 은호는 나에게 이야기했다. "엄마랑 살면 이런 일, 없을 줄 알았어요."

나의 잘못된 실수로 인해 두 아들에게 피해를 줬다는 생각에 상처와 트라우마가 생겼다. 왜 그랬을까 후회가 밀려왔다. 죽고 싶었다. 나만 없어진다면 이 모든 게 해결되려나? 또 이기적인 생각이 스멀스멀 올라왔다. 약해진 생각 때문에 또 상처받을 은호가 떠올랐다. 두 번 다시 상처 주고 싶지 않았다. 어리석은 판단이다. 정신 차리고 아들을 바라보았다. 걱정 반 두려움 반 섞인 표정으로 엄마를 쳐다보는 아들의 얼굴을 차마 쳐다볼 수 없었다. 부족한 엄마지만 아들을 지켜주고 싶었다. 갑자기 눈앞이 흐려졌다. 혹시나 은호가 볼까 봐 화장실 가는 척 조심스레 욕실로 향했다. 한바탕 쏟아내고 나자 속이 후련해졌다. 두 번 다시는 반복하지 않으리라 다짐하고 또 다짐했다.

지금의 활동 보조사를 하기 전 영업을 할 때의 일이다. 운이 없다고 생각했던 내 인생에도 작은 운 하나가 싹트기 시작했다. 보험 회사 다닐 때 은희라는 친구를 알게 되었다. 그 친구는 상조회사를 다녔다. 영업직이라는 공통점이 있어 서로 통하는 구석이 많았다. 그 친구와 터놓고 얘기하는 사이가 되었다. 지금 내 경제 상황을 은희에게 얘기했다. 한참 개인회생을 준비하던 내게 은희는 고맙게도 법무사를 소개해 주었다. 소개해 준 친구가 생명의 은인처럼 여겨졌다. 거기다 재희라는 친구의 도움도 받았다. 처음 법무사 사무실에 상담 갔을 때였다. "소송 비용은 얼마 정도 하나요?" "다른 데는 이백 넘게 받아! 나는 비싸게 안 받아! 백오십만 주면 돼!" 법무사 사무실을 나오면서 막막했다. 수중에 돈 한 푼 없었다. 이 돈을 어디서 구하지? 아무리 생각해도 돈 빌려줄 사람은 없었다. 머리 싸매고 고민만 하다 문득 떠오른 친구가 있었다. 재희라는 친구다. "재희야! 난데 혹시 돈 좀 빌려줄 수 있어?" "얼마나?" "한 백오십만 원 정도?" "백만 원 정도는 해 줄 수 있는데 나머지 오십만 원은 힘들겠다." "그거라도 빌려주라." 그렇게 시작된 빚잔치였다. 그날부터 전혀 해결되지 않고 있던 채무를 감당하기 시작했다. 꼬이기만 했던 일들이 하나씩 풀리기 시작했다. 실패만 거듭하던 내 인생에도 드디어 조금씩 희망이 보이기 시작했다. 법률사무소의 사무장과 몇 차례의 상담을 받았다. 소송을 해봐야 알겠지만, 걱정 안 해도 된다며 따뜻한 위로의 말을 건네주었다.

사무장의 한마디에 긴장이 눈 녹듯 녹아내렸다. 그 당시 정신이 반쯤 나가 있었다. 은희를 만났고 친구의 소개로 법무사를 소개받았다. 지금 생각해도 하늘이 내게 준 선물이자 운이다.

　지금은 장애인을 보조해 주는 활동 보조사로 새 인생을 살고 있다. 넉넉한 건 아니지만 그럭저럭 밥은 먹고산다. 빚도 갚아가고 있다. 되돌아보니 내 인생도 참 힘든 시간이 많았다. 풀리지 않던 일들이 어느 순간 해결되고 조금씩 안정되었다. 시간이 약이라는 사실을 나중에야 깨달았다. 지나고 나니 보였다. 꼬인 매듭도 언젠간 풀린다는 사실을. 시간을 두고 하나씩 해결해야 한다는 걸 그 당시엔 몰랐다. 발등에 떨어진 불을 끄느라 멀리 보지 못했다. 사람이 급하면 당장 눈앞에 있는 것만 본다고 하지 않던가. 두 번이나 실패하고 나서야 철이 들었다. 나에게 맞지 않는 옷은 입지 말아야 한다는 사실을 알았다. 나름 철들었다고, 잘 살고 있다고 큰소리 뻥뻥 치며 살아왔는데 보기 좋게 무너졌다. 혼자만의 착각이었다. 호되게 비싼 수업료 치르고 나서야 잘못된 나를 보게 되었다. 잘 살아 보려고 벌였던 일들이 사실은 모래성이었다. 그 덕분에 더욱 단단해졌다. 운은 그저 주어지는 게 아니라 내가 만들어 가는 것이라는 걸.

　지금도 편하다고 자신 있게 말할 수는 없다. 엄마에게서 배운 억척스러운 끈기와 인내로 나는 오늘도 내일도 장애인을 돌보며 글을 쓴다. 하루가 고된 날들의 연속이다. 내가 만든 운 속에서 운을 키우며 하루를 마무리한다. 이런 나의 삶이 이 글을 읽는 독자에게 조금이나마 도움이 되길 바라는 마음이다.

9

오뚝이처럼 다시 일어나 도전하다

김미예

"네가? 정말 하려고? 안돼. 하지 마!"

모두 안 될 거라 말렸다. 광고대행사 대대행 운영. 독립하고 1년 반만이다. 시작했다. 14년 경험으로 밀어붙였다. 파트너도 생겼다. 작정하고 뛰어든 결과다. 운도 따랐다.

함께 할 사람들이 있다는 건 큰 힘이 된다. 반면 책임감도 뒤따른다. 파트너가 제대로 일할 수 있도록 매니저로서 돕는다. 매일 전달해야 할 내용 정리해서 보내주고, 매출 관련 사항도 체크한다. 여러 대행사 상품을 다루기에 각 회사의 요청사항 파악이 중요하다. 놓치지 않도록 꼼꼼하게 확인해야 한다. 파트너의 의견과 일정도 빼놓지 않고 소통한다. 새로운 정책, 변경된 부분은 빠르게 알아차려 현장에서 적용할 수 있도록 전달한다. 내 고객과 파트너의 고객까지 함께 모니터링을 한다. 두 배 이상의 에너지를 쏟는다. 할 일은 배로 늘었지만 일하는 재미와 살아있다는 생동감에 살맛 난다. 일! 제대로 해 보련다.

직장 생활할 때가 생각난다. 2016년 8월, 이직 후 만난 새로운 일터. 왕복 네 시간 거리다. 아직은 젊다는 패기로 덤벼들었다. 사무실 위치, 사람, 일 등 모든 게 새롭다. 어색했다. 유일하게 홍일점이기도 했다. 내 직속 상사인 이수열 본부장은 직설적이지만 공과 사는 구분할 줄 아는 상사였다. 어린 세 딸을 키우며 일하는 내게 배려와 지원을 아끼지 않았다. 근무시간도 오전 10시에서 오후 5시까지. 최고 대우였다. 일주일에 한 번은 치과 치료를 해야 했음에도 불구하고 편의를 봐주었다. 운이 좋았다. 회사 분위기도 좋고 내 위주로 자리를 만들어 주었다. 일 잘한다는 말 듣고 싶었다. 온 힘 다해 일했다. 짧은 시간 상담업무와 시스템을 배워 하나하나 내 것으로 만들었고 외부 영업사원들의 업무 지원까지 해냈다. 그런 나를 보고 이수열 본부장은 일과 가정에 문제가 생기지 않도록 지속적인 도움을 주었다. 직속 상사를 잘 만나는 것 또한 내 운이라 생각한다.

회사는 빠르게 성장했다. 안정권에 접어들자 직원들의 복지에도 신경을 써 주었다. 함께 일할 직원도 모집했다. 그 권한을 내게 주었다. 나와 결이 맞는 직원 세 명을 뽑아 콜센터 팀장으로 한 단계 성장할 기회도 주었다. 그 뒤에는 항상 이수열 본부장이 있었다. 무엇이든 본부장과 의논하고 배웠다. 나와 함께 일할 분들을 좋은 조건으로 영입해 왔다. 탄탄한 조직을 만들기 위해 서로 노력했다. 호흡이 척척 맞는다는 것이 이런 걸까? 즐거움이 두 배 이상이었다. 최선을 다해 일했고, 직원들도 잘 따라 주었다. 콜센터 위상이 높아졌다. 고객 상담은 물론 매출에도 성과를 낼 수 있었다. 우리의 노력에 이수열 본부장은 대표님과 의논해 직원들과 내게 급여 외에 성과급까지 지원해 주었다. 직원들은 더 열심히 일에 집중했다. 회사 매출이 오르면서 직원도 하나, 둘 늘었다. 이수열 본부장 라인으로 자신의 아내와 두 명의 직원이 더 들어왔다. 콜센터에서 함께 일하게 되었다. 직원이 늘어남에 따라 책임감도 커졌다.

2019년 3월. 3년간 노력한 덕분에 최연소 본부장에 승진했다. 직원 모두에게 축하를 받았다. 승진한 나는 세상을 다 얻은 기분이었다. 잘하고 싶었고, 직원들에게도 더 나은 혜택을 주고 싶었다. 팀장에서 한 걸음 나아가 본부장이 해야 할 일을 할 수 있어야 했다. 처음이라 어떻게 해야 할지 몰라 부사장에게 도움을 청했다. 배울 준비도 되어있었다.

"잠시 제 방으로 오시죠!" "네, 부사장님."

"본부장! 눈치가 그렇게 없어? 바보야? 일 그따위로 할 거야?"
역정부터 내는 것이 아닌가.

인수인계를 받을 줄 알고 갔는데 눈치 없는 바보가 되었다. 왜
혼나는지 이유를 알지 못했다. 그 자리에서 얼어붙었다. 처음 있
는 일이었다. 승진하면 인정받고 좋은 일만 생길 줄 알았다. 무엇
이 잘못되었을까. 답답했다. 나를 아끼던 이수열 부사장은 내가
본부장에 승진한 이후 매일 불러 지적했다. "본부장이 해야 할 일
몰라요? 지금도 팀장인 줄 알아요? 미치겠네." "부사장님께서 알
려주세요. 본부장이 해야 할 일. 그리고 인수인계해 주지 않으셨
습니다. 처음이라 모르니 가르쳐 달라고 요청도 드렸었고요." 벌
벌 떨리는 목소리로 말했다. "본부장이 되었으면 알아서 해야지
누가 알려줍니까?" 급기야 아내와 비교하면서 본부장 자리를 내
놓으라는 말까지 들어야 했다. 무엇이 문제일까? 말로 요목조목
설명해 주면 좋을 것을. 내가 그렇게 싫을까? 몰아세우기만 하는
부사장이 야속했다. 회사 출근이 두려웠다. 직원들 보기도 민망했
다. 다들 이상한 눈으로 나를 바라보는 듯한 시선, 여럿이 모여있
으면 내 얘기인 듯 신경이 곤두섰다. 자신감이 바닥까지 떨어졌다.
지금까지 일궈 온 자리를 지키고 싶었다. 내가 영입해 온 직원들에
게 든든한 울타리가 되어 주기로 약속했었다. 새로 투입된 직원들
과도 원활하게 지내고자 노력했다. 하지만 한번 틀어진 관계는 쉽
게 회복되지 않았다. 나를 따랐던 직원들도 등을 돌렸다. 부사장

이 데리고 온 직원들은 말할 것도 없다. 지쳤다. 그만두고 싶었다. 본부장이고 뭐고 다 필요 없었다. 선택이 필요했다. 허울 좋은 간판이 아닌 나로 인정받으며 일하고 싶었다. 어쩌면 부사장으로부터 도망치고 싶었는지도 모르겠다. 2019년 11월. 본부장 명함을 내려놓고, 사직서를 제출했다. 이틀 후로 기억한다. 성재길 이사로부터 연락을 받았다.

"본부장님, 잠시 쉰다 생각하고 기존의 업체 관리 및 판매 대행권까지 드릴 테니 맡아줘요!"

"조만간 다른 부서로 다시 부를 테니 나 좀 도와줘요. 본부장님 없으면 나 힘들다는 거 알잖아."

기존 재계약 대상자, 관리하던 업체, 그리고 매출에 대한 지사 지원금까지. 생각보다 좋은 조건의 제안이었다. 프리랜서로 계약을 맺었다. 내 운을 믿어보기로 했다.

2019년 12월. 광고대행사 대 대행 판권을 넘겨받아 일을 시작했다. 재택근무가 가능해 더 좋았다. 거기에 M사, B사와도 프리랜서 영업 대행 계약을 맺어 확장해 나갔다. '시작'이라는 단어 앞에 두려움도 있었다. 경쟁에서 살아남아야 한다는 강박도 생겼다. 당연하다. 아무도 나를 위해 인생을 대신 살아주지 않는다. 모든 건 내가 판단하고 결정해야 한다. 이제 부딪혀 행동해야 하는 실전이다.

하나에서 열까지 모두 내가 책임져야 하고, 내가 만들어 가야 한다. 거실 창문 옆에 마련된 내 책상에서 고객과 마주했다. 일을 스트레스가 아닌 하나의 도전으로 생각했다. 설렜다. 내 고객이 겪고 있는 문제를 해결해 줄 수 있다고 생각하니 뿌듯했다. 혜택, 서비스는 덤이다. 변경된 정책과 고객에게 제공할 매뉴얼을 만들었다. 몇십 배 더 노력해야 했다. 상담 전화도 이전보다 자주 시도했다. "매니저님! 일일이 전화를 주시네요. 고마워요." 고객은 어색해하면서도 관리해 줘서 고맙다며 나에게 힘을 실어주었다. 신뢰를 쌓아갔다. 매물 등록이 어려워 망설이고 포기했던 공인중개사에게 일일이 등록할 수 있도록 설명서를 제공했다. 수시로 전화하여 등록 여부를 확인했으며, 스스로 할 수 있도록 기다려주었다. 프리랜서로 전향 후 고객과의 소통은 내게 또 다른 기회가 되었다. 작은 성과를 내기 시작했다.

2년이 흘렀다. 내가 먼저 웃었다. 실수한 건 미안하다 말했다. 기다려주었다. 닫혀있던 고객의 마음이 조금씩 열리기 시작했다. 고객 가까운 곳에서 자리를 지켜왔다. 덕분에 운을 손에 쥐었고, 나와 인연을 이어온 고객으로부터 소개가 이어졌다. 노력한 보람이 있었다. 자신감도 생겼다. 하루하루 작은 행동이 나와 공인중개사를 가깝게 해 주었다. 희망이 보인다.

무모한 짓이라고 모두가 반대한 일. 무식할 정도로 재도전했다.

넘어지고 또 넘어지고 다시 일어서기를 수십만 번. 오뚝이처럼 일어나 부딪힌 덕분에 안타와 홈런까지 칠 수 있었다. 보란 듯이 증명해 보이고 싶었다. 이겨 내지 못하고 도망쳤다면, 아니 시작도 하지 않았다면 운은 내게 오지 않았을 것이다.

직장 생활에서 맛본 단맛과 쓴맛. 맷집을 키울 수 있는 도구가 아니었을까. 과정을 하나하나 밟고 견뎌왔기에 운을 거머쥘 수 있었다. 오늘도 나는 현장에서 고객을 맞는다.

Part 2
기회 · Opportunity

THE
5
LOCDA

1

꿈의 실체를 붙잡다

김한송

강원도에서 우리 네 가족 상봉했다. 큰애는 서울에서 기차를 타고 왔고 우리는 차를 가지고 출발했다. 시댁 조카 호정이의 결혼식으로 가족들이 다 모였다. 2년 전에 큰아들과 둘이서 다녀온 이후로 두 번째다. 호정이는 내가 결혼했을 때 초등학교 1학년이었는데 시집을 간다니 참 시간은 빠르다. 조카 덕분에 하는 가족여행이다. 예식장에서 큰아들이 축가를 불렀다. 하객들은 마치 라이브 공연에 온 듯 함께 즐겼다. 사회자는 축가가 끝나자 프로 뮤지션은 다르다는 멘트로 분위기를 한껏 고조시켰다. 결혼식을 진행하는 사회자는 40대쯤으로 보이는 중년 여성이었다. 예식장에서 여자가 사회 보는 것을 나는 처음 보았다. 전문 MC인 듯 목소리도 좋고 진행 솜씨도 매끄러웠다. 경험이 많은지 목소리에 내공이 느껴졌다.

말하는 것에 관심이 많았다. 내성적이고 부끄럼을 많이 타는 성격이었지만, 말을 잘하고 싶은 욕구를 늘 품고 살았다. 할 말이 입 언저리까지 나오다가 꽉 막혀버려 결정적인 순간에 답답함을 많이 느꼈다. 선생님이 수업 시간에 "이 문제 아는 사람!" 하시면 정답을 알고 있으면서도 손을 들지 못했다. 용기 있게 손이 반쯤 올라갈라치면 어김없이 종이 울렸다.

가르치는 일을 하다 보니 '말'에 대한 관심은 더 커졌다. 아이들이 자신감 있는 모습으로 발표할 수 있도록 가르치려면 내가 먼저 큰 목소리로 시범을 보여야 했다. 원장이 되면서부터는 자연스럽게 앞에 설 기회가 많았기에 리더가 해야 할 말을 배워야겠다고 생각했다. 부족함을 인정할 때 성장은 이루어진다. 공감 커뮤니케이션 연구소에서 CEO 과정 스피치를 배우게 되었다. 수강생들은 대부분 개인사업자나 리더였다. 치과의사, 약사, 변호사, 기업 대표, 선생님 등 다양한 직업군이 모였다. 공식적인 자리에서 리더의 말 한마디는 중요하다. 잘하면 본전이지만, 한 번의 말실수는 치명적이다. 말하는 법을 계속 배우고 적용해야 하는 이유다.

박진영 대표는 아나운서 출신이다. 젊은 시절부터 10년 이상 방송국에서 아나운서를 했기에 커리큘럼이 다채로웠다. 교육 서두에는 신문이나 칼럼을 발췌해서 읽으면서 발음을 교정했다. 첫 번째 시간은 어떻게 전달할 것인가에 대한 이론을 배운다. 두 번째 시간은 마이크를 잡고 스피치 실습을 한다. 그런데, 색달랐던 것은 발표 모습을 바로 모니터 하는 과정이다. 카메라로 녹화하고 모두가 보는 가운데 영상을 본다. 아 정말 피하고 싶은 순간이다. 머리를 다 쥐어뜯고 싶은 심정이다. 발가벗고 서 있는 기분이라 해도 과언이 아니다. 카메라에 담긴 내 얼굴은 왜 저렇게 이상할까. 제스처도 어찌나 어색한지 손은 갈 길을 잃어 허공을 맴돌고 있다. 시선을 중앙에 두지 못하고 말을 하다가 띄엄띄엄 멈춘다. 청중을 바라보는 것이 쑥스러운지 눈동자는 천정을 향한다. 마이크를 잡는 손이 가느다랗게 떨고 있다. 짧은 2분 스피치 시연이 마치 두 시간처럼 느껴졌다. 창피해서 숨고만 싶었다. 잘하고 싶어 비싼 수강료를 내고 왔는데 왜 시간이 지날수록 자괴감이 드는지 스트레스가 쌓였다.

매주 다른 주제로 과제가 있었다. 무슨 말을 할 것인지 원고를 정리하고 연습했다. 그동안 배우고 익혔던 나만의 화법이 있었기에 자신 있었다. 그런데, 막상 늘 대하던 대상이 아니어서인지 평소보다 더 긴장되었다. 몇 번의 모니터를 통해 나의 잘못된 자세와 말할 때의 습관을 알 수 있었다. 처음엔 내 모습이 낯설어서 포기하고도 싶었지만, 시간이 지날수록 더 잘 해내고 싶은 오기가 생겼다. 1주일에 한 번 수업이 있는 날엔 미리 준비한 원고를 출퇴근 차 안에서 읽고 또 읽었다. 외운 내용을 녹음해서 내 목소리를 들어보았다. 어색해도 견디며 끝까지 듣고 시간을 체크했다. 매주 과제는 나를 성장시키기에 충분했다.

차츰 목소리 톤과 제스처가 자연스러워졌다. 청중을 두루 바라보는 시선도 안정이 되어갔다. 3개월 이상 꾸준히 배우고 연습했더니 자신감이 붙었다. 나를 모니터 한 그 순간을 기꺼이 견디기로 작정한 덕분이었다.

그 후, 박진영 대표가 책을 출간하게 되어 북 콘서트를 열었다. 그 기념회에서 남녀 듀엣으로 진행할 사람이 필요했는데 내가 2기 대표로 뽑혀 사회자 단상에 서게 되었다. 노래, 춤, 악기 연주, 축사, 등 다양한 이벤트 행사를 멋지게 소개했다. 작가를 빛나게 해 주면서도 떨지 않고 자연스러운 진행을 이어갔다. 끝나고 나니 동기들이 감각적이고 세련되게 진행을 잘했다며 엄지 척을 해줬다. 가슴이 뜨거워졌다. 말이 입 밖으로 나오지 않아 답답한 마음을 오래도록 갖고 살았다. 그 뜨거움을 많은 사람 앞에서 쏟아내는 순간 희미하게 보이던 꿈의 실체가 조금씩 내게 다가오고 있었다.

어린이집 교사와 원장을 하면서 다양한 교육 분야에 관심을 가졌다. 이젠 더 늦기 전에 내 꿈을 펼쳐보고 싶다는 욕구가 꿈틀거렸다. 해 보지도 않고 후회만 반복되는 일상은 피하고 싶었다. 지금과는 다르게 살겠다고 다짐했다.

다시 글을 쓰기 시작했다. 글을 쓰는 작업은 나에게 삶의 방향을 찾게 하는 질문으로 향했다. 내가 받은 상처, 부족했던 점, 두려움 많은 나약함, 나만의 강점 등 세상 사람들에게 전하고 싶은 말들을 쏟아냈다. 3개월 동안 집중해서 초고를 완성하고 출판사 투고를 했다. 6개월 만에 두 번째 책을 출간했다. 주위에 출간 소식을 알리니 자연스럽게 저자 특강 기회가 생겼다. 온라인으로 해보는 강의는 처음이었지만 내 삶을 전하는 자리에 떨림을 안고 특강을 할 수 있었다. 크리스토퍼 리더십 과정을 공부했던 수강생 한 분이 "작가와의 만남"을 요청해 주셨다. 너무도 감사하게 오프라인 첫 저자 특강과 사인회를 할 수 있었다.

"작가님 글을 읽으면서 슈퍼우먼으로 살아가게 될 아내와 딸이 떠올랐습니다. 좋은 글 써주셔서 감사합니다."

내 생애 최고의 찬사였다. 강사님들 중 나의 첫 책을 사인해서 선물로 드린 유일한 심재호 강사님은 찐 팬 독자가 되어 주셨다. 밑줄 긋고 메모하며 세 번을 정독한 독자의 흔적은 작가로서 살아갈 충분한 밑천이 되었다. 누군가를 진심으로 응원한다는 것은 이런 게 아닐까? 감동 그 자체였다. 세상은 내가 달라지는 만큼 새롭게 보인다. 내가 진심을 담으니 세상도 내 마음을 알아주었다. 배움에 있어 진심이었던 나의 남다른 열정은 그렇게 한 발 한 발 내가 원하는 삶으로 걸어가고 있었다.

지나서 생각해 보면 '아 그때가 내겐 절호의 기회였구나'라고 생각할 때가 있다. 오랜 시간 꿈꿔온 '강사'라는 직업에 적극적으로 다가서지 못했다. 내가 나를 믿어주지 못했기 때문이었다.

글을 쓰면서 '진짜 나'를 찾아가기 시작했다. 나 자신에게 확신을 줄 때 흔들림 없이 나아갈 수 있음을 알았다. 예전엔 자꾸 움츠러들고 누군가 인정해 주기만을 바랐다. 내 삶을 좀 더 주도적으로 살지 못했다. 오늘을 살면서 "지금"에 집중하지 못하고 잡히지 않는 먼 미래만 바라봤던 과거의 어리석음을 이젠 뒤로한다. 수많은 기회가 내 꿈을 찾아와 주는 지금. 망설였던 지난 시간의 후회는 하지 않기로 했다.

현실과 타협하지 않고 꿈과 마주하며 나란히 걷는 지금! 최고의 인생 타이밍이다.

2

위기 속에 찾아온 기회

민주란

2020년 3월. 팬데믹이 시작되었다. 우리 가족에게 새로운 기회를 주었다. 결혼해서 미국에 산 지 26년째. 워싱턴주 University Place에서 16년을 살았고, 캘리포니아 Alameda로 이사 온 지 10년이 되었다. 언제나 바빴다. 워싱턴주에서는 아이들과 보낼 시간이 많았다. 캘리포니아에서는 그럴 여유조차 없었다.

워싱턴주에서 아이 셋을 키울 때다. 매일 새벽 시어머니 아침상을 준비했다. 남편이 운영하는 모텔 안채로 음식을 날랐다. 아이들이 일어나기 전 끝내야 했다. 누룽지 좋아하는 시어머니를 위해 정성 다해 솥 밥을 했다. 찌개는 기본. 나물 한 가지와 전은 빠지지 않는다. 생선이나 소고기는 격일로 챙겼다. 야채와 과일 주스는 마지막에 짠다. 사과, 바나나, 당근, 샐러리와 케일을 넣는다. 병에 담아 뚜껑을 꽉 닫아 가져간다.

아이들을 등교시키고 픽업할 때까지 남편 일을 도왔다. 방과 후엔 아이들에게 집중했다. 피아노, 바이올린, 플룻, 첼로 악기를 배우게 했다. 산책도 했다. 미국 교육 시스템은 가족 중 한 사람이 운전기사를 전담한다. 혼자 할 수 없어 남편과 운전이나 육아를 함께 했다. 덕분에 아이들이 성장하는 모습을 놓치지 않고 볼 수 있었다. 아이들과 대화도 나누고 속마음도 터놓으며 지켜볼 수 있어서 감사했다.

샌프란시스코로 이사 와서는 상황이 달라졌다. 남편은 손 세차장을 운영했다. 모텔과 달리 여유가 없었다. 나도 뉴스킨 사업을 시작했다. 회사와 제품이 좋아서 사업을 결심했고 시간 조정이 가능해서 선택했다. 아이들 픽업 시간에 늦지 않게 스케줄을 잡을 수 있어서 좋았다. 사업이 바빠지면서 모임들이 수시로 생겼다. 팀을 이끌기 위해서 참석해야 했다. 장거리 운전도 했다. LA까지 7시간. 아이들과 떨어져 지내는 시간이 많아졌다.

남편과 소통도 어려워졌다. 통화하면 바쁘니 곧 연락한다며 끊었다. 기다려도 응답은 오지 않았다. 나도 남편 전화를 받을 수 없는 경우가 많았다. 통화해야 하는데 잊어버리는 게 일상이었다. 거실 한쪽에 커다란 화이트보드를 걸었다. 모든 일정을 빼곡히 적어 놓았지만 다 해낼 순 없었다.

켈리 중학교 선생이 연락했다. 이번 방학식에는 꼭 참석하라고. 전교생과 학부모들이 강당에 꽉 찼다. 켈리가 무대에서 시를 낭송했다. 상장과 부상도 받았다. 추수감사절 감자요리 대신 만든 콜리플라워에 대한 시에 공감하며 힘찬 박수와 웃음을 보내주었다. 한 달 전 오클랜드 교구청에서 켈리 시가 당선되어 시상식도 있었는데 까맣게 모르고 있었다. 시상식에 참석하지 못해 안타깝게 여겼던 담임선생이 자리를 마련해 준 거였다. 바쁜 내가 원망스러웠다. 무엇을 위해 일하는지 회의가 들었다.

코로나19 팬데믹. 곧 지나갈 줄 알았다. 상상할 수 없는 일이 일어났다. 시간이 지나며 미국 정부는 대규모 사회통제를 선언했다. 뉴스를 볼수록 앞날을 예측할 수 없었다. LA로 콘퍼런스 하러 가야 하는데 첫 주는 연기했다. 둘째 주가 되자 모든 일정이 취소됐다. 남편 사업도 문을 닫았다. 2주 동안 세상은 혼란스러운데 우리는 함께 있는 시간이 많아져 좋았다.

"팬데믹 덕분에 우리가 얘기할 시간이 많아 좋네!"
"그렇지"

언제 끝날지 모르는 팬데믹으로 먹고사는 걱정에 불안이 커졌다. 남편과 많은 이야기를 나누며 의논했다.

라스베이거스 네바다 주로 이사 왔다. 가족회의를 거쳐 결정한 거였다. 팬데믹 덕분이었다. 아이들이 어릴 때는 의견을 물어볼 생각조차 하지 않았다.

아이들과 영화도 보고 산책하며 지냈다. 몇 달이 지나자, 켈리와 케일라가 자신들의 독서클럽에 나를 초대했다. 코로나19 이후 만든 독서클럽이다.

"엄마, 우리와 함께하시겠어요?"
"당근이지! 너희들과 함께할 수 있다면 뭐든 좋지!"

독서클럽은 마지막 주 일요일. 책에 대한 소감과 기억하고 싶은 문장을 발표했다. 공통으로 나온 주제가 "아빠"였다. "조용히 말해도 알아듣는데 왜 목소리가 크실까." "속마음을 왜 내색하지 않으실까." "모든 고민을 왜 혼자서만 안고 계실까." 이구동성으로 말했다. 감정 표현에 서툰 아버지를 이해하자고 결론지었다. 각자 노력해야지 기대하면 안 된다고. 어떻게 하면 아빠와 가까워질 수 있나 열띤 토론을 했다. 질투 날 만큼 아이들은 아빠를 이해하고 배려하고 있었다.

독서클럽에서 아이들은 속마음을 드러내기 시작했다. 힘들었던 일들을 말했다. 케일라는 자신이 혼자라고 느꼈고 아무도 옆에 없다고 말했다. 언니와 잘 지낼 때가 많았지만, 싸우면 마음의 문을 닫았다고 고백했다. 엄마는 바쁘고 해야 할 일만 요구했고 마음을 알아주지 않는다고 서운해했다. 부둥켜안고 울기도 했다. 나는 상처를 줘서 미안하다고 했다. 아이들은 마음의 문을 닫고 엄마 탓만 했다며 반성했다. 독서클럽은 맛있는 맛집 방문으로 끝을 맺는다. 시원하게 감정을 털어놓은 후라 더 맛있었다. 웃는 일이 많으니 표정도 밝아졌다. 만약, 이런 시간이 없었다면 어땠을까. 아이들 가슴속에 멍이 드는지도 모르고 우리는 바빠서 아등바등 지냈을 터다.

코로나19 팬데믹 위기가 우리 가족에겐 소중한 기회가 되었다. 가족과 깊은 대화를 나누는 건 소중하다.

케일라가 힘껏 안아주며 말한다.

"엄마 드디어 우리와 같은 눈높이가 되셨네요. 사랑해요"

3

공부는 때가 있지 않다

최형숙

내 나이 오십. 대학에 입학했다. 공부는 때가 있다는 말을 들으며 컸다. 때가 있는 공부와 평생 하는 공부는 나뉠 수 있다. 공부의 종류가 필요한 게 아니라, 내가 배우고 싶고 나눔을 할 수 있는 공부는 기회가 왔을 때 해야 한다.

휴학했던 막내 오빠가 군대를 제대했다. 나는 같은 해에 대학을 가게 되었다. 학력고사 보고 온 날, 아버지는 동네 은파 다방에 나를 데리고 갔다. 벽돌색 찻잔에 달걀노른자 동동 띄운 쌍화차를 시켜주시며 말씀하셨다.

"아가. 네가 대학을 간다면 희열이는 대학을 포기하라고 할게.

네가 선택해."

"아버지 난 나중에 방송통신대학이라도 가면 되니까 오빠 대학 보내. 오빠는 남자라서 나중에 부인이랑 아이들 먹여 살려야 되잖아."

"미안하다 아가."

여고 졸업 30년 만인 2016년. 드디어 서울 디지털 사이버 대학교 상담심리학과에 입학했다. 카센터와 여러 조건상 사이버 대학을 선택했다. 상담 심리 공부를 오래 했고, 더 깊이 배우고 싶어 선택한 학과였다. 사이버 대학교는 나처럼 나이가 있는 사람이 올 거라는 선입견이 있었다. 막상 입학하니 20대의 젊은 친구들이 많았다. 특히 내가 공부하는 상담 심리 학과는 어린 친구들이 많았다.

사이버 대학교의 장점은 2주일 동안 수업을 동영상으로 들을 수 있는 시간을 주었다. 나처럼 일하는 사람이 공부하기 딱 좋은 구조였다. 한번 공부하고 잘 모르겠으면 한 번 더 보고 공부할 수 있었다. 전공 공부가 어려웠다. 더군다나 어린 친구들의 순발력을 따라가기가 버겁기도 했다. 난 꾸준함으로 그 공백을 메워 나갔다.

상담 심리학을 전공하면서 주교재와 부교재를 깡그리 사서 읽고 공부했다. 공부하는 맛이 났다. 신났다. 배우고 싶을 때 하는 공부는 나의 즐거움이었다.

"엄마, 요즘 많이 변했어. 화를 덜 내는 것 같아요."

"그래? 엄마가 아무래도 공부를 하면서 많이 생각하게 되네."

"엄마 예전에는 화 많이 냈던 거 알아요? 엄마 무서운 사람이었는데, 이젠 친구 같아."

"정말 그래. 고마워. 공부한 보람이 있네."

"말도 잘 들어줘, 이해를 해줘서 엄마랑 말하기가 너무 편해요."

"딸내미가 엄마를 좋게 봐줘서 그런 것 같다."

"엄마, 난 세상에서 엄마처럼 이렇게 열심히 공부하는 사람 처음 봐. 어떻게 공부가 재밌다고 할 수 있어. 난 공부 진짜 재미없는데."

"엄마도 공부 힘들어. 재밌다고 마인드 컨트롤 중이야."

"공부하는 엄마가, 도전하는 엄마가 내 롤모델이야. 엄마처럼 할 수는 없겠지만, 그래도 엄마처럼 하고 싶어."

"넌 나보다 더 잘하는데 뭘. 다재다능한 네가 부럽다."

공부하면서 주위의 반응도 달라졌다. 그 나이에 공부해서 뭐 할 거냐고 손가락질하고 질투하던 사람들이 인정하고 응원해 주는 지지자가 되었다.

대학교에서 상담 심리학을 전공하면서 기회가 찾아왔다. 내가 그랬던 것처럼 우울증이 심한 내담자를 소개받았다. 내가 이 내담자를 상담할 수 있을까? 다른 상담자한테 돌려야 할까?

"선생님. 지금 많이 힘드실 텐데, 제가 상담을 잘할 자신이 없을 것 같아서 저보다 더 실력이 좋은 상담자분을 소개해 드리겠습니다."

"아니요, 선생님. 저는 선생님의 이야기를 듣고 찾아왔어요. 친구가 선생님의 이야기를 했을 때 저를 복사해 놓은 것 같은 생각이 들었어요. 선생님이 우울증을 극복했다면 저도 극복할 수 있을 것 같아요. 꼭 선생님께 상담받고 싶어요. 선생님을 100% 믿어요."

"알겠습니다. 제가 선생님과 함께 해 보겠습니다."

우울증으로 힘들 땐 편지를 써서 다음 상담 시간에 가져오는 숙제를 냈다.

"선생님이 전화나 찾아오지 말라고 해서 편지를 썼어요. 편지를 쓰면서 정리가 되고, 이유를 찾아보게 되었어요. 처음으로 나 자신을 들여다보는 시간이라 좋았어요. 선생님 감사해요."

"그렇게 받아들이시니 다행입니다."

"세상이 원망스럽고 야속하기만 했는데 돌아보니 제가 저를 힘들게 했네요. 저를 사랑하는 법을 배워가고 있어요."

그 내담자와 상담을 2년 했다. 상담 기간 내에 우울증 약을 끊고 운동을 하고, 사회복지사 자격증을 땄다. 사회복지사 자격증으로 요양원에 취업도 했다. 지금까지 피해 다니기만 하던 가족들이 적극적으로 응원을 해 준다고 했다.

"선생님, 이제야 사람처럼 살 수 있을 것 같은 자신감이 생겨요. 전 제가 마흔 넘어서 산다고 상상을 해 본 적이 없어요. 항상 내일이 없던 저에게 여든다섯 살, 평균수명까지는 살 자신이 생겼어요."

두 손을 불끈 쥐며 파이팅 포즈를 취한다. 이 내담자의 상담을 기회로 상담이 꾸준히 들어왔다. 자살 예방 상담, 자존감 상담, 우울증 상담, 특히 웰다잉 상담을 집중적으로 한다.

"블로그 보고 전화드렸는데요. 엄마가 시한부 진단받았어요. 엄마가 억울하다고 자꾸 울어요. 상담이 될까요?"

"어머님이 많이 힘들어하세요?"

"네. 특히 아버지를 들들 볶아요."

"시간 되실 때 한번 모시고 오실 수 있으세요? 한번 만나 볼게요."

"네 알겠어요. 고맙습니다."

웰다잉 상담은 사명감을 가지고 한다. 내담자가 먼 길을 떠나고, 장례식장에 가면 상주들이 다 와서 손잡고 고맙다는 인사를 받는다.

"선생님 덕분에 엄마가 우리 형제들 다 우애 있게 이어주고 맘 편히 속에 있는 말 다 하고 가셨어요. 고맙습니다."

우리나라에서 공감으로 웰다잉 상담을 최고로 잘하는 웰다잉

지도사라고 자부한다.

사회복지학과 복수 전공까지 7학기 만에 대학교를 조기 졸업
했다. 대학교를 마쳤다는 후련함과 대학원을 가고 싶다는 갈등이
일었다. 상담 심리 공부가 재밌지만, 생활과 병행하기에 만만치 않
음을 10년 공부의 경험으로 알고 있기에 엄두가 나지 않았다.

1년 반 동안 고민 끝에 120세 시대에 필요한 평생 교육 전공으
로 국립한국교통대학교 대학원에 도전했다. 올 상반기는 원우들
을 대표하는 원우회장으로서 3학기, 하반기인 4학기에는 논문 통
과로 졸업을 목표하고 있다. 대학교 입학을 기회로 대학원까지 도
전하는 지금의 내 모습에 박수를 보낸다.

첫 상담의 기회가 왔을 때 잡을 수 있었던 것은 평생교육원과
자격증 과정 7년간의 공부, 대학교에서 상담 심리를 전공했기에
자신 있게 할 수 있었다. 준비된 사람은 기회가 보인다. 기회가 왔
을 때 도전할 힘이 생긴다. 이것이 준비된 자가 기회를 낚아채는
법이다.

4

약한 사람은 기회를 기다리고
강한 사람은 기회를 만든다

함해식

마라톤은 기회다. 왜냐면 코로나19 때문에 혼자 있는 시간이
많다 보니 체중이 늘어나고 수시로 기분이 가라앉는다. 이제는 밖
에 나가 달리고 나면 기분이 좋아지고 에너지도 많이 얻는다. 그
래서 앞으로 하고 싶은 마라톤을 하기 위해 적게 먹고 수시로 부
상을 방지하기 위해 근력운동과 스트레칭을 해야겠다.

2019년 1월에 대상 포진 때문에 1년 동안 방바닥에 온종일 누
워있었다. 몸이 아프니 마음도 아팠다. 아침에 일어나 오전에 물리
치료를 받고 오후에 집에 와서 점심 먹고 쉬니 하루가 금방 갔다.
일하기도 귀찮고, 아프니 돈도 생각나지 않았다. 컨디션이 좋아지
는 날에는 운동하면 좋아질 거로 생각하고 공원 산책을 했다. 10

분 만에 몸이 더 아파 며칠 동안 아무것도 하지 못했다. 세차하거나 운전해도 신경 쓰면 등에 통증이 와서 아무것도 하지 못했다. 수입도 없으니 아내와 관계도 좋지 않았다. 돈 걱정을 하면 할수록 내 몸이 더 아팠다. 점점 평범한 일상이 그리웠다.

마라톤 시작한 지 한 달이 지났다. 무릎에 통증이 온다. 하지 않던 운동을 너무 해서 무리가 온 것 같다. 몸무게가 보통 사람과 비교해 많이 나가서 그런 것 같다. 마라톤은 중독성이 강하다. 달리는 동안 기분이 좋다. 혼자 아닌 함께 달리니 기쁨이 두 배가 된다. 입대하고 신병 교육 기간 생각이 난다. 아침마다 교육장 가기 위해 동기들과 같이 뛰고 체력훈련 연습할 때도 수시로 뛰어다녔다. 처음에는 하지 않던 운동이 힘이 들어 다리에 근육통 와서 저녁에 자기 전에 파스를 발랐다. 하지만 시간이 지날수록 자신감이 생기고 재미도 있었다.

마라톤 동호회에서 목요일 번개 마라톤에 참가할 수 있는지 전화가 왔다. 부상이 완쾌되지 못해 쉰다고 말을 하고 통화를 끝냈다. 아쉬움이 남고 무언가 허전했다. 마음 같아서 지금이라도 뛰고 싶은데 부상이 더 심해질까 걱정이 됐다. 예를 들면 5살 어린 아이가 엄마랑 마트에 갔다가 장난감이 사고 싶어 엄마에게 조른다. 다음에 사준다는 말에 아이는 바닥에 누워 크게 운다. 지금 내 심정이 그렇다. 억지로라도 달리고 싶은 마음이다. 이번이 신이 나에게 건강을 주기 위해 기회를 주신 것 같았다. 마라톤 운동을 놓치고 싶지 않았다.

군 전역 후 나는 앞으로 무엇을 위해 먹고살지 고민한 적이 있다. 주변에 사촌 형님들은 대기업 다니고 연봉을 많이 받는다는 소문에 그럼 나도 대기업 가야겠다고 결심했다. 2003년 1월에 대구 영남 이공대학 기계과 입학원서 내고 합격했다. 중 고등 시절 공부 못했다. 이번에는 열심히 공부하고 해서 원하는 회사 취업하고 대학교 친구들이랑 재미있게 대학교 생활한다는 기대감과 설렘 가득했다. 하지만 학교 성적은 잘 나오는데 삼성 포스코 엘지 등 1차 서류 전형에서 모두 떨어졌다. 나와 성적이 비슷한 동생들은 모두 합격했다. 매번 이렇게 서류에서 떨어지다 보니 집에 와서는 자기소개서 잘 쓰는 방법을 공부했다. 인터넷 검색도 해 보고 주변 아는 후배와 형님에게 대기업 취업 잘하는 노하우도 물어본 적이 있다. 그렇게 방법을 바꾸고 했지만 계속 떨어졌다. 옆에서 지켜보던 교수님도 내가 안타까워 마지막으로 학교 추천서 적어 울산 석유회사에도 지원했는데 또 떨어졌다. 대기업 인연과는 맞지 않음을 생각하고 포기했다. 지금 와서 생각해 보면 신이 누구 밑에 일하지 말고 사업하라는 징조가 아닐까 긍정적인 생각을 한다.

나는 어릴 때부터 친구들이랑 동네 강가에서 물놀이하는 것을 좋아했다. 특히 비 오는 날에는 수영하면 더 재미가 있었다. 군대에서 전투 수영을 배웠고 수영 기술이 부족함을 느꼈다. 더 잘하고 싶어서 전역 후 수영장에 가입했다. 물속에서 평영 킥이 약해 선생님에게 배웠다. 생각만큼 잘되지 않았다. 남들은 한번 킥을 차면 쭉 나가는데 나는 잘 안되었다. 그 부족함이 수시로 배고픔처럼 느껴졌다. 더 잘하고 싶은 마음에 수영장을 자주 찾게 되었고 연습했다. 아직도 터득하지 못했지만 될 때까지 계속하고 싶다. 나는 알고 있다. 지금은 방법은 몰라도 내일은 반드시 해결할 수 있다는 신념이 있다.

TV 속 몸이 불편한 장애인들도 수영을 물고기처럼 잘하는 모습을 봤다. 그림을 그리고 싶은데 팔다리가 없지만, 입으로 그리는 모습도 봤다. 그 사람 모습은 얼굴이 밝아 보이고 내면에 감사함과 긍정 에너지가 가득 차 보였다. 나는 힘든 과정이 있더라도 나보다 어려움 사람 생각하면 한 번 더 시도한다. 어떤 사람은 도전에 부딪히면 과거 실수에 초점을 맞추기 시작한다. 생각이 과거에 머무르면 스트레스는 증가할 수밖에 없다. 이때 마음을 현재로 이끌고 긍정적인 미래를 기대한다면 그 순간 감정 상태도 변한다. 이처럼 나는 기회에 집중하고 희망을 본다.

실패에는 두 가지 이득이 있다. 하나는 어떤 것이 잘되지 않는 방법인지를 배울 수 있다는 것이고, 다른 하나는 다른 방법으로 새롭게 시도할 수 있는 기회가 주어진다는 것이다.

2016년 퇴직금으로 용접 기술을 배워 7월에 창업했다. 1톤 포터 차량에 광고 스티커 붙이고 현수막 전단을 붙이고 다녔다. 아침저녁 주기적으로 붙였다. 무언가 새로운 것을 시작하는 것은 참 재미있다. 창업 3개월 후 고객이 현수막을 보고 전화가 왔다. 지금 산속인데 건설 장비 기름통에 기름이 샌다. 내일까지 끝내고 다른 곳으로 이동해야 한다고 한다. 오전 11시, 다급한 목소리였다. 나는 전화를 끊고 현장으로 이동했다. 15분 뒤 현장에 도착해 전기가 들어오는지 용접 부위 재질을 파악했다. 기계가 외국산이라 특수용접이 안 될 수 있다고 말하고 일단 시작했다. 이 작업을 꼭 끝내고 싶었다. 이런 작업이 처음이라 두려움이 있지만 할 수 있다는 마음으로 시작했다. 창고에 가서 필요한 장비를 싣고 공구 상가에 가서 필요한 발전기를 구매했다.

현장에 도착해 장비를 세팅했다. 용접 부위 오염된 곳에 물로 세척하고 퐁퐁으로 깨끗이 한 후 용접을 시작했다. 4시간가량 작업을 끝내고 시동 걸고 테스트했다. 한 번에 성공했다. 고객이 고맙다며 오늘 돈 쓴 게 아깝지 않다고 내게 말을 한다. 일주일 전 다른 곳에서 용접했는데 금방 새는데 지금 한 것은 너무 잘 된 것 같다고 말한다. 다음 날 오전에 전화가 와서 용접 사장님 덕분에 현장 작업 다 끝내고 지금 다른 곳으로 이동한다고 안부 전한다.

그때 정말 기분이 좋았다. 지금까지 살아오면서 혼자 무슨 문제를 해결해 칭찬받았던 적이 없었다.

출근해 조용히 혼자 있는 날에는 내가 지금 할 수 있는 일에 집중한다. 용접 연습과 기술 개발 등 부족한 부분을 공부한다. 이미 성공한 사람들의 노하우를 공부하고 몇 년 동안 고통과 실수 줄인다. 안 되는 가게보다는 잘 되는 가게에 초점을 맞춘다. 나는 책을 열심히 읽고 학생처럼 부지런히 세미나도 참석한다. 다른 사람들의 경험을 장식품이 아닌 필수품으로 여긴다. 그들은 내게 오랜 경험과 그로 인해 성공한 지혜를 준다. 가능한 한 자주 다른 사람들의 경험 배우고, 배운 내용을 실생활에도 적용해 본다.

5

선택이 기회가 되었다

황성유

선생님이란 꿈을 포기하니 내 인생의 기회는 없다고 생각했다. 원하는 대로 살 수 없는 게 인생이라고 생각하니 의욕이 없었다. 하루살이처럼 하루 연명하듯 살아가는데도 벅찼다. 약한 체력인데 내 몸 챙길 줄 몰랐다. 건강에 대해 무지했다. 운이 따라주지 않는다고만 생각했다. 내 마음과 몸이 주는 신호를 무시했다. 그러니 다른 사람들과 대화하는 게 불편하고 어려웠다. 퇴근 시간만 바라며 붕붕 떠다니듯 몽롱한 상태로 일할 때가 많았다. 반장 언니가 퇴사하면 어떻겠냐고 여러 번 말했다. 일을 그만두라는 말은 가슴 철렁하게 했다. 직장을 찾거나 할 여력조차 나지 않았다. 슬펐다. 좋지 않게 보일 줄 몰랐고 배려 받지 못했다. 모범상 받을 때도 있었고 충성스럽게 근무했는데 말이다. 생각이 깊어졌다. '어떻게 해야 하지?' 한 회사에 오래 머물 수 없다는 걸 몸과 마음으로 경험했다. 그러니 10년 가까이 일한 회사에 오래 다니는 게 눈치 보였다. 어떻게든 다른 걸 찾아야 하는 쪽으로 생각했다. 회사 직원이 야간대학교에 다니고 있다는 소문을 들었다. 회사를 겨우 다니지만 이러다 죽겠다 싶어 죽을 각오로 공부해서 야간대학교에 입학했다. 앞날에 어떤 직업을 가질 것인가에 대해 생각지 않고 살다가 도전하려니 두려움이 컸다. 나에겐 모험이었다. 앞으로 어떤 일을 하고 지낼 것인가에 대한 불안한 마음은 어떻게든 움직이도록 했다. 몸 쓰는 공장 일하고 저녁에 다른 지역으로 통학하기 쉽지 않았다. 막차 타는 시간을 맞추기 어려웠다. 방학 동안 운전면허 자격증을 취득하고 중고차를 구매했다. 다른 방도는 없고 앞뒤 생각 가리지 않는 정신으로 시작했다. 10년이란 경력과 비교하면 월급은 신입사원과 별 차이가 없었다. 퇴사해도 경력직이 되지 못해 다른 곳에 취직하면 적은 월급을 받을 거였다. 전공과목도 큰 수입을 내는 것은 아니었다. 단지 전문직이란 게 맘에 들어 선택했다. 아침, 점심으로 쪽잠 자는 일이 많아졌다. 몸은 피곤했지만 배우는 시간은 즐겁고 행복했다. 동기 언니들과 만나는 시간이 설레고 좋았다. 과제를 핑계로 함께 하고 보내는 게 재밌었다. 새롭고 신기한 경험이었다. 배우는 희열을 경험하니 신이 났다. 새로운 나를 알 수 있어 좋았다. 그렇지만 졸업만 한다고 취직이 보장되지는 않았다. 상사에게 야근을 빼 달라고 부탁했다. 서울에 있는 학원에 다니기 위해서였다. 거절당하고 어쩔 수 없이 퇴사했다. 또 모험을 시도한 것이다. 새로운 곳을 가기 위한 선택이었다. 서울에 올라와 고시원에서 공부하여 자격증을 취득했다. '기회'란 만들기 나름이란 걸 경험했다. 기회는 가만히 있으면 오는 게 아니었다. 잡아야 하는 거였다. 생각 없이 사는 데 얻는 건 없었다. 변화를 위해 선택한 게 아니었다. 고양이에 잡힌 생쥐처럼 위기감에서 벗어나려 했다. 시도하고 움직였다. 만성 우울증과 무기력한 생활에서 벗어나는 기회가 되었다.

결혼 10주년 되는 해 갑상선암 수술했다. '암'이란 말을 들었을 때는 세상이 무너진다는 표현이 이런 거구나 싶었다. 비실비실한 체력이어서 인생 가늘고 길게 살 줄 알았다. 수술 후 작은 종양이 하나 더 발견되었다. 다행히 1센티 안 되는 거라 방사선 치료는 하지 않았다. 의사는 선천적으로 갑상선이 약해서 두 번 할 거 한 번에 같이 하는 거라며 위로했다. 할머니 죽음 후 두 번째 내 죽음에 대해 실감했다. 재발하지 않으려고 나를 돌보는 시간을 가졌다. '나는 어떤 성향인가, 재능은 무얼까?' 하는 일은 기쁘거나 보람을 못 느꼈다. 미래의 직업과 적성에 대해 찾아보기 시작했다. 보람되고 즐거운 일을 해 보고 싶었다. 잘할 수 있는 직업을 갖고 싶었다. 새로운 걸 배우기 시작했다. MBTI, 에니어그램, DISC, 도형 기질검사 등 강사과정까지 배우며 공부했다. 사람들은 검사받으면 잘 이해하고 수용하는데 나는 배울수록 혼란스러웠다. '내가 누구지?' 답답했다. 검사 결과로만 알 수 없어 대학원을 선택했다. 형편이 넉넉해서 간 건 아니었다. 간절해서였다. 두 번 다시 수술하고 싶지 않고 싶은 몸부림이었다. 스트레스 검사 결과에선 온몸으로 스트레스를 받는 것으로 나왔다. 예민한 성향을 스스로 보호하지 못하고 있는 상태로 살고 있었다. 내 감각을 살피지 않으니 조절할 줄 몰랐다. 여러 검사 결과에 적합한 직업은 '상담사'이었다. 사람들과 소통하지 못하는데 어찌 상담인가 싶었다. 나답게 살지 못해 스트레스를 받고 있었던 거다. 나 자신과 소통하며 해결하는 게 우선이었다. 나와 친해져야 하고 나를 수용하고 인정해 줘야 하는 중요성을 알게 되었다. 콩가루 가족이었기에 '가족상담'으로 해결해야 하는 필요성을 깨달았다. 상담 공부를 할수록 이해가 빨랐다. 과정 중에는 힘들게 느껴지니 그것이 기회인지 몰랐다. 지나고서야 '그렇구나!' 하고 느껴진다. 배우는 건 좋았지만, 내 치부와 수치심과 두려움, 불안 등을 만나야 하는 일들이 힘들었다. 내 문제를 해결해야 다른 사람 문제를 풀어 줄 수 있다는 말이 공감되었다. 내가 원하는 게 다른 이들도 원한다는 보편성을 알게 되었다. 사랑과 인정의 욕구였다. 단지 말과 행동을 다르게 표현할 뿐이었다. 사랑과 인정에 대한 결핍으로 사는 나를 알아주고 수용하고 인정하는 단계로 차근차근 경험하게 되었다. 어린 시절 가정에서 폭언, 폭력, 무기력, 우울 등으로 기억하고 있었다. 공포와 불안은 몸으로 내재하여 무의식적으로 반응하고 있었다. 자책하고 비난하고 죄책감으로 가둬두고 살았다. 머리로 아는 것과 행동으로 얻는 것은 다르다. 느껴보고 말해보고 시인하고 인정하고 비우는 일들이 많아졌다. 대학원을 졸업하는데 큰 과제가 있었다. 논문이었다. 논문에 대한 욕심이 컸다. 어떻게든 끝내고 싶은 마음이었다. 여러 방도를 찾았다. 그러다 보니 씽크와이즈, 책 쓰기, 1인 기업 수강, 3P 마스터, 코치 등 다양한 프로그램을 배우게 되었다. 배우는 자리에 좋은 분들과 인연이 되는 기회를 잡았다. 자기 계발을 하는데 끝은 없다. 죽을 때까지 열린 생각과 마음을 가져야 하는 걸 알게 되었다. 함께 하는 사람들과 교제하며 생각의 폭이 넓어졌다. 여러 선택을 하며 경험해 보니 어떤 환경에서도 기회가 있었다. 자기 계발과 성장을 위해 노력하는 분들을 꾸준히 만나고 있다. 시너지가 되어 에너지를 받고 넓은 세상을 경험하고 있다. 어떤 일이든 시도하다 보면 어려움이나 걸림돌이 생길 때가 많다. 그게 기회가 된다. 성장의 기회, 만남의 기회, 나에 대한 성향을 구체적으로 알게 되는 기회로 얻었다. 노력하는 사람이 기회를 잡는다. 힘들다고 가만히 있기보다 어떤 거든 선택해 보려고 한다. 무력할 때나 우울할 때 가만히 있지 않고 어떻게든 선택하고 움직이려는 생각이 강해졌다. 생각 많은 나에겐 명료한 선택이 답이었다. 선택하면 행동하고 행동은 기회를 만들어 준다. 인생 과정에 마침표인 졸업이란 점을 찍고 또 다른 점을 찍는 과정 진행 중이다. 원하는 것을 명료하게 알게 되면 어렵지 않게 선택하게 된다. 시작은 곧 선택이자 기회가 되고 있다. 안주해 있지 않고 기회를 잡으려면 시작하는 것이다. 내 인생 선택은 기회가 되었다.

6

브라보 마이 라이프

김수옥

"축하합니다!"

마흔일곱, 유치원 미술 특기 강사에 도전. 합격했다. 미술 전공한 이력과 보육교사 10년 경력이 도움이 되었다. 경쟁에서 당당히 따낸 성과에 나도 모르게 어깨가 으쓱해진다. 미술 특기 강사 합격은 내게 또 다른 기회다. 또 다른 내 모습이 기대된다. 아이들과 함께할 생각에 설렌다.

스물아홉. 국립 중앙 박물관에 디자이너로 이력서를 넣었었다. 서류심사에 통과해 면접을 준비해야 했다. 첫아이를 낳고 7개월 정도 됐을 무렵이었다. 산후 후유증으로 머리카락은 빠지고, 모유

수유 한다고 한 사발씩 먹은 미역국은 고스란히 살이 되었다. 깔끔하고 능력 있게 보이고 싶어 옷장을 열어 옷이란 옷은 모조리 꺼내 입어봤다. 뭘 입어도 내가 원하는 모습이 아니었다. 화장해도 푸석한 얼굴. 볼 터치를 해도 생기가 없어 보였다.

면접시험 날. 복도에 대여섯 명이 앉아 대기하고 있었다. 침묵 속. 내 가슴의 콩닥거리는 소리가 들릴 것만 같았다. 여러 번 심호흡으로 진정시키고 있을 때 나의 이름이 호명되었다.

"본인이 추구하는 전시 기획 방향이 의도대로 되지 않았을 때 어떻게 하시겠습니까?"

면접관의 질문에 머릿속이 하얘졌다. 전혀 예상하지 못했던 질문이었다. '의도대로 되지 않았을 때'에 대해 생각해 본 적 없다. 당당한 디자이너의 모습만 생각했다. 얼굴은 붉어지고 등에 식은 땀이 났다. 빠진 머리카락, 옆구리 살. 중요한 것이 아니었다. 내가 듣기에도 만족스럽지 못한 대답. 최종 탈락이었다. 시간이 지나 머리카락이 나고, 몸도 좋아졌지만, 기회는 다시 오지 않았다. 그 후 다른 회사에 취업했지만 오래 다니지 못했다. 일에 대한 방황이 시작됐다. 육아를 도피처로 삼고 있었다.

첫째와 둘째가 유치원을 다니기 시작하면서 내 시간이 많아졌다. 종일 시끄럽던 집. 조용해지니 잡념이 늘어갔다. 아이들이 유치원에 가고 나면 구직 사이트를 열고 일을 찾았다. 성과 없는 낚시질의 연속이었다. 실망이 쌓여갔다. 싫었지만 인정해야 하는 시간이기도 했다. 이젠 디자인 일은 할 수 없었다. 습관처럼 구직 사이트를 열어 턱을 괴고, 모니터를 바라보았다. 마우스를 이리저리 움직이던 그때. 내 눈길을 사로잡는 한 줄. '어린이집 미술 교사'가 보였다. 미술을 전공했고, 연년생 딸과 아들을 키워본 경험이 있으니 가능할 것 같아 지원했다.

스무 명의 원아가 있는 가정 어린이집. 오전 보조교사 겸 미술을 지도해 주면 좋겠다고 했다. 4시간 일하고 급여로 60만 원을 제안했다. 흔쾌히 수락했다. 어린이집 교사로 첫발이었다.

혼자서 여러 명의 아이들을 돌보고 가르치는 일이 만만치 않았다. 그러나 아이들과의 생활은 즐겁고 행복했다. 정식교사가 되고 싶어 함께 일하는 교사에게 보육교사 자격증 관련해서 물어보았다. 집으로 돌아와 당장 알아보고는 가장 빨리 개강하는 곳에 수강 신청을 했다. 1년을 악착같이 공부해 국가자격증을 갖은 정식 어린이집 교사가 되었다. 자격증을 취득하자마자 집 근처 어린이집에 정교사로 이력서를 넣었고, 운 좋게 바로 채용되었다.

정교사의 일은 보조교사의 일보다 몇 배로 힘들었다. 아이들과 하루 8~9시간을 보내는 일은 그야말로 모든 집중력과 에너지를 쏟아 부어야 했다. 퇴근해 집에 오면 녹초가 되었다. 하지만 우리 아이들의 양육도 소홀히 할 수 없었다. 어린이집에서 풀고 온 앞치마를 집으로 와 다시 맸다. 어린이집에 쏟은 열정의 반이라도 우리 아이들에게 주고 싶었다. 앞치마는 슈퍼우먼 망토 같았다.

교사의 역할은 단순히 아이들만 돌보는 일이 아니었다. 아이들의 발달 과정을 고려해 국가 표준 보육 과정에 맞춰 수업해야 한다. 그러려면 아이들의 각기 다른 성향과 기질을 파악하고 상황에 잘 대처해 이끌어야 했다. 수업하고 나면 반드시 당일 학부모들과 피드백도 해야 한다. 전문적인 기술과 상담 스킬을 갖추어야 했다. 더 많은 공부와 연구가 필요했다. 내 아이를 키울 때보다 더 열심히 공부했다. '아이들의 발달 단계'에 관련된 책들을 보고, 사례별 특징들을 비교하고 대조해 고민했다. 교사, 부모의 역할이 중요함을 다시 느꼈다. 엄마로서도 많은 도움이 되었다. 아이들을 통해 또 다른 성장의 모습을 갖추고 있는 나였다. 나의 성장을 아이들에게 되돌려 주고 싶었다. 내 전공을 살려 조금 특별한 환경을 제공해 주고 싶은 꿈을 꿨다. 시설장에 도전했다. 보육교사 실제 경력 4년을 해야만 도전할 수 있는 자격증이었다. 만 5년 차, 나는 어린이집 원장 자격증을 손에 쥐었다. 그해 지역 내 최우수 교사상도 받았다.

다시 새로운 출발선에 섰다. 오랜 시간의 준비가 결실을 보는 순간. 두근거렸다. 모든 기회에는 어려움이 있다고 했던가! 브레이크가 걸렸다. 코로나19 바이러스. 학부모들이 아이들의 등원을 조심스러워하더니 결국 퇴소로 이어지는 경우가 생기기 시작했다. 어린이집의 활동들이 멈춰서 버렸다. 운영마저 힘들다는 이야기가 속속 흘러나왔다. 불안에 떠는 원장들의 모습에 불안감이 커지고 망설여졌다. 코로나 사태는 더 심각해져 갔다. 나는 다시 정체된 채로 2년을 보냈다. 이대로 지켜보고 고민만 할 수 없었다. 새로운 목표를 향해 여기까지 달려온 열정과 시간. 다시 물거품으로 만들고 싶지 않았다. 퇴사를 결정했다. 2년 전 열정을 생각하며 내가 정한 목표로 차곡차곡 준비해 가기로 다짐했다. 주변에서는 우려하는 목소리를 냈다. 어려운 시기에 무리수라고 했다. 지금의 자리를 유지하는 게 현명하다고 말했다. 나는 더 굳게 결심했다.

어린이집 인허가를 받기 위한 준비를 시작했다. 예상대로 인허가 자리가 많지도 않았고, 내가 원하는 곳으로 받기에는 하늘의 별 따기나 다름없었다. 권리금을 주고 들어가는 자리는 마음에 들지 않았다. 조급해하지 않기로 했다. 간절히 원하면 내가 원하는 방향의 어린이집이 나타날 거라 믿었다. 기다리며 공부하고 연구하는 시간을 갖기로 했다. 알차고 단단한 계획을 만들면서 기회를 엿보기로 했다. 아동 발달 단계, 심리에 관한 책들을 보고, 연령별 미술수업 사례도 보면서 우리 어린이집만의 차별화된 미술 프로그램들을 계획해 보기도 했다. 내 바람이 통했을까. 아동 미술 사업을 하는 친구에게서 연락이 왔다.

"준비하는 동안 유치원에 미술 특기 강사 해 보면 어때?"

하루 한 시간, 5~7세 아이들과 하는 미술수업이었다. 괜찮은 제안이었다. 어린이집을 차릴 때도 득이 될 경험이었다. 도전해 보기로 했고 최종 합격이었다.

첫 수업. 20명 가까이 되는 아이들과 30분 만에 미술수업을 해내야 하는 상황. 수업 시작 30분 먼저 도착해 수업내용을 한 번 더 체크했다. 계속 입이 마른다. 물로 입안을 헹구고 목소리도 가다듬는다. 수업 시작 5분 전. 땀이 난 손을 바지에 쓱쓱 문지르곤 힘차게 걸어 들어갔다. 순식간에 30분의 수업이 끝났다. 대성공이었다.

"또 올 거죠!!!"

아쉬워하는 아이들 모습에 확신이 들었다. '역시 나는 아이들과 있을 때 행복하고 보람 있다!'

그리고 얼마 후, 시청 홈페이지에 어린이집 신규 인허가 공지가 올라왔다. 내가 바라던 그 장소였다. 가슴이 쿵쾅거렸다. 그토록 꿈꿔왔던 아이들과의 보금자리가 성큼 다가오고 있었다.

모든 기회에는 어려움이 있고, 모든 어려움 속에 기회가 있다는 말이 있다. 디자이너로서 기회는 놓쳤지만, 아이들을 만나 성장하고 함께 또 발전해 갈 꿈을 꾸는 내게 어려움도 기회의 끈들이 되었다.

아이들과 함께 더 크게 성장해 나갈 내 인생!!! 파이팅이다!

7

디지털 배움터와
김미경

김동아

모든 일에는 기회가 있다. 기회를 잡은 사람은 준비된 사람이다.

2021년 5월 디지털 배움터 강사가 되었다. 서포터스가 아니라 강사다. 온라인 줌 수업을 마음대로 할 수 있는 강사. 서포터스는 줌 수업을 강사 없이는 단독으로 못한다. 재작년 서포터스(를) 하면서 억울했던 부분이다. 강사와 똑같이 설명하고 일대일로 전담했다. 코로나 장기화로 모든 디지털 배움터는 온라인 아니면 1:1 방문 수업만이 허락이 되었다. 매일 새벽에 일어나 가르칠 PPT를 보면서 시연해가며 공부했었다. 밤으로는 휴대폰 활용 지도사, SNS 마케팅 전문가, 사무자동화를 온라인으로 공부하며 자격증을 따놓았다. 5살 지우는 혼자 장난감하고 놀았다. 스케치북에 그림도 그렸다. 혼자 노래도 불렀다. 5살 꼬맹이 손에는 늘 휴대전화기가 쥐어져 있었다. 집은 장난감으로 발 디딜 틈이 없었다. 돼지우리 집. 그때의 실상이었다. 딸아이는 엄마를 기다리다 지쳐 발밑, 책상 밑에서 잠든 것이 한두 번 아니었다. 하나에 집중하면 다른 하나가 후 순위로 밀리게 되었다. 집안 살림이 뒷전이니 남편과 말다툼도 잦아졌다. 하루는 집에 온 남편이 집 상태를 보며 얼굴이 굳어졌다.

"집 꼴이 이게 뭐냐? 나 없을 때도 이랬냐? 너 지금 뭐 하는데? 뭘 위해 그렇게 공부하고 애가 12시가 넘어도 재울 생각도 안 하고 저렇게 놀게 하냐?"

"나 혼자 잘 되기 위해 이러냐? 당신 지금 나이 마흔아홉이다. 자기 퇴직하면 우리 지우 몇 살인 줄 아느냐고? 열여섯 살. 한창 돈 들어가기 시작할 거다. 만약 당신이 중간에 잘못되기라도 하면 우리는 어떻게 살아야 할지 막막했고 무서웠다. 그래서 이런 거다."

울며불며 말다툼도 했었다. 우선이 되어야 할 육아와 살림이 후 순위로 밀려났다. 그로 인해 1:1 전담 마크가 되었다. 강사님이 카카오 맵 설명하실 때, CCTV 보는 게 잘 안되었다. 내가 설명하고 CCTV를 보게 했다. 수강생이 내 곁으로 착 달라붙는 게 아닌가. 입가에 미소가 지어졌다. 설명하는 게 훨씬 수월 해졌다.

3월 말쯤 전화가 왔다. 같은 조인 강사다. 채용공고가 떴으니 지원하라 전화하셨다. 덕분에 원서를 넣을 수가 있었다. 해마다 각 도를 담당하는 업체가 바뀌다 보니 면접 보는 법도 바뀌었다. AI 면접을 봤다. 처음으로 본 AI 면접은 컴퓨터 화면에 질문을 보여주고, 대답을 녹화하는 방식이었다. 녹화를 한 번 더 할 수 있다는 말이 질문 10번까지 대답하고 다시 녹음되는 줄 알았는데 아뿔싸, 그게 아니었다. 등에 식은땀이 나기 시작했다. 손은 이미 등록 버튼을 누른 상태라 머릿속은 하얬다. 이럴 수가! 이거 어떻게 해야 하지? 두 손을 머리에 감쌌다. 포기하지 않았다. '두드린 자에게 문은 열린다고 하지 않았는가?' 담당자에게 인재를 놓치지 말아 달라며 놓치면 귀사에 큰 손해라고도 했다. 다시 면접을 볼 수 있도록 선처를 바란다고 메일을 썼다. 며칠을 기다려도 답장은 오지 않았다. 떨어졌다고 생각했다. 기대도 하지 않았다. 진동 소리가 들렸다. "합격을 축하합니다." OT가 4월 O일이니, 참석하라는 문자다. 오! 예! 함성을 질렀다.

재작년 MKYU를 입학하면서 인스타를 시작했다. 김미경 강사는 이제 인기 강사가 아니었다. 학장님이라는 호칭을 얻었다. 학장님의 피드에 알람까지 맞추어가며 댓글을 열심히 달았다, 리그램(자신의 피드에 타인의 게시물을 공유하는 것)을 하라는 이벤트였다. 한 장짜리 사진은 리그램이 쉬웠다. 리그램 할 피드 사진 오른쪽 위에 세 점을 눌러서 공유하기를 누른다. 리그램 시킬 앱 연다. 리그램 하기 버튼을 누른다. 사진이 공유되면서 설명란에 커서를 갖다 대어 꾹 길게 누르며 붙여 넣기, 게시하면 끝이다. 여러 장인 피드 사진을 리그램 할 때는 산 넘어 산이었다. 우선은 리그램 할 애플 리케이션까지 오는 순서는 같다. 여기에서 한고비가 있다. 우선 사진이 여러 장이라 멀티 리그램 하기 버튼을 누른다. 그리고 인스타그램 홈으로 가서 오른쪽 위에 +표시를 눌러서 내 갤러리를 선택하는 과정이 어렵다. 두 번째 고비는 여러 사진을 선택해야 한다. 게시물 사진 순서까지도 정확히 맞아야 한다. 그래야 제대로 리그램 할 수 있다. 인스타그램 처음 하는 사람에게는 모든 게 낯설고 복잡하다. 지금은 식은 죽 먹기처럼 하는 리그램. 인스타그램을 처음 할 때는 바로 배울 수 있는 곳이 없었다. 인스타 친구들에게 묻고 모르면 또 다른 친구를 찾아가 물었다. DM(직접 메시지)도 몰라 일일이 댓글로 물어봤다.

MKYU 오피셜 계정에 댓글을 달았다. 이벤트 참여했다. 인스타그램 디엠으로 날아온 당첨 소식. 당첨되어 주소를 알려달라는 메시지가 왔다. 보는 순간 두 팔을 벌리고 두 주먹을 쥐었다. 오! 예! 얼굴은 주름 가득한 하회탈이 돼 버렸다. 디엠을 캡처했다. 이름에 동그라미를 치고 수정했다. 인스타그램에 올렸다. 인스타그램 친구들의 축하한다는 댓글을 보면서 가슴 뿌듯했다.

MKYU 본부에서 전화가 왔다. 학장님을 볼 수 있는 기회가 생겼다. 세미나에 참석하실 수 있는지 물어왔다. 애도 봐줄 사람이 없었다. 김미경 이름만 들어도 인상부터 찌푸리는 남편, 세미나는 평일이었고 저녁 시간이었다. 남편은 호산에서 일하고 있었다. 한 달에 한 번 만나는 월말 부부였다. 가고 싶었다. 그러나 시간을 낼 수가 없었다. "죄송해요. 애도 어리고 애를 봐줄 사람이 없어요. 다음에 기회가 되면 가겠습니다." 전화를 끊으면서 내 마음도 끊어졌다.

핑계부터 찾았다. 안 되는 이유부터 말했다. 지금 생각해 보면 충분히 갈 수 있었다. 기회를 내가 잡지 못했다. 무슨 수를 써서라도 가야 했다. 시어머니, 친정집, 오산에 있는 언니까지 모든 찬스를 놓쳐버렸다. 세미나를 유튜브로 봤다. 제주도에서 비행기를 타고 온 학생도 있었다. 기회를 대하는 마음과 태도가 준비되어 있지 않았다. 만나고 싶었던 롤 모델. 코앞에서 볼 수 있는 기회였는데 안타까웠다. 만약 내가 거기에 갔더라면 또 어떤 깨달음을 얻어 성장했을까?

기회는 어디에도 있다. 하지만 그 기회는 준비된 사람에게만 주어진다는 사실을 몸소 체험했다. 낚싯대를 던져놓고 항상 준비 태세를 취하듯. 없을 것 같이 보이던 곳에서 고기가 있으니까.

8

열정 대학생에서
작가의 길을 걷다

김경희

가장이자, 엄마였다. 퇴근 후 힘들고 지쳐 울 때도 많았다. 남에게 하소연하기 바빴다. 위로받을 아들이 있었지만 별 도움이 되질 않았다. 아들에게 위로받고 싶어서 투정 아닌 투정을 부렸었다. 계속 듣던 아들도 점점 지쳐갔다. 내 방에 혼자 틀어박혀 휴대전화기를 보는 횟수가 점점 늘어났다. 그 당시 유일한 낙은 이불에 누워 핸드폰을 보면서 위로받는 것이 전부였다. 이때는 몰랐다. 어쩌다 주어진 기회가 내 인생을 바꾸게 될 줄은.

2020년 8월 어느 날. 여느 때처럼 휴대전화기를 보며 쉬고 있었다. 우연히 유튜브에서 김미경 강사의 영상을 보게 되었다. 워낙 유명한 강사라 영상을 몇 번 보긴 했지만, 그 당시엔 별 관심이 없었다. 어느 날 '세바시'에 방영된 적 있던 영상을 우연히 보게 되었다. 그 영상을 보고 눈시울이 붉어졌다. 영상 속으로 잠시 들어가 보자.

하루는 그녀가 반찬값으로 5만 원을 식탁 위에다 놔두고 갔다고 한다. 그녀의 집에서 돈이 없어졌는데 그 당시 중학생이었던 아들을 고모와 이모가 범인으로 의심하는 상황이었다. 김미경 강사는 뒤늦게 이 사실을 알았고, 아들과 얘기하기 위해 방으로 걸어갔다. 아들이 화가 나 책들을 마구 집어던지기 시작했다. 그녀는 날아오는 책을 고스란히 맞으면서 걸어 들어가 아들을 꼭 껴안아 주었다. 그리고 아들에게 말했다. "난 널 믿어. 네가 안 들고 간 거 알아." 그녀는 아들이 들고 간 걸 이미 알고 있으면서도 아들을 믿어주었다. 아들이 보내준 편지를 읽어 내려가던 김미경 강사의 눈에선 어느새 눈물이 흘러내렸다. 이 이야기는 영상 속 방청석에 있는 이들을 울리기에 충분했다. 나라면 이럴 수 있었을까? 절대 쉽지 않은 일이다. 평소 소통과 공감을 잘해주는 부모가 되고 싶었다. 그러나 현실은 그러지 않았고, 아들과 소통이 잘되지 않았다. 그런 그녀는 내 롤 모델이 되기에 충분했다. 그렇게 자연스럽게 그녀의 영상들을 보다가, "MKYU"열정 대학을 알게 되었다. 김미경이 만든 일종의 온라인 대학이다. 교양필수로 도서를 추천해 준다. 같이 읽고, 토론할 수 있는 지역 북클럽, 온라인 북클럽도 있다. 자율전공에는 온라인으로 수익을 낼 수 있는 스몰비즈니스 등이 있다. 다양한 수업을 영상으로 만나볼 수 있었다. 김미경 같은 사람이 되고 싶었다. 나는 무작정 신청했고, 어느새 열정 대학생이 되었다.

새벽 5시. 알람이 울린다. 처음엔 무작정 몸을 일으켜 벽에 기대었다. 꾸벅꾸벅 졸면서도 일어나는 것은 성공했다. 내가 대학생으로 처음 해야 하는 일은 새벽 기상이다. 변하고 싶었다. 내가 유일하게 할 수 있었던 첫 번째 과제였다. 나도 할 수 있고 변할 수 있다는 걸 보여주고 싶었다. 그렇게 며칠이 지나고 새벽 기상이 익숙해질 무렵 일기를 쓰기 시작했다. 쓰지 않던 일기를 쓰려니 적응이 안 됐다. 그저 하루에 무슨 일이 있었는지 기록하는 것에 불과했다. 새벽 기상도 하고 일기도 자꾸 쓰다 보니 익숙해지기 시작했다. 화가 나면 화난다고 쓰고, 기분 좋으면 좋다고 쓰고, 속상하면 속상해 미치겠다고 썼다. 자꾸 쓰다 보니 심심해졌다. 실천해 볼까? 그래 행동으로 옮겨보자. 나도 할 수 있다는 걸 테스트해보고 싶었다. 그저 쓰이기만 했던 일상이 실천하는 생활로 바뀌어 갔다. 새벽에는 어제 일어난 일들을 떠올리며 되돌아보는 시간도 가졌다. 반성의 시간도 가졌다. 감정적이었던 내가 마음을 추스르고 정리하게 되니 마음의 여유가 생겼다. 정신적인 스트레스로 울기만 했던 내가 지금은 글을 쓰고 독서를 하며 하루를 보낸다.

MKYU에서는 한 달에 4권의 책을 수강생들에게 추천해 줬다. 새벽 기상과 일기처럼 또 아무 생각 없이 추천 도서를 읽기 시작했다. 생각 없이 읽었던 책은 뜻밖에 효과를 불러일으켰다. 미래에 대한 불안한 마음이 들었지만, 책을 읽는 그 순간은 마음 편했다. 책들은 마음의 위로가 되었고, 내가 듣고 싶은 말들이 그 속에 가득했다. 용기 가져도 된다고, 지금 시작해도 늦지 않다고 말해 주고 있었다. 바닥이었던 자존감은 책을 통해 올라가기 시작했다. 그리고 여기서 내 인생을 가장 많이 바뀌게 해 준 책을 만났다. 지금의 내가 있기까지 다리 역할을 해 준 박현근 코치의 《오토바이 배달부 1억 연봉 메신저 되다》라는 책이다. 곧바로 주문했고 읽기 시작했다. 거기다 유튜브에 자기 채널도 운영한다고 했다. 유튜브를 보고 카톡방에 가입했고 거기서 책 쓰기 수업을 만났다. 내 인생의 많은 변화가 생기기 시작했다.

첫 변화의 시작은 가정이다. 평소 나는 부정적인 사람이었다. 아들에게 칭찬보다는 지적을 많이 했다. 말을 듣기보다는 하기에 바빴던 엄마였다. 그러던 내가 말보다는 듣기를 지적보다는 부탁했다. 하고 있었다. 아들이 어떤 생각 하고 있었는지도 알게 되었다. 아들의 마음을 조금씩 헤아리게 되었고 자연스럽게 내 생각도 말하는 건강한 대화가 가능해졌다. 그리고 아들에게 나만의 소통 방식으로 대화하기 시작했다. 바로 책 선물하기다!!! 내가 하고 싶은 말을 책으로 전달하고, 책을 통해 성장하고 배우는 과정이 되었으면 했다. 큰아들 은호도 독서를 좋아한다. 서로 소통하는데 오히려 독서라는 공통점이 생겨 자연스러운 대화가 가능해졌다. 처음 책을 선물할 땐 아이들이 어색해했다. 몇 번 책 주다 보니 어느새 익숙해졌다. 이제는 선물하는 책마다 내가 어떤 메시지를 주는지 궁금해한다. 지금은 나만의 소통 방식이 되었다.

두 번째 변화는 직장에서였다. 나는 장애인을 돌보는 활동 보조사다. 20년 넘게 제조업에서 근무했다. 내게 장애인을 돌보는 일은 그리 만만한 일이 아니었다. 의견 충돌이 일어났고 장애인의 감정까지 받아들이질 못했다. 1년 전 3개월이라는 짧은 경력이 있기는 하지만 턱없이 부족했다. 내가 돌보던 장애인과도 사소한 문제가 생겼다. 그의 처지를 이해할 수 없었고, 이해하려 하지도 않았다. 마음에 여유가 없던 나는 주변 사람을 챙길 여력이 없었다, 감정조차 감당 안 돼 지치기 일쑤였다. 그런 내가 요즘은 입가에 웃음이 떠나질 않는다. 일도 어느 정도 익숙해졌고 장애인 동희 씨 와도 정이 들어 서로 조금씩 양보하며 지낸다. 여유가 생기니 주변을 돌아볼 수 있는 여력이 생겼고, 자연스레, 돌보던 장애인의 처지에서 생각할 수 있게 되었다. 좋지 않게 봤었던 행동들도

"그럴 수 있지!" 하며 웃어넘길 수 있는 여유가 생겼다. 지금도 한 번씩 의견 충돌이 생기고 서로 부딪힌다. 하지만 상대방의 처지에서 이해하려고 노력 중이다. 정리되지 않았던 책처럼 어지러웠던 머릿속이 정리되는 느낌이다.

김미경이란 사람을 닮고 싶었다. 좋은 엄마가 되고 싶어서 시작한 우연한 기회가 내 삶의 변화를 만들어냈다. 내가 쓴 책을 통해 다른 사람에게 도움이 되는 글을 남기고 싶다. 때로는 글이 안 써지기도 한다. 머리가 하얘질 때도 있다. 힘든 시간만큼 나의 글로 인해 마음의 위로가 된다면 그걸로 만족한다. 날마다 반복되는 일상이 아닌 인생을 새롭게 보는 시각을 가졌으면 하는 바람이다. 배움에 늦은 나이란 없다. 아직도 늦지 않았다. 꿈을 향해 도전해보길 권한다. 그리고 내 꿈은 여전히 현재 진행형이다.

9

주말부부,
다시 찾아온 기회

김미예

"이번 일요일에 오리털 이불 챙겨줘. 평택 친구한테 가 있을 거야!"

쿵! 하고 내려앉았다. "갑자기 평택은 왜요?"

남편의 방황이 또다시 시작되었다. 오십 초반. 지금까지도 한 달 생활비를 걱정해야 하는 남편은 버거워했다. 이 시기 중년 남자들의 고민이겠지 생각했다. 책임감 강한 남편은 이런저런 압박감에 시달렸나 보다. 2020년. 1년을 일한 친구네 마트에서도 마음에 들지 않는다며 그만두었었다. 그런데 거길 또 간다니. 제정신인가. "굶기지는 않을게." 남편은 현관문을 나섰다. 당황스러웠다. 걱정도 됐다. 결혼 22년 차. 매번 혼자 결정하고 혼자 떠나는 남편. 야속하다. 하얘진 머릿속. 멍하니 현관문만 바라보았다.

"3대가 덕을 쌓아야 주말부부로 살 수 있는데. 얼마나 좋아. 축하해요" 누군가 내게 말했다. 이게 축하할 일인가? 골치 아프다. 종일 일이 손에 잡히지 않았다. 남편의 짐을 챙기면서 생각했다. 혹여 서운한 일이라도 있었던 걸까? 어디가 아픈가? 첫째와 서먹서먹하게 지내긴 했다. 일하고 오면서 한잔하고 들어온 아빠에게 괜스레 핀잔을 주었었다. 서운했을 수도 있겠다. 딸과 남편 사이에서 나는 누구의 편도 들어주지 못하고 어정쩡한 반응을 보였었다. 남편이 짠하면서도 안쓰러웠다. 그래도 함께 하기를 바랐다. 내 희망이 무너졌다. 남편은 챙겨놓은 이불 꾸러미와 가방을 챙겨 이른 새벽에 평택으로 내려갔다. 또 주말부부가 되었다.

"너! 우리 오빠 만나볼래?"

친구 옥의 뜬금포에 장난삼아 "그래" 했던 말이 화근이었다. 잘생기지도 않았으면서 무뚝뚝했다. 키도 작고, 땡땡이무늬 티셔츠를 촌스럽게 입었다. 친구의 오빠로 그냥 한번 만났을 뿐 이상형도 아니고 결혼 생각은 추호도 없었다. 그런 남편과의 세 번째 만남에서 "결혼하자"라는 말에 당황했다. 거절도 하지 못했다. 만나면 그냥 결혼해야 하는 줄 알았다. 바보. 싫으면 싫다고 말하면 그만인 것을 뭘 몰라도 한참 몰랐다. 남자 경험이 없어 더 몰랐던 것 같다. 얼떨결에 결혼하기로 약속했다.

"아이고, 바람둥이한테 뭐 하러 시집가려 해! 네가 뭐가 부족하다고 이 결혼하지 마! 이 남자 착하기만 하지 돈도 별로 없고 나중에 여자 문제도 생겨! 난 반대야." 나와 남편의 사주를 본 점쟁이가 말했다.

친정아버지께 결혼 허락을 받기 위해 나이 스물여덟에 몰래 점집을 찾아갔다. 이 남자와 결혼하려면 어떻게 해야 하냐고 물었었다. 그런데 하지 말라니. 방법을 알려 달라 사정사정했다. 무슨 일이 있어도 결혼만 할 수 있다면 다 견딜 수 있다고 생각했다. 제정신이 아니었다. 미치지 않고서야 그 나이에 남자 때문에 점집을 찾아갔을까.

"그렇게 결혼하고 싶다면 방도가 하나 있긴 해. 굿을 하는 거야. 근데 돈 있어? 이백오십만 원은 있어야 하는데." 1초도 망설이지 않았다. "해주세요. 굿!" 날짜를 잡아 굿을 했고, 시골에 친정아버지께 허락을 받았다. 사주를 볼 줄 아셨던 아버지는 부자로 살지 못하는데 그래도 하겠냐고 물으셨다. 다시 생각해 보라 하셨다. 정 하고 싶으면 큰 오빠 결혼식 올린 다음에 가라고. 그 후로도 나는 시어머님이 단명할 운이라 하여 두 차례에 걸쳐 천사백만 원이라는 거금을 들여 굿판을 벌였다. 나로 인해 집안에 우환이 생기면 안 된다고 생각했기 때문이다. 그동안 모아놓았던 비상금을 탈탈 털어 점집에 다 갖다 퍼주었다. 내 마음의 위안이었을까. 어머님도 좋아지셨다. 굿 덕분이라 여겼다. 우여곡절 끝에 남편과 2000년 12월 결혼했다. 13년을 시부모님과 함께 살았고, 지금은 분가해서 살고 있다.

효자, 친구가 전부였던 남편은 어머니와 친구들 챙기기에 정신이 없었다. 서운했다. 다른 집과 비교하기 시작했다. 밖으로만 도는 남편은 술이 떡이 돼서 들어오는 날이 태반이었다. 그것도 모자라 코를 드르렁 골며 잤다. 꼴도 보기 싫어 고개를 획 돌려놓은 적이 한두 번이 아니다. 매번 짜증 섞인 말투로 남편에게 핀잔을 주곤 했다. 점쟁이 말이 딱 맞았다. 내 발등 내가 찍었다. 후회해도 소용없다. 밖으로만 도는 남편 탓만 했다. 좋을 리가 있겠는가. 친구 숙이에게 전화로 남편 흉보기 일쑤였다. 끊을 때쯤 찜찜했지만, 다음날 또 흉을 보았다. 남편은 왜 바뀌지 않을까. 친구와 술 좋아하고, 그저 어머니! 어머니! 할 거라면 결혼은 왜 했을까. 남편에 대한 마음이 이러하니 차라리 떨어져 살면 좋겠다고 기도했다. 얼굴 마주 보고 싶지 않았다. 내내 밖에서 있다가 집에 오면 피곤하다며 등 돌리고 잔다. 나도 등을 돌렸다. 나와 달리 고스톱 같은 잡기를 좋아하는 것도 트집거리가 되었다. 일과 육아, 살림 등 남편에 대한 불만으로 같이 있는 것이 점점 불편해졌다. 문제가 남편에게만 있다고 생각했다.

자기 계발을 하면서 깨달은 게 있다. 어찌 되었건 남편의 도움이 절대적으로 필요했다. 부딪혀보기로 했다. "자기야! 회사에서

본부장 승진했다고 공부를 좀 하래요. 회사에서 반은 부담해 준
대, 자기가 도와주면 월급도 더 많이 받을 것 같은데!" 통했다. 남
편은 흔쾌히 허락해 주었다. 그 덕분에 퇴근 후 나만의 시간을 가
질 수 있었다. 남편이 아이들을 보기로 했고, 하나하나 도와주니
나도 남편을 좋은 시선으로 바라보게 되었다. 남편 통장에 용돈
도 꽂아 주고, 가끔은 비음 섞인 목소리로 오빠! 멋져라는 말도 건
넸다. 돈이 좋긴 좋은 모양이다. 따뜻한 말 한마디로 내가 먼저 다
가가고, 달라지기로 했다. 남편은 싫은 내색 없이 잘해줬다. 마음
에 딱 들지 않아도 남편의 엉덩이를 두드려 주며 "어머! 우리 여보
최고다. 언제 이런 걸 해봤데? 멋지다. 내가 이따 뽀뽀해 줄게." 하
고 윙크까지 했다. 남편의 입꼬리가 살짝 올라갔다. 아! 상대가 바
뀌기를 바라지 말고 내가 하면 되는구나. 남편에게 오빠! 하면서
이것도 해줘, 저것도 당신이 해주면 좋은데. 오며 가며 칭찬과 함
께 엉덩이며, 어깨를 살짝살짝 안마해 주었다. 남편도 좋아했다.
내가 하면 되는 걸 17년 동안 혼자 속앓이 하며 지내온 시간이 아
까웠다. 어머니밖에 모르던 효자, 친구와 술 없이는 단 하루도 견
디지 못했던 남편이 조금씩 달라졌다. 말 한마디를 건넬 때도 부
드러웠다. 집에서 애들하고 보내는 시간도 많아졌다. 나와 함께하
는 시간을 가지려 노력했다. 남편과 함께하는 시간이 자연스러워
질 무렵 주말부부가 되었다.

　　2020년 2월. 1년을 각자의 위치에서 떨어져 살았고, 지금 두

번째 주말부부로 살고 있다. 일주일에 한 번 만난다. 전화도 하지 않던 남편은 나보다 더 자주 전화한다. "일어나셨는가? 밥은 먹고? 허리는 괜찮나?" 쉬지 않고 물어본다. 딸들의 안부도 빠짐없이 묻는다. 허리를 삐끗해 불편해하는 나를 걱정해 준다. 남편의 말투에서 따뜻함이 전해졌다. 같이 있을 때는 왜 단점만 보였을까. 이렇게 애틋한데.

일주일에 한 번 올 때마다 남편은 양손 가득 과일이며 과자 상자를 들고 온다. 떨어져 있다 보니 아이들 생각이 많이 나 보다. 둘째와 셋째는 신이 나서 아빠 어깨에 매달린다. 힘이 들 텐데도 매달리는 아이들을 한 번씩 꼭 안아준다. 나도 수고했다고 남편의 등을 토닥여준다. "수고했어. 자기야!" 남편의 환한 미소에 그간의 피로가 확 풀렸다.

주말부부로 떨어져 있는 지금. 남편은 아이들의 아빠로, 세심한 남편으로 바뀌었다. 나 또한 코를 골며 자는 남편의 모습도, 머리카락 숱이 없어지는 남편의 외모도, 볼록하게 나온 아저씨 배도 내 것인걸.

위기의 순간 나는 회복할 기회를 잡았고, 불평불만 대신 어떻게 하면 거리를 좁힐 수 있을까 고민하고 노력했다. 상대에게 문제가 있다고 생각했을 때는 모든 것이 마음에 들지 않았다. 나에게서 문제를 찾고 내가 바뀌려고 노력했더니 남편과의 관계도 개

선되었다. 건강하다는 것이 새삼 고맙고 다행이다. 순간순간 남편의 좋은 점을 칭찬해 주기로 마음먹었다. 상대를 생각하며 건네는 따뜻한 말 한마디와 관심, 배려하고 마음 열어준다면 기회는 내 편을 들어줄 것이다.

Part 3
용기 · Courage

THE 5
LOCDA

1

첫 경험을
지속하게 만드는 힘

김한송

"브레이크, 브레이크, 브레이크!!"

아직도 가끔 귓가에 환청이 들린다. 깜짝 놀라 깨어보면 꿈이다. 결혼 전 운전면허를 따기 위해 부단히 노력했지만, 다섯 번 이상 떨어져서 포기하고 말았다. 90년대 초반만 해도 면허 발급 기준이 엄청 까다로웠다. 지금처럼 도로주행 시험은 없었지만, 운전대를 잡고 할 수 있는 10개 이상의 항목에 일일이 점수로 환산해서 당락이 결정되었다. 대학교 1학년. 오빠는 나를 위해 늦은 밤 넓은 공터에서 그 어렵다던 T자 S자 난코스를 가르쳐 주었다. 며칠 운전대를 잡아보니 할 수 있을 것 같았다. 이제 마지막 주행 코스만 합격하면 된다. 오빠는 뭘 믿고 나에게 차 키를 맡겼을까. 오빠 회사에서 출퇴근용으로 내어준 차 뒤 범퍼를 박살 내고 말았다. 집 앞에 세워진 차는 2초 만에 전봇대를 들이받고 멈췄다. 브레이크는 왼쪽, 액셀은 오른쪽인데 액셀을 밟고 뒤로 직진한 것이다. 무식이 용감이라 했던가. 그 후로 운전대만 잡으면 긴장되고 또 차를 망가뜨릴까 두려웠다. 몇 번 시도 끝에 운전은 내가 할 수 없는 영역으로 간주하고 덮어두었다.

결혼 후, 남편이 운전면허는 따놔야 하지 않겠냐고 해 보라고 권했다. 애써 피하고 있었지만, 큰맘 먹고 다시 도전했다. 시험과 면허를 동시에 따는 학원에 등록했다. 주행코스에서 오르막에 시동이 꺼지지 않게 하는 것과 돌발 시 급제동이 나에겐 난관이었다. 빨간불이 켜지면 브레이크를 세게 밟는데도 점수가 부족해 두 번이나 또 떨어졌다. 위험한 상황에서 차를 곧바로 멈추는 것을 제대로 인식하게 하기 위한 과정이었다. 정신을 바짝 차리고 끝까지 포기하지 않은 덕분에 면허증을 발급받을 수 있었다. 자랑스러운 훈장을 장롱 안에 넣어두었다. 그때 바로 운전을 시작했더라면 조금 더 빨리 감각을 익힐 수 있었을 터다. 운전의 필요성을 못 느껴서 10년간 묵혀두었다. 운전은 그렇게 나와 멀어져 갔다.

원장이 된 지 1년 만에 큰 프로젝트를 맡았다. 회사 밖 복지관 새 건물에 어린이집을 이사하는 그야말로 거대한 작업이었다. 아이들의 보금자리인 만큼 준비할 사항이 많았다. 계단 안전장치, 바닥 보일러 시공, 조명, 냉난방기 설치 등 시설 부분도 업체들과 상의해서 결정해야 했고, 하자가 있는지 꼼꼼하게 점검해 보는 것도 내 몫이었다. 벽지부터 커튼, 화장실 타일까지 내 손으로 직접 고르고 결정했다. 지금 생각해 봐도 어떻게 그 많은 일을 해냈을까 신기하다.

어린이집이 회사 안에 있을 때는 복지관에 부속병원이 있었다. 아이들이 아프거나 긴급상황이 생길 시 병원이 있어 안심하고 지냈는데 그것부터 걱정되었다. 문득 수호천사처럼 장롱 면허증이 떠올랐다. 뭐든 자격을 따 놓으면 쓸데가 있는 법. 아이들을 위해서, 또 달라진 업무환경에 따라 무조건 운전을 배우고 익혀야 했다. 여름방학을 이용해 5일 동안 운전 연수를 받았다. 연수를 맡아 주신 기사님은 초보인 나를 차분하게 가르쳐 주셨다. 신호가 많고 복잡한 시내를 운전하다 보면 금방 감각을 익힐 수 있을 거라고 했다. 다른 차들은 신경 쓰지 말고 천천히 하면 된다고 하셔서 연수가 어렵게 느껴지지 않았다. 마지막 날은 굽어진 S자 도로를 주행해 보는 것이었다. 무등산으로 올라가는 길은 오르막길 내리막길이 섞여서 운전을 익히는데 제격이었다. 연수가 끝나고 이제 진짜 혼자 운전을 해야 한다.

남편 차에 올라 운전을 배우는 첫날. 당장 때려치우고 싶었다. 연수해주시는 분은 기다려주고 느긋함을 가질 수 있게 해 주었기에 마음 편히 배울 수 있었다. 남편은 옆에 타자마자 어깨에 힘 빡 주고 으르렁대기 시작했다. 게다가 운전 연수차는 아담한 자가용이었는데 남편이 몰던 차는 핸들도 무겁고 덩치가 큰 갤로퍼다. 차에 오르는 것조차 힘들었다. 주택에 세워둔 차를 도로까지 끌고 나가는 것 자체가 고역이었다. 어마 무시한 속도로 달려오는 차들을 넋 놓고 보고 있자니 언제 끼어들어야 할지 막막했다. 승용차보다 차체가 높으니 모든 차가 나에게 덤비는 것 같아 무서웠다. 나는 남편이 하라는 대로 하기 바쁜 아바타였다. 깜빡이를 켜라. 핸들을 반듯하게 잡아라. 차선이 가운데에 있는지 봐라. 사이드미러를 봐라……. 정신이 하나도 없었다.

'처음부터 잘하는 사람이 어딨어. 어디 두고 봐!'

이튿날에는 어린 아들들까지 태우고 어린이집까지 천천히 차를 끌고 갔다. 아이들이 타고 있으니 더 긴장되었다. 폭풍 잔소리에 짜증은 났지만, 무사히 집으로 왔다. 사흘째 되던 날 외곽 도로를 달려 주행 연습을 했다. 차들이 속도감 있게 나가니 좀 무서웠지만 나름 잘 달리고 있었다. 그런데 갑자기 앞차와의 간격이 좁혀졌다. 식은땀이 나기 시작했다. 잔뜩 긴장하고 있는데 남편의 불같은 목소리가 들린다.

"브레이크 밟아! 브레이크! 브레이크! 밟으라고!!"

"아 왜 짜증을 내? 브레이크 밟고 있잖아! 그렇게 성질 내면 운전을 어떻게 해!"

참고 참다가 폭발했다. 자칫 잘못하면 사고로 연결될 수 있어서 걱정하는 마음은 알지만, 해도 해도 너무한다. 집으로 오는 내내 차 안은 어색한 침묵만 흘렀다. 남편에게 운전은 절대 배우지 말라고 했던 말이 떠올랐다. 그러다 이혼까지 한 부부가 있다는 말이 실감 났다. 그날 이후로 남편 차를 운전하지 않았다. 중고차를 한 대 샀다. 출퇴근만 잘하면 된다는 각오로 집중했다. 집에서 회사까지는 꽤 먼 거리다. 내 운전 솜씨로는 40분 정도가 걸린다. 차가 막히는 시간인 것을 고려해도 10분이 더 걸리는 셈이다. 주말이면 차가 없는 시간을 이용해 미리 회사까지 가는 연습을 했다. 물론 그때도 혼자 가진 못했다. 남편은 불안해하며 옆에 앉아서 이러쿵저러쿵 훈수를 뒀다. 그날 이후로 내 눈치가 보이는지 잔소리는 많이 줄었다. 나도 점점 운전에 익숙해졌다. 드디어 나 혼자 차를 끌고 가는 첫날. 긴장은 되었지만 서둘러 일찍 집을 나섰다. 아무 탈 없이 혼자 해냈다는 기쁨에 이젠 할 수 있겠다 싶었다. 퇴근해서 집이 보이니 긴장이 풀렸던 탓일까. 유턴하는 곳에 하필 애매하게 대형 트럭이 정차되어 있었다. 아슬아슬했지만, 그냥 한 번에 핸들을 돌리다가 트럭에 차 옆구리를 받아 움푹 패어버렸다. 첫날부터 사고라니. 심장이 터져 나오려는 듯 방망이질을 해댔다. 일단 차에서 내렸는데 갑자기 트럭 운전자 창문이 쓱 내리더니 아저씨가 미간을 찌푸렸다.

"나는 괜찮으니 얼른 차부터 고치러 가세요" 하고 말하는 거다. 드라마를 보면 목덜미 잡고 손해배상을 요구하는 장면을 생각했는데 얼마나 감사한지 연신 고개를 숙여 인사를 했다.

운전 16년 차. 사고 없이 안전하게 운전하고 있다. 그렇게 호되게 배운 덕분인 듯하다. 운전이 어렵고 무섭다고 영영 포기했더라면 어땠을까. 살면서 가장 잘한 일 중 하나가 운전을 배운 일이다. 처음 하는 일은 언제나 실수투성이고 어설프다. 그때마다 다시 시도하고 잘할 수 있게 되기까지 나를 믿어야 한다는 것을 알았다. 끝까지 해낼 수 있었던 것은 확실한 목적이 있었기에 가능했다. 운전을 잘할 수 있게 된 후로 내 차는 슈퍼카로 변신했다. 빠르고 신속하게 아이들을 병원에 데리고 갈 수 있었고, 폭설로 인해 어린이집 버스가 지연될 때도 아이들을 태우러 갈 수 있었다. 또, 맞벌이 엄마들을 위해 아이를 픽업 해 주기도 했다.

아이들에게 좋은 원장님이 되겠다는 집념 하나가 용기를 만들었다.

2

작은 용기의 힘

민주란

한국에 있을 때는 불의를 못 참는 성향이었다. "노동조합장"이라고 불렸을 만큼 대범했다. 부당한 일이 생길 때 항의했다. 고객의 불만이 나오면 회사는 직원 의견은 묻지 않고 제재만 가했다. 직접 본사에 가서 직원 입장을 대표로 말했다. 상사가 권위적으로 대할 때면 가만있지 않았고 한마디라도 의견을 내놓았다. 동료 직원들의 대변인이었다. 두려움이 없을 정도로 자신감이 넘쳤다.

이민자. 미국에서 타민족과 섞여서 살고 있다. 외국에서 생활하는데 어려움이 한둘이 아니다. 언어장벽은 누구나 깨야 하는 과제다. 인종차별은 미국에 살면서 수시로 겪고 있다. 빈부 차이도 자주 대두되는 문제다. 여러 편견과 문화 차이도 한몫한다.

Nordstrom 백화점에서 물건을 계산하려고 줄을 서 있었다. 고객 서비스가 좋고 가장 많이 붐비는 크리스마스 쇼핑시즌이었다. 가득 찬 쇼핑 카트를 앞에 둔 사람들로 붐볐다. 카운터 백인 직원이 내 앞에 있는 백인 여성을 계산해 준다며 데려갔다. 유유히 계산대로 향했다. 대여섯 명을 가뿐히 제치고.

순간 황당해서 말도 나오지 않았다. 머릿속은 복잡해지기 시작했다. '무슨 이런 경우가 있지? 따져 물어야 하나?' 어리벙벙하게 아무 말도 하지 못하고 있는 나에게 맨 앞줄의 멕시칸 아주머니가 말했다.

"이런 경우는 너무 흔해서 이제는 말하기도 지치네요. 딸과 함께 성탄 선물을 사러 왔는데."

60대 중반인 아주머니는 피곤한 듯 말을 이었다.

"스테파니, 지난번 스테이크하우스 갔을 때 생각나지? 아무렇지 않게 늦게 온 사람을 예약 손님이라며 먼저 자리를 줬잖아."

30대 초반인 스테파니는 엄마가 또 같은 말을 한다는 식으로 조용히 지나갔으면 하는 표정이다.

"그만해, 엄마!"

순간 정신이 바짝 들었다. 스테파니가 왜 그러는지 이해되었다. 멕시코계 미국인으로 사는 동안 지속적인 부당함을 당해 왔을 터다. 이런 항의가 도움 되지 않는 걸 느꼈을 거다. 내가 참는다고 해결될 문제는 아니다. 불만을 토로해도 바로 달라지진 않겠지만, 인종차별의 부당함을 참을 수 없다. 한국계 미국인으로 살아가는 우리 세 아이의 얼굴이 스테파니의 얼굴과 겹쳤다.

나머지 고객은 동양계, 백인, 아프리카계다. 그들은 아무 말도 하지 않았다. "때리는 시어머니보다 말리는 시누이가 밉다"라고 했던가. 아무 말도 하지 않는 그들이 더 야속했다. 처음 미국 왔을 때가 떠올랐다. 인종차별을 당해도 항의 한마디 못 했다. 영어 실력이 부족해서 항의를 제대로 할 수 없어 자괴감도 들었다, 해코지당할까 두려워서 참기도 했다. 스테파니 어머니가 항의했다. 나도 동참했다. 이민 초기의 두려웠던 경험들이 남아있어서 항의하는데도 마음으로 '그만하라'라고 소리친다. 용기를 내야 했다. 아이들이 생각났다.

카운터 직원이 전후 상황을 알아보러 그 백인 직원에게 갔다.

"죄송합니다. 직원이어서 먼저 계산해 주었다고 하네요."

"말도 안 되는 소리! 직원이면 고객을 우대해야 하는 거죠!"

누가 봐도 서둘러 마무리 짓고 싶어 하는 걸 알 수 있었다. 빈약한 변명이었다. 매니저는 미안하다며 물건 가격을 인하해 주겠다고 했다. 사과해야 할 직원은 아무 말 하지 않고 있었다. 부당함에 항의하는 용기 있는 엄마다. 행동하지 않고 변화를 기대하지 않는다. 항의한 나에게 어깨를 두드려 준다.

용기 내지 못할 때가 있었다. 미국의 대도시에는 어디든 노숙자들이 많다. 샌프란시스코도 예외는 아니다. 다리 밑, 터널 입구, 공원 주위, 높은 건물 사이에는 노숙자들이 빈 상자를 쌓아 놓고 산다. 슈퍼마켓 카트는 운송 도구다. 필요한 물건을 싣거나 폐품 수집한다. 노숙자 시설도 있지만, 모두 수용할 순 없다.

노숙자를 처음 보았을 땐 게으른 사람이라 생각했다. 알라메다로 들어가는 "튜브" 입구는 노숙자가 많다.

가지고 있던 박스를 찢어 그 위에 안타까운 사정을 써 놓는다.

"춥고 배고파요! 아이가 셋이에요!"
"도와주세요!"

사정은 딱하지만, 눈 마주치기 두려웠다. 창문을 조금 열고 돈을 건네기도 했다. 사람들과 대화하는 척하기도 한다. 여러 명이 한 번에 다가올 땐 위협을 느껴 두려웠다. 여름엔 차창을 내릴 때가 많은데 터널 지나기 전 잊지 않고 닫는다. 냄새가 심해서다. 도움을 주려는데 다가가지 못했다. 이제는 용기를 가지고 피하지 않으려고 한다. 차창을 열어 눈을 쳐다보며 따뜻하게 말하려 한다.

"밥은 먹었니?"

용기를 낼 때 두려움이 따라온다. 억누르거나 피하지 않고 직면하는 시간을 가져보려 한다. 변화를 추구하고 성장을 원하면 용기가 필요하다. 나만 참고 넘어간다고 일이 저절로 해결되진 않는다. 부당한 일을 당할 때면 참지 않고 항의도 하고 사과도 받아낸다. 차별 없는 곳은 없다고 본다. 작게라도 시도하려 한다.

3

자신 있게
춤을 즐기는 사람이 되었다

최형숙

나는 세상에서 가장 싫은 것 하나가 춤이었다. 내 몸인데 내 맘대로 되지 않는다. 소풍 가는 날이 되면 밤새 잠이 오지 않았다. 다른 친구들은 설레고 좋아서 잠 못 이루지만, 난 장기자랑 시간에 춤을 추라고 할까 봐 겁이 나서 잠이 오지 않았다. 소풍 가는 날이 지옥이다. 이런 내가 춤을 가르치는 선생이 되었다.

"형숙아, 내일 소풍에서 우리 조 '제3한강교' 춤출 거야. 일요일에 연습하러 운동장에 모이자. 나올 수 있지?"

"아니. 그날 엄마랑 외갓집 가기로 했어."

"그럼 토요일에 만날까?"

"그날은 오빠가 서울서 내려와서 식구들과 같이 있어야 해."

"야, 최형숙 너 때문에 우리 팀 연습 못 하면 어떡해. 암튼 시간 내서 참석해 줘."

도살장 끌려가는 소처럼 이 핑계 저 핑계를 대도 통하지 않는 다. 죽을 상을 하고 일요일 운동장에 모였다. 친구들 눈에 띄기 싫 어 맨 뒷줄에 섰다. 작은 키 때문에 소용이 없다.

"하하하 형숙이 몸이 왜 따로 노냐?"

"우리 팀은 1등 따 놨어. 형숙이 춤추는 것 보면 웃겨서 1등 줄 거야. 그러니까 기죽지 말고 해."

"1등 안 하면 어떠냐. 같이 하는 거지."

친구들은 위로 아닌 위로를 해주고 있다. 나는 어려서부터 남 에게 피해를 주어서는 안 된다는 엄마의 말을 귀에 딱지가 붙게 듣고 컸다. 나 혼자 못 하는 건 상관없지만 나 때문에, 친구들이 피해를 받는 게 싫었다.

학교에서의 연습이 끝나면 집에 돌아와서 들마루에 식구들을 다 불러 모아 앉혔다. 마당에서 난 마이마이에 노래를 틀어놓고 연습한 춤을 부지런히 춘다.

"지금부터 내가 춤출 건데 잘 봐줘야 해. 이번 소풍에서 나 때 문에 우리 팀 꼴찌 하면 어떡해."

"알았어. 아가 걱정하지 말고 얼른 춤이나 춰봐. 얼른 보고 자 자."

"나 잘 출 때까지 우리 식구 아무도 자면 안 돼. 나 봐 줘야 해."

"엄마 아버지 내일 장사 나가야지. 오빠도 학교 가고."

"엄마, 안돼. 나 춤 잘 출 때까지 무조건 기다려."

"알았어. 알았으니까 얼른 춰봐." 지금 생각하면 말도 안 되는 억지소리다.

"야~우리 애기 잘 추네. 반에서 아기가 제일 잘 추겠다."

"엄마, 형숙이가 춤 소질이 있나 봐요."

"우리 딸은 나중에 대통령 할 사람이라 춤도 잘 추네."

식구들 한 마디씩 칭찬에 난 '다 됐다'라고 생각해서 끝내고 잠자리에 들었다. 여전히 가슴이 콩닥이고 잠도 오지 않는다.

날이 밝았다. 소풍은 걸어서 2시간 정도 걸리는 화암산으로 갔다. 전교생이 다 모였다. 앞에 3팀이 하는 데 눈에 들어오지도 않았다. 오직 우리 팀 할 때 순서 잊어버리지 않기 위해 한쪽에서 연습하고 있었다. 드디어 우리 팀 5명 차례가 되었다. 어젯밤 가족들한테 들은 칭찬이 새록 새록 자신감 충전하고 나선다.

음악이 틀어지고, 우리는 나란히 서서 율동을 시작했다. 4명은 일사불란하게 한 명 하듯이 움직였다. 시작과 동시에 전교생이 뒹굴었다. 나 때문이었다. 박자 틀리고, 방향 틀리고, 표정 어정쩡하고, 맞는 게 하나도 없고 따로 논다. 덕분에 우리 팀은 인기상을 받았다. 우리 팀은 나에게 고맙다고 인사했지만, 그 기억이 나에겐 수치스럽다는 생각이 들 정도로 상처였다. 그 이후 어디를 가든 벌금을 무는 한이 있어도 춤을 추지 않았다.

30년이 지나 사람들 앞에 서는 직업을 갖게 되었다. 사람들은 앞에 있는 강사에게 가지고 있는 선입견이 있다. 강사 하면 떠오르는 예쁘고, 날씬하고, 말 잘하고, 샤프한 아나운서 느낌을 상상한다. 그런 사람들에게 나를 빨리 어필할 수 있는 게 뭐가 있을까 고민하고 결정한 것이 춤이었다. 춤을 배운 건 아니다. 혼자 연습을 했을 뿐이다.

음악을 틀어놓고 한 곡을 5시간씩 거울 앞에서 췄다. 똑같은 동작을 화장실도 가지 않고 반복한다는 건 힘들었다. 내 몸이 제일 싫어하는 것을 내 것으로 만들려는 무모함에 주위에서는 미쳤다는 표현도 서슴없이 했다. 밤이면 근육통으로 파스 내복을 입었다. 나이 들어 뭐 하는 짓이냐는 오빠의 호통에 눈물도 났다. 그래도 나를 묵묵히 지켜봐 주는 건 대장뿐이었다.

"연수 엄마, 힘들면 천천히 해. 내가 저녁 애들이랑 차려 먹을게."

"홍삼 사다 컴퓨터 옆에 놨으니까 먹으면서 해."

"근육 이완제 사다 책상에 놔두었어. 힘들면 잠자기 전에 먹어."

나는 무엇을 하든지 다 끝낼 때까지 끝내지 않는다. 끝까지 기다려주는 남편이 고마웠다. 그런 노력 끝에 사람들 앞에서 춤을 추었다. 배워서 추는 춤 말고, 내 몸에 익혀서 리듬을 타는 막춤

말이다.

심리 동호회 모임에 갔을 때 일이다. 노래하라는 지목을 받았다.

"저는 갑상선 수술로 성대를 건드려 노래는 못하고요. 춤을 출래요."

환호성이 터진다. 다른 분의 노래에 맞춰 막춤을 춘다. 사람들은 나의 막춤에 덩달아 신났다.

어르신들과 만날 때마다 단골 멘트가 있다.

"선생님 어쩜 이리 춤을 잘 춘대요?"

"귀여워 죽 것 어유."

"어쩜 엉덩이가 이렇게 잘 실룩 걸릴까 몰라요."

"선생님처럼 매일 즐겁게 살면 좋겠어요."

어르신들과 모임에서 난 춤을 가르치는 선생님이 되었다. 어르신들은 열광한다. 이래 봬도 난 시니어 계의 아이돌이 되었다. 잘 추고 못 추고 신경 쓰지 않고 내 맘대로 춘다. 나 하나 망가져서 사람들에게 즐거움을 준다고 생각하니 용기가 생기고 즐기게 되었다.

용기란 내 마음속에 있는 씨앗이다. 열심히 물을 주면 나를 다른 모습으로 태어나게 해주는 터닝 포인트가 된다. 오늘도 난 '용기'라는 씨앗에 '노력'이라는 물을 주며 열심히 가꾸고 있다.

4

변화에는
용기가 필요하다

함해식

포기할까? 말까? 고민될 때 조금만 더 하는 마음으로 나 자신을 믿고 응원해 주는 것은 어떨까. 쉽게 포기하지 않고 나 자신을 믿고 노력하다 보면 자신감과 용기를 얻을 수 있다.

지금까지 살아오면서 누군가에게 도움 요청 잘하지 못했다. 사업하면서 나보다 앞서간 선배나 사장에게 궁금한 이야기 많았을 건데 물어본 적이 없다. 혼자서 해결하려고 하니 시간이 더 많이 걸린다. 그 예로 나는 책을 보거나 유튜브 영상 보고 내 철학과 비전이 비슷해 배울 점이 있거나 그 부분 잘 몰라 이 메일 보낸 적이 있다. 근데 답장이 없어서 그 당시 기분이 별로 좋지 않았다. 스스로 위로한 적은 있다. 바빠서 그러겠지라고 생각하고 두 번 다시 요청할 줄 몰랐다. 또 요청 방법 몰라서 그런지 다시 한번 해 보겠다는 용기가 나지 않았다. 앞으로 섹시하게 부탁도 하고 살아보겠다는 다짐도 해 본다.

예전에 백화점에 옷 가게 들어가 본 적이 있다. 분명 들어가기 전에는 바지 한 개만 사 와야지 하고 들어갔는데 매장 주인이 옷이 잘 어울린다는 말 한마디에 옷을 몇 벌씩 더 사 온 적이 있다. 집으로 오면서 내가 뭔가 기분 좋게 설득 당했다는 기분 들었던 적도 있다. 모르는 사람과 처음 통화하는데 시간이 지날수록 경계심이 풀리고 내 마음이 열려서 알고 있는 지식과 경험을 나누어 준 적도 있다. 친형에게 전화가 온다. 요즘 어떻게 지내는지 안부 전화가 온다. 얼마 전 형이 운동하다 목이 다쳐서 한동안 일도 못 했다. 일할 때 항상 나에게도 몸조심하라고 한다.

우리 부모는 몇 년 전 모두 돌아가시고 5남매만 남았다. 형과 나는 자주 연락도 하고 부부끼리 여행도 다닌다. 가끔 형님이 있기에 든든하다는 생각도 한다. 중학교 시절 아버지는 저녁밥 먹고 TV를 보고 있는 나를 그만 보고 공부하라고 자주 말했다. 수시로 놀러 다니는 내 모습에 미래에 훌륭한 사람 되기 위해 공부 잘해야 한다고 말했다. 안 그러면 아버지처럼 농사일로 고생한다고 말했다. 하지만 공부만 생각하면 자신감이 없고 피하고 싶었다. 공부하려고 책만 보면 잠이 왔다.

문득 초등학교 시절이 생각이 난다. 초등학교 1학년 입학해 한글과 받아쓰기를 못 한다고 매일 오후 늦게까지 남았다. 반에서도 공부를 못 하다 보니 친구들도 나와 놀아주지도 않았다. 2학년부터는 특수반에 들어갔다. 형과 누나 등 10명이 같이 수업했다. 그 뒤로는 공부는 나와 거리가 멀다고 하지 않았다. 나 스스로에게도 부정적인 생각이 가득해서 할 수 있다는 자신과 용기 없었다. 공부 잘하는 이이가 부러웠다. 성적 잘 나오면 상장받으며 친구에게 칭찬받았다. 또 선생님에게 귀여움 받는 모습이 그리웠다.

2년 전 78년 동기 모임에 참석했다. 거기서 초등학교 6학년 때 전교 회장이었던 친구 만난 적이 있다. 그 친구는 지금 농협에 팀장으로 일한다고 말한다. 나 보고는 첫 마디가 공부 못한 친구 아니냐고 웃으며 말을 한다. 그 한마디에 방안에 친구들은 모두 크게 웃었다. 나 보고 요즘 무엇을 하는지 묻는다. 특수용접으로 개인 사업을 한다고 말했다. 그 말을 듣고 친구는 앞으로 나보다 낫겠다고 웃으며 말한다. 모임 마치고 집에 오면서 생각한다. 내가 초등학교 공부 못했지만, 앞으로는 반드시 성공해 많은 사람 돕고 살겠다고 다짐했다.

오늘도 틈틈이 회사에 출근해 용접 연습한다. 몇 년 뒤 해외 진출하는 게 목표다. 지금 당장 방법은 모르지만 그렇게 될 거라 확신한다. 매일 규칙적으로 공부하고 연습하는 게 귀찮고 의심도 든 적도 있다. 하지만 끝 먼저 생각한다. 이 기술로 사업으로 성공해 아내와 주변 친척 친구에게 칭찬받는 모습에 상상만 해도 기분이 좋다. 그래서 나는 성공하기 위해 오늘도 주어진 시간을 소중히 사용한다.

20대 후반에 나만의 기술 배워 사업해야지 결심한 적도 있다. 정비공장에 취직했고 1년 뒤 내 사업을 해 본다는 마음으로 시작했다. 하지만 막상 일하니 쉽지 않았고 용기도 나지 않았다. 회사 내 사람과의 관계도 좋지 않았다. 1년 6개월 만에 퇴사하고 사업도 해 보지 못했다. 지금 생각해 보면 다른 정비공장에도 10년 이상 사업하는 사장들도 많은데 왜 나는 미리 겁먹고 처음부터 행동하지 못했을까. 아무래도 내면에 믿음과 신념 부족했던 것 같다.

내가 왜 일하는지? 무엇 때문에 일하는지? 스스로 물어보고 그 일을 온전히 사랑했더라면 어땠을까? 그 일에 푹 빠져 매일매일 배우고 밤늦게까지 공부하고 이 일이 아니면 다른 일을 한다고 성공한다는 보장이 없다고 생각한다면 어땠을까? 이 일이 전부고 이 사업이 전부라고 생각했더라면 다른 결과가 나오지 않았을까? 성공한 사업가들은 그 분야에 최고가 되기 위해 수없이 고통과 좌절 속에도 나쁜 생각보다 희망을 선택했다. 그 순간 환경이 어려워도 그대로 받아들이고 매 순간 노력을 게을리하지 않았다.

고 현대 정주영 회장을 좋아한다. 강원도 출신에 농부의 아들로 태어나 아버지처럼 농사만으로는 비전이 보이지 (않아) 서울로 올라와 취직했다. (정미소 직원으로 시작해 정비 공장과 조선소 등) 대기업을 만들어 한국경제 발전에 큰 도움을 주었다. 나도 그런 (사람이 되고자 다짐한다.)

일하다 생각처럼 되지 않는 경우가 많다. 고객 말 한마디에 마음이 불편하고 돈이 부족하거나 이번 달에 매출이 오르지 않을 때 걱정이 많이 든다. 하지만 다른 방법이 있겠지 하는 마음으로 성공한 사업가 책을 읽거나 동영상 보고 배운다. 세상 탓이나 나 자신을 탓하기보다는 지금 좋은경험 하고 있다는 마음으로 잘못한 무언가 찾고 다음번에는 똑같은 실수하지 않으려고 한다. 문득 이런 생각도 든다. 내 주변에는 성공하신 분이 몇 명이 있지. 부자가 몇 명이 되지. 내가 가까이 가기 위해 노력한 적은 있었던가 라고 물어보는데 그런 적이 없다. 앞으로 친해지고 싶은 사람 있으면 용기 내서 다가가야겠다. 또 나도 사람들에게 필요한 사람 되기 위해 지금 주어진 일에 소명을 가지고 해야겠다.

모든 희망은 절실함과 실천으로 이루어진다. 꼭 이루고 싶은 목표가 있다면 절실함을 갖고 도전해야겠다. 다만 쉽게 이루어지는 일은 없기에 의지와 용기를 가지고 끊임없이 노력해야 한다.

그 예로 결혼 전에는 친구끼리 모여 술도 마시고 주말에는 놀러 다녔다. 하지만 결혼 후에는 가정을 우선으로 생각하고 회사 생활도 더 열심히 한다. 그리고 사업을 시작하고부터는 사업하는 사람들과 모여 공부하고 알고 있는 지식을 공유한다. 관점에 따라 생각도 달라지는 것 같다. 나는 오늘도 성공한 사업가의 좋은 습관을 배우고 내 것을 만들기 위해 실행한다.

5

두려움이
곧 용기가 되었다

황성유

나에 대해 알고 싶어 시작한 공부가 재밌다. '내가 이런 사람이구나.' 하고 발견하는 기쁨이 크다. 어릴 때 궁금증이 많았다. 아버지에게 "왜요?" 물어보면 화내며 때렸다. '왜' 해야 하는지 이유를 알아야 행동하려는 생각으로 물었는데 그런 마음을 몰라 줬다. 아버지는 초등학교 입학 전 받아쓰기 연습시켰다. 그런데 입학하고서 나머지 공부하기 일쑤였다. 머리 나쁘다고 입버릇처럼 남동생과 비교했다. 놀다 오라는 약속된 시간을 1분 늦었다고 우기며 무릎 꿇게 하고 두 팔 올리고 벌서게 했다. 밥상 앞에서 아무 때나 주먹으로 맞았다. 울면 더 맞았다. 화가 나도 슬퍼도 울면 안 되는 날의 연속이었다. 하루살이처럼 살았다. 꿈꾸는 게 아닌 하루하루가 무료하게 느껴졌다. 벗어나지 못하는 울타리 속에서 사는 거로 생각하고 못을 박았다. 그러지 않으면 괴롭고 죽고 싶은 마음을 조절할 수 없기 때문이었다. 밤에 편하게 자는 게 소원이었다. 벗어날 용기가 없었다. 전학 간 교실에 작은 책장이 있었다. 동화책, 만화책들을 빌려 보았다. 다른 세상을 만난 기분이었다. 재밌었다. 시간 가는 줄 몰랐다. 책 읽는 즐거움은 초등학교 졸업식에 우등상까지 받게 되었다. 할머니는 없는 형편에 백과사전 전집을 사주며 좋아하셨다. 유일하게 인정받는 일이 되었다. 두려움에 살다 설레는 경험을 하니 신났다. 마음 편히 책 읽는 환경은 아버지가 몇년 동안 사우디로 일하러 다녀온 때가 다였다. 친구와 말다툼했다. 몸싸움까지 했는데 졌다. 앞으로는 절대 싸우지 않겠다고 다짐했다. 진 경험은 지금까지 수동적 인생을 살게 했다. 정의로운 일이라도 소극적으로 사는 쪽을 택했다. 나에겐 힘이 없다고 생각했다. 이기는 경험이 별로 없었다. 어린 남동생과도 힘을 못 썼다. 할머니는 싸운다고 역정 내셨다. 내 편이 없었다. 내 마음 잡는 데 집중하기로 했다. 운동장 10바퀴 돌기 목표하고 달렸다. 왜 시작했는지 기억나지 않았다. 다른 사람들과 어울리기보다 나와의 결심하는 연습을 선택했다. 꿋꿋한 신념을 가지려 했다. 강인한 정신이 필요했다.

할머니는 친척 할머니가 하는 약국에 자주 가셨다. 아버지 심

부름으로 할머니를 찾는 일이 많아졌다. 자주 약국을 가니 친척 할머니는 화를 내며 그만 오라며 호통을 쳤다. 그때 장면은 각인되어 공포감이 생겼다. 그 후 약국 근처도 가지 않았다. 아버지의 폭력보다 큰 공포심을 경험했다. 내가 정한 '어른 공포증'은 살면서 나에게 많은 영향을 줬다. 어른 앞에 서면 머리가 하얗게 되고 경직되거나 얼음처럼 굳어진다. 말도 못 하고 회피하는데 온통 신경이 곤두서고 있는데 에너지를 뺏겨 버린다. 그런데도 해결하려는 시도도 하지 않았다. 회피하는 겁쟁이로 살았다. 얼음장처럼 굳어버린 이유는 장녀로서 죄책감과 무책임한 행동에 대한 비난을 받고 싶지 않아서였다. 무슨 일이 생기면 피하거나 무시하며 살려했다. 폭력, 폭행, 무서운 공포영화 등 장면들을 피해 안 보려 했다. 그런 상황들은 집에만 있게 되는 생활이 되었다. 하나에 갇히면 다른 상황에도 연결되니 고립하게 된 거다. 대인기피증까지 이어질 줄 몰랐다. 잠깐의 만남인 상황에도 불편하고 힘들었다. 그럴수록 다른 사람들의 오해만 쌓는 악순환이 되었다. 감정까지 무감각까지 되도록 느끼지 못하고 살았다. 어떤 거든 막힌 부분은 빨리 해결하는 게 좋다. 몸, 마음, 생각 모두가 연결되어 있어 도미노처럼 작용한다. 용기 내지 않고 참는 게 일상이 되니 표현하는 거도 늦거나 알지 못할 때가 많았다. 신체 감각도 무감각해졌다. 겁쟁이로 사는 거는 어릴 때 살기 위해 선택한 거였다. 사람들 앞에 서는 일이 싫은 게 아니라 비난, 질책, 꾸지람 듣는 일이 싫어서였다. 낙오자 되지 않으려 결심하고 할 수 있는 활동을 선택했다. 성공에 대한 명확한 목표를 세우는 거보다 하루에 최선을 다하는 일에 힘쓰기로 했다. 겁쟁이의 삶은 노력하는 행위 자체만 몰두하며 지냈다. 내 몸과 마음 상태가 어떤지 돌보지 않았다.

　'글쓰기'에 대해 생각하지 않았다. 어릴 때는 칭찬받는 게 좋아 일기 썼다. 사춘기 시절 쓰던 일기는 우울한 글만 도배되고 있었다. 어제나 그제나 똑같은 내용을 보기 싫어 중단했다. 지금은 있는 그대로 나를 받아들이려 했다. 글쓰기 시작으로 네이버 블로그 쓰기를 했다. 쑥스럽고 두려워 긍정 확언을 쓰는데 비공개로 매일 올렸다. 쓰는 행위조차 큰일 날 것 같은 불안하고 두려운 감정이 있었다. 두려움은 생활에 많은 영향을 주고 있었다. 거절에 대한 두려움, 미움받는 것에 대한 두려움, 상처받는 고통에 대한 두려움, 평가받는 거에 대한 두려움, 시작에 대한 두려움 등이었다. 두려움에 대해 찾을수록 많았다. 불안과 두려움에 갇혀서 소통하기 어려웠던 걸 알았다. 말 한마디에 상처받으면 보름 이상 밖에 안 나가고 울며 힘들어했다. 겁쟁이가 블로그 활동을 시작한 일은 엄청난 변화였다. 막상 매일 해 보니 별일 생기지 않았다. 쓰는 게 수월해졌다. 긍정 확언을 쓰려는 시도에는 용기가 필요했다. 경직된 생각들을 녹이려고 애쓰니 차츰 긍정의 생각들이 많아지며 힘이 났다. 불안과 두려움이란 감정을 알게 되며 하려는 용기가 생겼다. 단번에 생기지는 않았다. 짧은 에세이집을 자서전처럼 내 보았다. 뿌듯하고 뛸 듯이 기뻤다. 책 내는 희열은 온 세상 다 가지는 기분이었다. 자신감 생기니 블로그 글 올리는 게 편해졌다. 어떤 걸 좋아하는지 명료해졌다. 독서하고 나면 머리에 남는 게 없다고 생각했었다. 책 읽고 서평을 올리니 댓글과 공감을 통해 보람을 느낀다. 작은 행동으로 다른 이들과 소통하는 활동은 활력을 줬다. 마음 안에 가둔 공포감을 글 쓰고 표현하니 두려움이 작아졌다. 두려움은 설레는 감정으로 바뀌는 경험을 한다. 사람들과 소통하는 방법이 낯설고 어려웠다. 짧은 내용을 글로 표현하는 게 편안하고 좋아지고 있다. 올해 정한 내 키워드는 '기록'이다. 어떤 거든 기록하려 한다. 나와 소통을 잘하려고 내 생각을 표현하고 존중하고 배려해 주려고 선택했다. 나를 사랑하고 인정해 주는 일에 공을 들이려 한다. 판단하고 평가하지 않고 있는 그대로 모습을 수용해 주려 한다. 소중한 나를 아껴주는 일에 집중하려고 노력한다. 타인의 사랑과 인정을 원하는 기대를 내려놓으려 한다. 과거의 나는 회피하고 고립되어 보낸 시간이었다. 현재 나를 사랑하고 소중히 여기려 한다. 노력하는 모습에 나다운 행복을 느낀다. 두려움 때문에 용기 내지 못한 일들을 자각하고 작은 용기를 내려고 애쓰고 있다. 나를 다독이고 받아 주는 일은 또 다른 용기 내는 기폭제가 되고 있다. 다른 사람들의 말에 대해 어떤 식이든 부정적으로 해석했다. 남 탓으로 합리화하면서 두려운 감정을 키워갔던 거다. 지금은 긍정으로 해석하려고 노력한다. 소심하게 내가 원한 행복을 글로 표현한다. 나누고 함께 하려고 한다. 전보다 자기 생각을 표현하는 일이 편해졌다. 눈치 안 보고 표현하는 데 필요한 건 용기였다.

6

무모한 용기가 주는 행복

김수옥

친구 지연이는 욕심이라고 했다. 이 나이에 아이를 낳는 건 말도 안 되는 짓이라고 했다. 자신도 아이에게도 좋을 게 없다고 했다. 마흔둘. 지연이는 계획에 없던 셋째를 임신했다. 전화기 너머로 들려오는 지연이의 한숨 섞인 이야기를 한참 듣던 나는 한마디 했다.

"지연아! 오십에도 애 낳는 사람 있더라!"

2012년 여름. 서른여덟에 나는 덜컥 임신이 되었다. 너무 놀라 들고 있던 임신 테스트기를 떨어트렸다.

조심한다고 했는데 당황스러웠다. 머릿속이 하얘졌다. "안 돼. 안 돼!" 내 머리를 쥐어 잡고 고개를 좌우로 흔들었다. 다시 보아도 선명한 두 줄. 셋째였다.

나는 갑상선암 수술을 받은 환자다. 둘째를 낳고 1년 만에 갑상선암 수술을 했다. 연년생 아이 둘을 키우면서도 체력이 떨어져 코피를 쏟기도 했다. 그런데 셋째라니. 그것도 곧 마흔을 바라보는 나이에! 정말로 무모한 짓이다. 나와 아이한테 안전을 장담할 수 없는 상황이다. 그러나 선택해야만 했다. 용기가 필요했다.

수술받은 대학병원에 전화를 걸어 갑상선암 수간호사 선생님과 상담을 했다. 임신 소식을 말하고 어떻게 하면 좋을지 상담을 했다. 평생 먹어야 하는 신지로이드(갑상선 호르몬제)를 10달 동안 끊어도 되는지, 암의 유전자가 전이되지는 않는지, 아이의 갑상선에 문제가 생기는 건 아닌지, 쉬지 않고 나의 걱정들을 늘어놓고 있을 때, 한참을 듣던 수간호사 선생님이 말했다.

"김수옥 환우님! 괜찮아요! 우리 병원에 갑상선암 수술하시고 출산하신 분들도 있답니다! 모두 건강해요! 그리고 임신을 준비하시는 분들도 있는걸요!"

갑자기 코끝이 찡해지고, 눈물이 쏟아졌다. "감사합니다!" 나도 모르게 큰 소리로 인사하자 수간호사 선생님 대답했다. "아무 문제없을 거예요! 건강하게 출산하시고 소식 전해주세요!"

걱정만 하느라 뱃속 아기를 제대로 환영해 주지도 못했다. 미안했다. 우리 부부에게 온 이유가 있겠지. 감사하는 마음을 갖기로 했다. 신이 주신 선물로 받아들였다. "엄마가 지켜줄게" 배를 쓰다

듬으며 말했다.

　건강한 셋째를 위해 온 가족이 힘을 합쳤다. 열 달 후에 만날 태아와 내 건강을 위해 식단을 짰다. 일주일에 세 번 우유 마시기. 갑상선암 수술 후 몸에 좋다는 브로콜리, 온갖 베리 종류, 토마토, 검은콩 등 챙겨 먹기. 태아를 위한 단계별 영양제, 견과류 섭취하기. 하루 두 번의 간식과 매일 10분 운동하기 등. 평소 내 습관과 다르게 조금씩 바꿔갔다. 뱃속 아기와 나를 위한 식단이라고는 하지만 마시면 속이 비릿해지는 우유를 일주일에 세 번은 쉽지 않았다. 견과류도 누가 권하면 손사래를 치던 음식이다. 운동, 말해서 뭐 하겠는가. 담을 쌓은 지 20년이 넘었다. 운동이라 해봐야 숨쉬기 정도가 다였다. 어쩌다 계단을 몇 발짝 오르기만 해도 어지러움과 숨이 차서 헐떡거리기 일쑤였다. 그래도 뱃속 태아를 위해 바꿔가기로 했다.

　셋째가 생긴 후 우리 집에 변화가 생겼다. 빨래, 청소는 물론이고 밥 한번 해 본 적 없던 남편이 집안일을 적극적으로 도와줬다. 퇴근 후 알아서 청소기 돌리고, 빨래도 반듯하게 접어 서랍에 정리해 주었다. 음식물 쓰레기, 분리수거도 척 척이다. 셋째가 나오면 일주간 본인이 산후조리를 돕겠다고 말했다. 첫째 율이와 둘째 훈이도 동생을 만날 날을 기다렸다. 매일 내 배에 얼굴을 갖다 대며 "현아! 건강해. 우리 빨리 만나자" 등 애교 섞인 목소리를 들려주었다. 저녁이면 내 발을 주물러 주기도 했다. 설거지도 돕겠다고 나서며 식탁 의자를 밟고 올라서서 싱크대 주변을 물바다로 만들기도 했다. 괜찮다. 오히려 기특했다. 셋째 덕분에 일상이 달라졌다.

걱정했던 것과는 달리 뱃속 태아의 성장도, 내 건강 상태도 양호했다. 마지막 진료일. 의사는 내 건강 상태와 태아의 크기를 체크한 뒤 유도 분만을 권했다. 유도 분만일에 맞추어 입원 준비를 하며 배냇저고리를 펼쳤다. 손으로 천천히 쓰다듬어 말했다. "곧 만나자."

호흡이 빨라졌다. 배가 뒤틀리듯 꼬인다. 이를 악물었다. 진통실, 산통을 도와줄 온갖 기구들은 눈에도 들어오지 않는다. 나는 드디어 최고의 고통에 이르렀다. "사천삼백삼십 그램!" 얼마나 지났을까. 출산 직후 기절 상태였던 나는 간호사의 외침 소리에 놀라 깼다. 4.33 킬로그램의 건강한 남아였다.

"슈퍼 베이비야!"

남편은 어린아이처럼 신나서 큰 소리로 말했다. 나는 잘 떠지지 않는 눈으로 아이 쪽을 바라봤다. 초록색 싸개에 쌓여 간호사에게 안겨있는 아이의 모습. 희미하게 바라본 아이의 울음소리가 우렁찼다. 다음날, 휠체어에 의지해 신생아실로 내려간 나는 아이를 본 순간, 남편이 왜 그렇게 좋아했는지 알 것 같았다. 태어난 지 한 달은 더 지난 듯한 우량아, 심통 난 것처럼 부푼 볼, 오므린 입술, 버둥거려서 속싸개 밖으로 삐져나온 발. 연신 꼬물거리며 옆은 숨을 내쉬는 셋째 얼굴 사이로 그간의 일들이 스쳐 지나갔다. 휴……. 그제 서야 안도감이 들었다. 건강한 모습에 감사했다. 율이와 훈이도 갓 태어난 동생의 모습이 신기한지 한참을 눈을 떼지 못했다. 서로 먼저 안아보겠고 티격태격하는 모습마저 정겹다. 동생을 품에 안은 율이와 누나 어깨에 바짝 기대어 생글생글 웃는 훈이 모습에 힘들었던 지난날을 보상받는 느낌이었다. 잘 키우고 싶다. 다시 한번 용기를 내 본다.

그런 셋째 현이 건강하게 자라 열 살이 되었다. 존재 자체로 우리 가족의 행복 비타민이다. 우량아였던 만큼 에너지도 넘친다. 걱정했던 암의 유전자도, 호르몬제로 인한 어떤 문제도 발견되지 않았다. 오히려 셋 중 가장 건강하고 병치레도 거의 없이 자랐다. 달라진 점이 또 있다. 임신 기간 중 태아를 위해 했던 식단 관리, 운동을 통해 나는 더 건강해졌고, 좋은 습관도 생겼다. 등산과 만보 걷기에도 적극적이다. 남편은 빨래를 접어 정리하는 일쯤은 자신의 할 일로 여긴다. 설거지도 곧잘 한다. 남편에게서 따뜻함을 느낄 수 있었고, 더욱 의지하고 신뢰하게 되었다. 나이 터울이 있는 동생을 율이와 훈이 잘 챙겨주니 든든하다. 엄마로서의 태도와 마음가짐을 올바르게 바꾸게 된다. 현이 덕분에 함께하는 육아가 되었다. 용기의 씨앗이 우리 가족을 더 결속력 있게 만들어 줬다. 매일매일의 에피소드로 웃는 날이 더 많아졌다.

지연에게 전화했다 어떻게 할 생각인지. 마음의 정리가 되어 편안한지 궁금했다.

"남편이 낳자고 하네. 그런데 나 걱정돼! 잘할 수 있을까? 네가 좀 많이 조언해 줘야 할 것 같아."

셋째가 쓰던 물건들을 차곡차곡 정리해 '친구 지연에게' 라고 적힌 상자에 담았다. 친구를 응원했다.

친구도 열 달을 잘 지내고, 건강한 딸을 출산했다. 아들만 둘 있던 집에 늦둥이 딸이 생기니 집안은 온통 웃음꽃으로 가득하단다. 전화기 너머 행복 가득한 지연이의 목소리에 나도 덩달아 기분 좋다. 얼마 전 셋째들을 데리고 지연을 만났다. 서로 얼굴을 보자마자 깔깔거리며 손뼉을 마주치고 웃었다. 현이와 예린이의 사이좋은 모습에 사돈을 맺을까 농담도 해본다.

세상엔 예측할 수 없는 일들이 너무도 많다. 예측했던 일이 예상과 다른 방향으로 가기도 한다. 결과를 모르는 일은 결국 해봐야 알 수 있는 것이라는 생각이 든다. 그것이 비록 나를 힘들게 할지라도 그 힘듦 속에 우리는 반드시 배우고 얻는 게 있다는 믿음이 생긴다. 우리에게 셋째는 무모한 짓이었다. 누구도 환영해 주지 않고, 심지어 나 자신조차도 기뻐할 수 없었다. 무모하리만큼의 용기를 낸 결과 우리는 기대 이상의 행복을 경험하고 있다.

"지연아! 다시 돌아간다면 넌 셋째를 낳을 거야?"

"남편이 조금만 더 젊었다면 넷째도 낳고 싶다더라."

용기를 내고 그 선택을 믿고 책임진 남편과 나에게 칭찬해 주고 싶다.

7

버스에서 핀 용기

김동아

줌에서 밝게 웃는 나를 본다. 함박웃음이 예쁜 나. 웃을 때 양쪽 눈가에 주름이 진다. 얼마 전 산불로 친정집이 피해당하였다. 동생과 내가 사용하던 방은 떨어져 있어서 화마를 피해 갔다. 나와 동생의 앨범을 가지고 집으로 돌아왔다. 초등학교 때 사진들이 고스란히 있어서 다행이었다. 볼 빨간 단발의 내가 보인다. 그때와 별반 다르지 않은 모습. 지금 나의 모습과 오버랩되었다.

모르는 사람들과 말을 하거나 흥분할 때는 몸이 내 의지와는 상관없이 긴장한다. 그 바람에 입이 비뚤어지고 고개가 틀어진다. 초등학교, 중학교는 별문제가 되지 않았다. 정상인 연년생 동

생과 같이 학교 다녔다. 몸이 아파서 아홉 살에 학교 갔다. 지고 쉽
지 않았다. 친구들과 비교당하는 것도 싫었다. 공부도 열심히 하
고 달리기 연습도 했다. 칭찬받기 위해 시키지도 않는 예습 복습
했다. 초등 고학년일 때 남자 몇이 나를 노골적으로 싫어하는 내
색을 했다. 말만 하면 툭 툭 내던지는 말에 가시가 있었다. 자기네
들끼리 키득키득 웃었다. 직감으로 나를 비웃고 있는 걸 알았다.
그러나 신경 쓰지 않았다. 그 친구들은 공부와는 거리가 먼 친구
들이었다.

음악 시간 리코더 실기가 있었다. 많은 연습을 하고 갔지만 40
명 넘는 친구들의 시선들이 나를 향해 있었다. 근육이 제 맘대로
굳어지고 리코더 구멍을 막는 손이 덜덜덜 떨리기 시작했다. 다리
도 경운기를 타듯이 털털 떨었다. 몸이 그렇게 떠니 혀끝으로 내
뱉는 투 투 소리가 예쁠 리가 없었다. 보는 친구들과 선생님이 안
타까워하는 모습이 보였다. 그래도 끝내야 한다는 생각밖에 없었
다. 그 시간이 얼마나 걸렸는지도 모르게 지나갔다. 그 이후로 실
기시험만 보면 사시나무 떨 듯했다. 습관이 되어버렸다. 대학생 시
절 영어 스피치 시간에 정말 떨고 싶지 않았지만, 대학 선후배들
앞에서도 마찬가지였다.

척추 옆굽음증과 잦은 어깨 통증으로 한의원을 갔다. 처음 가
는 곳이어서 또다시 긴장되었다. 몸이 경직되면서 떨림이 시작되

었다. 입도 비뚤어졌다. 말이 없는 내성적인 탓에 묻는 말에 답하고 치료하기를 여러 번, 치료 후 한참 후에나 찾아갔다. 연곡 영진에서 강릉으로 가는 시내버스는 10분에서 20분 사이에 한 대 꼴로 있다. 버스를 타고 가면 한의원까지 30분 정도 걸린다. 신영극장에서 내리면 걸어서 5분이다. 건널목을 건너서 강릉 옥거리 오거리 가기 전 한국투자증권 2층 거북이 한의원이 있다. 2층 계단을 올라가 문을 열면 한약 특유 향이 난다. 넓은 대기실을 지나 카운터 간호사를 보며 인사를 했다. 성함과 생년월일을 물어왔다. 몇 번 왔다가 간 걸 기억하는 듯했다. 어디가 아프냐고 물어왔다. "어깨요"라고 대답하자 진료받은 지 꽤 돼서 원장님을 먼저 뵈어야 한다고 안내했다. 문을 열자 한문으로 쓰인 경혈 인형이 제일 먼저 반긴다. 블라인드 커튼 사이로 옆 건물 벽이 살짝 보인다. 인사를 나누고 얘기를 주고받는 사이 원장님 얼굴에 놀라운 기색이 역력하다.

"동아 씨 많이 좋아졌어요. 어떻게 이렇게 변할 수 있죠?"

"뭐가요?"

의아해하며 되레 물어봤다. 백발에 살짝 웨이브 낀 커트 스타일, 긴 팔 흰 티셔츠와 정장 바지를 입은 원장님의 하얀 얼굴에는 미소가 가득했다.

"아니 동아 씨 완전 정상인데. 말도 어눌하지 않고 입도 삐뚤어지지 않아."

"아! 그거요? 원장님이 편해져서 그래요. 제가 원래 긴장하면 몸도 경직되고 떨리는데 편한 사람한테는 그런 모습이 없어요. 흥분하면 그런 증상들이 나와요"

피식하고 웃었다

"동아 씨 병원에 가 본 적 있어요?"

"아니요."

원장님이 볼 때는 조절할 수 있는 뇌성마비인 것 같다고 말씀해 주셨다. 그때 나의 병명을 알게 됐다.

어느 여름날 서울에서 고속버스를 타고 강릉에 내렸다. 시내를 가기 위해 버스를 탔다. 사람들이 제법 탔다. 좌석은 이미 꽉 차서 버스 뒤편으로 자리를 옮겼다. 손잡이를 잡고 두리번거리는데 한 남자가 젊은 아가씨의 핸드백에 손이 가는 게 보였다. '쓰리 꾼이다!' 그 아가씨 근처로 갔다. 그 남자의 손이 핸드백에서 멀어졌다. 가슴이 다듬질 방망이 치듯 두근거렸다.

"핸드백 잘 챙기세요."

여자분이 놀라서 핸드백을 앞으로 잽싸게 옮겨오면서 안을 살핀다. 지갑을 확인하고 감사하다는 인사를 했다. 갑자기 정차 벨소리가 울리며 차가 멈춰 섰다. 지갑을 훔치려다 실패한 남자는 벨을 눌렀는데도 계속 눌러대고 있었다. 모자를 재차 눌러쓰고 재빠르게 버스에서 내렸다. 만약 그냥 보고만 있었더라면 집에 가서 많이 후회하며 자책했을 게 분명하다. 친구들에게 얘기했더니 다들 미쳤다고 난리다. 어떻게 그 상황에서 그런 행동을 했냐면서 다들 입을 다물지 못했다. 만약 그 남자가 면도칼이라도 쥐고 있었다면 다칠 수도 있는 상황이었다. 그런 일이 다음에 또 벌어진다면 다음엔 버스 기사님을 부를 거다. 그때 용기를 내지 않았다면 또 어려운 일에 쉽게 고개를 돌리고 말았을 터다. 용기 내서 행동한 결과 지금의 내가 있다. 어려운 상황에 그냥 지나치지 않고 어떻게든 도움을 주려고 애를 쓴다. 내가 잘 모르면 아는 분을 통해서라도 해결해 주려고 한다. 그래서 그런지 주변에는 좋은 이들이 많다. 나와 같은 부류들. 멈추지 않고 어떻게 하면 해결할까를 고심하며 성장하는 분들.

변화와 성장을 하려면 용기가 필요하다. 겁내고 두려워하고 변화를 무서워하면 성장은 제자리걸음과 후퇴뿐이다. 글을 써서 남을 도울 수 있는 글을 쓰고 싶었다. 2년 전 이은대 작가님을 만났다. 말단 공무원인 남편의 월급으로는 세 식구 빠듯했다. 《배움을 돈으로 바꾸는 기술》이라는 책에서 배우는데 돈을 아끼지 말라고 했다. 대가 없는 대가는 없다는 말이 스쳐 지나갔다. 글쓰기 위해 성장과 나의 변화된 모습을 떠올려 보았다. 지금 이렇게 글을 쓰고 있다. 새로운 도전은 늘 설레고 두렵다. 또 다른 내일을 위해 힘차게 한 발 내디딘다.

8

사과할 줄 아는 용기

김경희

나의 직업은 활동 보조사이다. 처음 장애인을 돌볼 땐 이 일을 잘할 수 있을지 의문이 들었다. 걱정도 되고 겁도 났다. 용기가 필요했다. 생계가 걸려 있어 어쩔 수 없이 선택하게 되었다. 처음 3개월은 장애인의 심리에 대해 너무 몰라 많이 울기도 했다. 몸은 조금씩 망가져 갔고, 병원 가는 날이 많아졌다. 정신이 반은 나가고 없었다. 퇴근 무렵이면 실신할 정도의 기력이 빠져나갔다. 그래도 이를 악물고 참았다. 내겐 책임져야 할 두 아들이 있다. 돈은 벌어야 한다. 나는 두 아이의 엄마이자 한 집안의 가장이다. 닥치는 대로 일을 할 수밖에 없다. 그래 이거라도 어디야 감사하게 생각해야지. 요즘처럼 코로나 시대에 직업이 있고 돈을 벌 수 있다는 것만으로도 어디야. 일할 수 있음에 감사하고 가족들 건강함에 감사하자 마음먹었다. 장애인을 돌보면서 알았다. 내 몸을 자유자재로 움직이는 것만으로도 행복이라는 걸. 아프면 혼자의 힘으로 병원에 갈 수 있다는 것이 어딘가? 장애인 동희 씨를 보면서 내가 건강하다는 사실이 얼마나 소중한 일임을 날마다 느끼며 하루를 보낸다. 그의 까다로운 성격 탓에 일이 두 배로 많은 날도 있다. 하지만 나름 보람도 느낀다. 장애인의 손과 발이 되어 나도 누군가를 도울 수 있다는 사실이

뿌듯할 때도 있다. 활동 보조사라는 직업을 통해 깨달았다. 내 손으로 밥을 먹고, 스스로 할 수 있다는 그 자체가 소중하다는 것을 알았다. 지금 내가 하는 일이 결코 쉬운 일은 아니다. 하지만 직업이 문제가 아니라 마음속 기준을 어디 두느냐에 따라 행복 지수가 결정된다는 걸 제대로 알게 됐다.

얼마 전의 일이다. 야간에 근무하는 선생님이랑 둘이서 교대로 근무한다. 하루는 야간에 근무하는 영자 선생님이 카드 결제를 빠트리는 바람에 급하게 결제해야 할 일이 생겼다. 활동 보조사들은 일을 하면서 출, 퇴근을 확인하는 카드를 단말기에 스캔해야 한다. 말일이 지나가 버리면 결제하지 못한 건에 대해선 급여가 나오질 않는다. 문제는 그걸 모르고 있던 영자 선생님이 마지막 날에 그 사실을 알게 되었고, 마음이 급해서인지 전화를 걸어 도움

을 요청했다. 도와주려 했지만 내가 할 수 있는 일이 별로 없었다. 그런데 그 결제 건 때문에 서둘러 출근하겠다고 전화가 왔다. 문제는 그날이 하필 동희 씨가 목욕하는 날이라 일찍 서둘러 목욕 시켜달라는 부탁을 해왔다. 그때까지는 괜찮았다. 살짝 걱정되긴 했지만, 문제가 될 거라고 꿈에도 생각하지 못했으니까. 한창 목욕 시키고 있는데 현관문이 닫히는 소리가 났고 야간 선생님이 들어 왔다. 목욕이 끝나지 않은 상태인 걸 확인하자마자 짜증을 내기 시작했다. 목욕을 끝내고 나가보니 책상에 턱을 괴고 앉아 한숨을 푹푹 내쉬고 있었다. 평소처럼 욕실 뒷정리하러 들어간 사이 동희 씨와 영자 선생님의 말다툼이 오고 갔다. "일찍 온다고 했잖 아요!!" 동희 씨가 말을 받아쳤다 "나는 들은 적 없어요!!" 욕실 정 리만 하고 나와보니 베란다에 쪼그려 결제하고 있는 영자 선생님 이 눈에 들어왔다. 그 모습을 뒤로한 채 퇴근했다. 살벌한 분위기 가 싫어 도망치듯 뛰쳐나왔지만, 마음은 편하질 않았다. 며칠 후 장애인을 통해 영자 선생님이 내게 트집을 잡고 있다는 소리가 들 려왔다. 처음 그 말을 들었을 때는 어이가 없었다. 그날 이후로 교 대하면서 서로 불편한 날들이 이어졌다.

다음 날 일기를 쓰면서 어제의 일을 떠올려 보았다. 그리고 영 자 선생님 처지에서 생각해 보았다. 섭섭하고 속상했을 것이다. 나 자신이 견딜 수 없이 싫었다. 일기장에 반성의 글을 한 페이지 가득 채웠다. 안 되겠다 싶어 출근하자마자 동희 씨에게 부탁했다. 영자 선생님에게 전화 한 통만 걸어 달라고. 내 전화는 받지 않을 것 같아서다. 점심 무렵 통화가 이루어졌다.

"선생님! 미안해요. 조금 더 배려해야 했는데 많이 서운했죠? 미안해요." 전화기 너머로 잠시 침묵이 흘렀다. 이윽고 서운했던 감정들을 쏟아내기 시작했다. 영자 선생님은 장애인을 돌보는 게 난생처음이고 야간에 일하는 것도 처음이다. 경험이 많은 나와는 다르다. 내가 조금만 도와줬더라면 일어나지 않았을 일이었다. 서운한 마음이 아니라 오히려 고마워하고 사이좋은 동료로 지냈을 지도 모르겠다. 투덜거리는 그가 싫었고, 내 몸이 힘들고 지쳐서 지나쳤던 행동이 서로를 불편하게 했다. 잘못이 없더라도 내가 조금만 더 양보했어야 했다. 세상은 혼자 사는 게 아니다. 어울리며 살아간다. 나 하나쯤이야 하는 안일한 생각으로 남에게 상처 주는 행동은 하지 말아야한다. 그 후로 작은 습관 하나가 생겼다. 내가 한 말과 행동들을 혼자서 가만히 떠올려 본다. 혹여나 실수하지 않는지, 내 말이 곧 진리인 양 떠든 건 아닌지 관찰하곤 한다. 사람은 누구나 실수한다. 다만 똑같은 실수를 반복하지 않으면 된다. 본인 잣대로 판단하기는 쉽다. 타인의 입장에서 헤아릴 수 있어야 한다.

그 일을 겪고 나서부터 말을 아끼고 신중하게 말하는 습관이 생겼다. 이번 일을 통해 많이 배웠다. 한 단계 더 성장하는 계기가 되었다. 반성도 했다. 착하고 바르게 살아왔다고 나름 자부했었다. 나의 오만함이었다. 겸손한 줄 착각하며 살아왔다. 처음 요양원에 일하러 간 적이 있었다. 그때 기존에 근무하던 직원들은 네게 한없이 부드러웠다. 오래 근무한 만큼의 연륜과 여유가 있었다. 따듯한 마음씨도 정도 넘쳐났다. 그 직원들처럼 너그럽게 포용할 줄 아는 마음, 힘들어하는 사람이 있으면 기꺼이 손 내밀어 줄 수 있는 그런 사람을 꿈꾼다.

용기가 필요했다. 내 잘못이 없다고 판단했을 때 한 번도 먼저 사과하지 않았다. 자존심 상했다. 그러나 이제는 안다. 그 알량한 자존심 집어치우고 버려도 된다는 사실을. 이 일로 배운 게 있다면 사람은 혼자 살 수 없다는 것과 암묵적인 무관심도 상대를 아프게 할 수 있다는 것. 이 글을 읽는 독자들도 자기 자신을 되돌아보는 시간을 가져보는 건 어떨까? '내가 먼저 사과했던 적이 있었나?' 혹은 '항상 내 감정만 앞서지 않았나?' 나로 인해 상처받고 힘들어하는 사람들이 없었으면 좋겠다. 타인을 배려하고 인정할 수 있는 용기. 먼저 사과할 수 있는 용기를 가진 사람들이 많아졌으면 하는 바람이다.

9

절실함,
깡으로 버틴 나

김미예

"아이고 애기 엄마! 나가 줘야겠어. 우리 아들이 들어와 살겠다고 하네. 한 달 내로 방 빼줘! 미안햐."

머릿속이 하얘졌다. 이 돈으로 어딜 갈 수 있나. 앞으로 4년은 끄떡없이 살 수 있을 줄로만 알았다. 집주인의 약속은 온데간데없이 사라지고 갑자기 나가라니! 첫째가 중학교 1학년, 둘째가 여섯 살, 셋째가 두 살 때다. 애들 학교가 가까워서 좋았다. 전세금 일억일천만 원으로 옮길 집이 있을까? 지상층은 갈 수 있으려나. 몇 날 며칠 고민해도 답은 뻔하다. 이번 기회에 집을 장만하자 남편에게 졸랐다. 시간이 없다. 한 달 내로 방을 빼야 한다. 집 없는 설움을 온몸으로 느끼는 순간이었다.

우리 다섯 식구 살 집을 구해야 했다. 네이버 부동산을 열어 중화동 주변의 시세를 검색했다. 전세가의 가격이 매매가와 차이가 없었다. 2년마다 갱신해야 하는 전세를 알아볼까. 무리해서라도 방 3개, 화장실 2개는 있는 집을 구하는 것이 나을까 고민했다. 학교 가까운 곳을 둘러봤다. 남편은 최대한 대출을 받지 않는 방향으로 구하자고 했다. 그러나 서울에서 그런 집은 찾기 어려웠다. 남편을 설득했다. 이억 원대 오래된 집을 구하느니 분양 중인 빌라나 아파트를 보자고 했다. 남편은 전셋집 바로 앞에 분양하고 있는 빌라를 바라보고 있었다. 구경이나 해 보자고 말을 꺼냈다. 열한 개 동이면 꽤 큰 빌라 단지다. 주함 해븐빌. 2층 분양사무실로 들어갔다. 밖에서 보기에 주차장도 있고 새로 지은 집이라 비싸겠거니 하고 쭈뼛거리며 들어갔다. 22평형이라고 들었다. 보여주는 집으로 꾸며 놓아서 그런지 가구 배치며, 깔끔한 대리석 무늬, 포인트 벽지가 한눈에 들어왔다. 현관도 지금의 전셋집보다 넓었고 중문도 있었다. 거실은 작지만, 창문이 확 트여 보기 좋았다. 안방에는 붙박이장도 있는데 다섯 식구 살기엔 좁아 보였다. 방 3개 화장실 2개지만 짐이 들어갈 자리가 마땅치 않다. 이억 육천오백만 원. 집 구조와 학교 가깝다는 것은 마음에 들었지만 작다는 것이 문제였다. 탐나는 집을 구경하고도 조건이 맞지 않아 우리 부부의 한숨은 깊어만 갔다.

"지금 이억 육천오백만 원으로 이만한 집 구하기 어렵습니다. 마음에 드시면 계약금이라도 걸고 가세요. 금방 나갑니다. 줄 섰어요." 팔랑귀인 나와 남편은 분양사무실 실장의 말에 혹했다. 뭐에 홀린 듯 바로 일천만 원을 입금하고 가계약서를 썼다. 저렴한 금액으로 새집을 산다는 마음에 다른 어떤 것도 의심하지 않았다. 대신 한 가지, 특약란에 혹시라도 문제 발생 시 계약금 일천만 원은 돌려달라는 조항을 달아달라고 부탁했다. 분양사무실 측에서는 그럴 일은 없지만 그렇게 해주겠다고 했다. 우리 부부는 순진했다. 부동산 관련 광고대행사에서 10년을 일했으면 무엇하랴. 집을 구하고 매매, 전세 계약 관련 등의 절차는 잘 몰랐던 거다. 얼떨결에 계약서를 썼는데 실감 나지 않았다. 잘한 건지. 너무 성급했던 건 아닌지. 조금 더 알아볼 걸 그랬나? 조금 떨어진 곳에 가면 여기보다 더 저렴한 금액, 좋은 집을 구할 수 있을 텐데. 때늦은 걱정과 후회가 밀려왔다. 아뿔싸! 매매가의 10% 계약금을 냈으니 돌려받을 수 없다.

대출을 일억 육천오백만 원은 받아야 했다. 머리가 지끈지끈 아팠다. 성급했다. 그렇지만 머리만 복잡할 뿐, 도무지 방법이 생각나질 않았다. 무모한 짓을 했다고 자책만 했다. 밤새 고민해도 별 뾰족한 수를 찾지 못한 나는 분양사무실 가서 사정해 보기로 했다. 아무리 계산해 봐도 대출금은 비싸고 집은 좁고 살면서 내

내 후회할 것 같았다. 대출을 받아 집을 산다 해도 매월 대출금을 갚아나갈 자신이 없었다. 일단 다른 집을 알아보기로 했다. 혹해서 쓴 계약서를 보니 성급했던 행동이 여실히 드러났다.

　절실하면 이루어진다고 했던가. 초등학교와는 15분 거리지만 시장, 마트 가깝고 지하철역, 버스 정류장까지 가까운 곳에 새로 분양 중인 빌라가 있었다. 먼저 봤던 집보다는 이천만 원이나 저렴했다. 집 구조며 면적 등이 두 평 정도 더 넓게 빠지고 브랜드도 두 번째 본 집이 나았다. 애들 학교 보내기가 조금 멀다는 것 빼고는 여러모로 두 번째 본 집이 살기에 적당했다. 대출을 받아도 부담이 덜했다. 이 집으로 계약을 하려면 계약금을 돌려받아야 한다. A 공인중개사님께 도움을 청했다. 두 번째 집을 추천해 준 분양사무실 직원도 도와주겠다고 했다. 한결 든든했다. 그러나 이전 분양사무실에서는 절대 돌려줄 수 없다고 잡아뗐다. 숨통이 멎을 듯했다. 뜬눈으로 밤을 지새우니 골치가 아팠다. 주함 해븐빌 측과 성우 스타팰리스 분양사무실과의 기싸움이 시작되었다. 절박한 심정으로 계약금을 돌려 달라고 매달렸다. 그냥 앉아 있으면 해결되지 않을 걸 알기에 포대기로 지효를 업고 찾아가 울면서 부탁했다. 다른 대안이 없었다. 이대로 포기하기엔 엄청난 금액이다. 한 번만 더, 오늘 한 번만 더 부탁해 보기로 했다. 매일 찾아가니 분양사무실 측도 난감했을 거다. 악착같이 분양사무실을 드나든 일주일째 되던 날. "애기엄마, 사정은 딱한데요. 저희도 어쩔 수가

없어요. 본사에 이미 돈이 다 들어갔고, 애기엄마가 계약서를 쓰
시는 바람에 다른 분이 이 집을 계약할 수 없었다고요." 부장이라
는 사람이 말했다. 그 말에 나는 지푸라기라도 잡는 심정으로 "그
럼 계약할 사람 구해 오면 계약금 돌려주실 수 있나요? 제발 부탁
입니다. 그 돈 저희에게는 피 같은 돈이에요." 통사정했더니 집을
사겠다는 분이 나타나면 계약금 전액 돌려준다는 말을 해줬다.
대신 내가 사려 했던 금액보다 오백만 원 더 비싸게 내놓아야만
했다. 그래야 자신들도 손해를 만회할 수 있다고 말했다. 이해되지
는 않았지만 다른 방법이 없었다. 부동산에 내놓은 지 15일 만에
집을 살 사람이 나타났다. 극적으로 계약금 일천만 원을 돌려받
을 수 있었다. 긴장이 풀린 나는 쓰러져 며칠을 앓았다.

　2016년 2월. 집주인에게 쫓겨나다시피 해, 집을 구한 지 한 달
만에 새집으로 이사했다. 방 3개, 화장실 2개. 천국이 따로 없다.
용기 내서 계약금을 포기하지 않았기에 우리 가족 보금자리가 생
겼다.
　처음으로 장만한 내 집. 기분이 묘했다. 모든 일이 술술 풀릴 것
같았다. 아이들도 각자 자신들의 방이 생겼다고 펄쩍펄쩍 뛰었다.
세 딸을 바라보며 나와 남편은 오랜만에 웃었다.
　신혼살림을 꾸미는 느낌이었다. 밥을 먹지 않아도 배가 불렀고,
계속 웃음이 나왔다. 수건을 들고 광내듯 닦고 또 닦았다. 남편의

얼굴도, 딸들의 얼굴도 환했다. 겨울에는 따뜻했고, 여름에는 덥지 않았다. 거실 천장에 에어컨이 달려 있었지만 실제로 트는 날은 별로 없었다. 막힘없는 4층이라 거실 창문을 열어놓으면 시원한 바람이 들어왔고, 단열이 잘 되게 지었는지 겨울에도 보일러를 외출로 놓아도 춥지 않았다. 화장실도 2개다. 내가 원하던 그림이었다. 사람 사는 집 같았다. "자네 조금만 더 고생하게. 대출금 갚으려면 혼자서는 힘드니 자네가 도와줘." 무뚝뚝한 남편은 잘 살아 보자며 나와 애들 손을 꼭 잡아주었다. 셋째는 뭔지도 모르고 아빠 엄마가 웃으니 따라 웃었다.

6년이 흘렀다. 세 딸도 건강하게 잘 크고 있다. 대출금도 오천만 원 정도 갚았다. 서울에서 이만한 집 가지고 있다는 것만도 행운이다.

성급한 판단은 실수로 이어진다. 겁을 내는 순간 주저앉게 된다. 절실함은 앞으로 나아갈 수 있는 디딤돌이 되어 주었다. 집을 장만하면서 또 다른 나를 발견했다. 포기하지 않고 끝까지 밀고 나가는 저력을 보았다. 안되면 어떡하지?라는 생각보다 무조건 '된다.'라는 믿음이 중요함을 알았다. 벼랑 끝에서 생긴 끈기와 용기! 두려웠던 순간. 우직한 용기로 버텨냈던 내가 자랑스럽다. 포기하지만 않는다면 실수도 삶의 큰 자산임을 배웠다.

Part 4
결단 · Decision

THE

5

LOCDA

1

새로운 삶을 설계하는 나의 선택

김한송

지난 25년은 나를 지탱해 준 전부였다. 하루하루 그냥 열심히만 살아온 것 같지만, 무수히 많은 도전을 이루어낸 나의 역사다. 나를 돌보고 싶어 쉼을 택한 지 1년이다. 삶의 분명하고 또렷한 목적을 찾기 위한 시간이었다. 지난 25년만큼이나 치열했던 나의 1년이다. 변화하기 위해 쏟아냈던 나의 이야기를 통해 새로운 역사를 만들고 성장했다.

오랜만에 원장 동기를 만났다. 원장 시절 하나부터 열까지 우린 서로 의지했다. 오랜 시간 함께 해서 친자매처럼 가까운 사이가 되었다. 두 살 아래인 박 원장은 '일' 욕심이 많다. 매사 열심이었다.

대학 강단에서 학생들을 가르치는 일도 15년간 꾸준히 해왔다. 그녀는 지금도 여전히 아이들과 함께 하는 삶을 살고 있다. 연구하고 노력하는 변함없는 유아 교육자다. 개원 준비에 한창 바쁘게 지내는 박 원장을 만났다. 모처럼 만나 한가한 주말 오후를 보냈다.

"언니, 요즘 글은 잘 써져? 그거 보통 힘든 게 아닐 텐데. 그러지 말고 다시 생각해 봐"

뜬금없는 말은 아니었다. 그동안 쌓아온 커리어가 아깝고 지금이라도 맘만 먹으면 일할 수 있는 자리는 있으니까. 박 원장은 나를 많이 아끼는 동생이었다. 그 현실적인 조언을 누구보다 진지하게 해주고 있었다. 내 꿈은 오직 나만이 지킬 수 있음을 알기에 하고 싶은 말은 많았지만 입을 꾹 다물었다. 현실과 적당히 타협하라는 달콤한 유혹을 이젠 뿌리쳐야 한다며 속으로만 다짐했다.

"언니 생각해 봐. 그래도 우리가 경제적으로 안정이 되어야 꿈도 찾아가는 거야. 글 쓰고 강의한다고 돈이 되겠어? 언니 고생만 하지. 돈이 되는 걸 해야지."

동생의 잔소리는 계속 이어졌다. 어떻게 내 마음을 전할 수 있을까. 나의 꿈을 함부로 말하지 말라고 해야 할까. 순간 화도 나고 말문이 콱 막혔다. 내가 쉬는 동안 편히 먹고 자고 단순하게 생활했다면 웃으면서 받아들였을지도 모른다. 얼마나 치열하게 내 인생을 묻고 답했는가. 나만큼 나의 삶을 걱정하고 설계하는 사람이 또 있을까. 이런저런 생각에 복잡했지만 나를 염려해 주는 동생의 마음을 알기에 응원해달라는 말만 건네고 헤어졌다. 집으로 돌아오는 길에 정리되었던 생각들이 또다시 꼬이기 시작했다. 당장 생계가 걱정될 만큼 어렵진 않지만, 불안한 생각이 들었다. 내가 할 수 있는 일이 있음에도 무조건 회피하는 걸까? 사춘기 아이처럼 철없는 행동일까? 꼬리에 꼬리를 무는 생각이 괴롭혔다. '우선 어린이집 원장 일자리를 찾아가면 매달 월급은 나오니 안정될 텐데' 다시 원점으로 돌아가려는 나약한 생각에 세차게 머리를 흔들었다. 마음을 진정시키기 위해 순간의 감정을 글로 써 내려갔다. 다른 사람의 한마디에 이렇게까지 흔들릴 수 있을까. 지쳐 있던 나를 일으켜 세우고 단단한 마음 근력을 위해 얼마나 부단한 노력을 했는데 다시 제자리로 돌아갈 수는 없었다.

나의 장점 중 하나는 결단력이 빠르다는 것이다. 빠른 결단을 할 수 있는 이유는 그만큼 포기도 빨랐기 때문이었다. 내 힘으로 안 되는 일들은 내려놓았다. 일어난 일에 대한 분석이 필수다. 예를 들어 학부모의 민원사항이 발생되었을 때 먼저 생각한 것은 아이의 안전이고, 두 번째는 교사의 태도다. 그 두 가지가 내가 정한 원칙에 어긋나지 않았다면 부모님을 설득했다. 충분히 마음을 헤아려 주고 무엇이 정말 아이의 교육에 중요한 것인지 주안점을 두고 상담한다. 언제나 우선순위는 아이였다. 아이 중심으로 교육을 계획하고 운영을 했다. 그 과정에서 터무니없게 그만두겠다고 억지를 부리는 부모들을 만날 땐 과감하게 놓았다. 한 명 한 명이 소중했다. 하지만, 교육이라는 큰 틀을 깨고 싶진 않았다. 그 단단한 생각을 지킬 수 있었던 원동력은 빠른 판단과 결단이었다.

결정 장애를 겪는 사람을 많이 봤다. 오죽하면 '장애'라는 표현을 했을까. 부족하고 나약한 인간은 모두 장애를 가지고 있다고 흔히들 말한다. 나 역시도 마찬가지다. 어리석고 나약한 점이 수두룩하다. 하지만, 그럴수록 빠른 결단이 필요했다. 나의 판단을 믿고 결정했다. 30대 중반. 리더로서 끌고 가는 노련함이 부족한 나이였다. 내가 책임지겠다는 각오로 매사 임했다. 예상했던 좋은 결과가 나오지 않더라도 내가 모든 책임을 짊어지기로 마음을 먹고 나면 마음이 훨씬 가벼웠다. 설령 나의 결정이 틀렸을지라도 다른 사람 탓은 하지 않았다. 결단하기 전, 수십 번 생각을 쪼개서 전체를 보려고 애썼다. 그런 습관이 조직의 리더로서 멋지게 날개를 달아주었다.

나는 '유아들을 교육하는 교육자'라는 슬로건을 늘 가슴속에 품고 살았다. 누가 뭐래도 우리는 '교육자'라는 사실을 잊지 말자고 교사들을 이끌었다. 사공이 많으면 배가 뒤집힌다는 속담이 있다. 운동회 행사를 치러야 할 때, 학부모 몇 명이 불만을 담임교사에게 전해왔다. 그 몇 명의 의견 때문에 아이들이 준비하고 기다렸던 행사를 포기할 수는 없었다. 선생님이 설득하지 못하는 까다로운 학부모는 내가 직접 상담을 했다. 무엇이 걱정인지, 어떤 애로 사항이 있는지 듣고 분석했다. 상대를 잘 헤아리면서도 교육자로서의 소신을 굽히진 않았다. 그렇게 할 수 있었던 이유는 오직 한 가지를 우선순위에 두었기 때문에 가능했다. 나는 "아이의 유아기를 책임지는 사람"이라는 명제를 매사 잊지 않았다. 그 덕분에 시간이 지날수록 나의 진심을 부모들은 알아주고 기다려주었다. 신뢰의 힘을 쌓아가는 데는 시간과 정성이 답이라는 사실을 증명해 냈다.

인생의 중요한 결단 앞에 한 가지를 선택해야 한다면 단연코 마음의 소리를 듣는 것이라고 말하고 싶다. 모든 불안과 근심을 잠재울 수 있는 단 하나의 키워드는 '믿음'이다. 의심하지 않고 나를 믿는 확신이 필요하다. 리더로서 교육자로서 살아온 나의 25년은 위대했다. 누가 뭐래도 최선을 다했기에 이젠 그 강인함으로 새로운 삶을 살기로 다시 결단해 본다. 내 삶에 '교육'이라는 키워드가 달라지진 않았다. 누군가를 가르치고 돕는 역할이 나의 사명임을 알았다. 내가 결단한 일 중 가장 오랜 시간이 걸렸다. 그만큼 많이 흔들렸고 중대한 결정이었다. 나를 한결같이 기다려주는 꿈에 한 걸음 다가갈 수 있어서 행복하다. 아이를 위한 교육을 펼치겠다는 우선순위가 있었듯이 강단에서 내 말 한마디로 가슴 뛰는 인생 살게 하고 싶은 마음 하나로 전진한다.

나는 새롭게 태어나고 있다.

2

간절함의 연속

민주란

결단도 경험이 필요하다. 그저 얻어지는 것은 없다. 확신을 두고 할 때도 있고, 반대의 경우도 허다하다. 결단할 땐 망설이지 않는다. 모든 일의 시작은 결단이라 생각한다.

2010년 10월. 큰아이의 건강을 챙기느라 정신이 없었다. 고등학교를 입학해서 테니스 팀에 들어간 알렉스는 테니스에 재능이 보였다. 매일 방과 후 연습하고 집에 오면, 테니스 프로 코치 출신인 아빠에게 개인 레슨도 받았다. 젖 먹던 힘까지 다 써 버려서일까. 팀 시즌이 끝나면서 아프기 시작했다. 고열에 시달렸고 음식을 먹지 못했다. 병원에서는 바이러스에 감염이 되었다며 아무런 치료 방법이 없으니 자가 면역으로 이겨나가야 한다고 했다. 열이 40도까지 오르락내리락 반복했다. 의사는 이틀에 한 번꼴로 와서 피검사를 하라고 했다. 일주일이 지나도 나아지지 않았다. 제법 운동 근육을 가지고 있던 몸이 뼈만 앙상해졌다. 끙끙 앓는 아이 옆에서 내가 할 수 있는 일은 보리차와 게토레이(GATORADE 한국 상표명)를 마시게 하는 것만이 전부였다. 아이만 살게 해 달라는 기도만 했다.

워싱턴주는 산림이 우거지고 사계절이 있다. 겨울에 눈이 많이 내리지는 않지만 5~6개월은 거의 비가 내린다. 아이들은 비가 많이 와도 바깥으로 놀러 다녔고 어김없이 세 명 중 한 명은 감기를 앓았다. 누가 먼저 앓든, 알렉스는 가장 먼저 걸리거나 가장 오래도록 아팠다. 아이가 아프면 엄마로서 죄책감만 든다. 내가 워낙 몸이 약해서 아이가 물려받은 건 아닌지. 제대로 보살피지 않아서 더욱 아픈 건 아닌지. 밤새 열을 내리게 간호하고도 아픈 아이를 보며 나는 더욱 자책했다.

결단해야 했다. 일 년의 반은 비가 내리는 동네에서 태양의 도시 캘리포니아로 가자는 생각뿐이었다. 남편과 머리를 맞대고 고민했다. 의논 끝에 샌프란시스코 옆에 위치한 작은 섬 알라메다로 결정했다.

완전히 새로운 환경이었다. 날씨는 쾌적했다. 더운 여름인데도

습하지 않았다. 겨울에는 워싱턴주에 비하면 비는 적게 왔다.

알렉스는 조금씩 건강이 회복되었다. 학교생활도 즐겁게 적응했다. 고등학교 12학년, 16살. 친구들과 비교해 두 살 일찍 고3이되었다. 미국에서는 11학년 때 대학 입시 원서를 준비한다. 학교 내신등급 관리, SAT, SAT II, ACT (수능 시험들), 자기소개서, 봉사활동, 리더십 등 엄마의 도움 없이 스스로 잘 준비했다. 나는 단지스쿨 투어만 시켜주었다. 샌디에이고 주립대학 생물학과에 진학했다. 기특하다.

알렉스는 어린이집과 유치원을 몬테소리로 다녔다. 몬테소리는 사립학교로 영아부터 초등학교 6학년까지 있는 학교다. 유치원생부터 2학년까지 있는 반에 들어갔다. 1학년부터는 공립 초등학교로 보낼 계획이었다. 하지만, 교육청은 알렉스 성적과 학습 과정을보고 2학년으로 가야 한다고 했다. 공부를 잘 따라 해서 좋았지만, 또래와 같이 학교생활을 하길 바랐다. 제 나이에 맞게 다닐 수 있도록 교육청에 요청했다. 받아들여지지 않았다.

"학생이 학습 과정을 지루하다고 할 수 있으니 2학년으로 보내세요."

결국, 2학년으로 입학했다. 걱정되고 불안했다. 첫 달은 매일 학교에 가서 수업하는 모습을 지켜봤다. 알렉스는 선행 학습을 해서인지 최선을 다하지 않고 있었다. 갈등이 생겼다. 또다시 고민이 시작됐다.

1학년으로 갈 수 있는 방법은 사립학교뿐이었다. 가톨릭 사립학교(St. Charles Borromeo) 입학 인터뷰를 하고 학습능력 평가시험을 봤다. 2시간 인터뷰가 끝났다. 1학년으로 넣어 달라고 했지만, 자리가 없었다. 다시 제 자리였다.

알렉스는 테니스, 축구, 야구, 수영 등 운동을 좋아했다. 체력은 약한데 호기심은 넘쳐났다. 1등도 도맡았다. 운동 시즌이 끝날 때마다 심한 몸살을 앓았다. 더군다나 키가 10센티 이상 크고 몸무게는 13킬로그램이 더 나가는 친구들과 시합했으니 오죽했을까. 아프니까 속상했다.

교육청에서 무슨 규정을 갖다 대도 밀고 나갔어야 했다. 후회가 밀려온다.

조숙한 친구들의 행동이 이해되지 않을 때도 있었다. 어릴 때 두 살 차이는 적지 않다. 특히 형들이 있는 아이들과는 큰 차이가 났다. 집에서는 의젓한 맏이였지만, 나이 차이는 숨길 수 없다. 친구들과 잘 지낼 수 있게 집으로 초대해 놀게 하고 파자마 파티도 해 주었다. 엄마로서 조바심도 나고 걱정도 되었다.

"언제 월반을 해야 좋을까요?"

초등학교 자녀를 둔 엄마들은 나에게 묻는다. 아이를 낳고 우여곡절 끝에 대학생이 된 아들을 키운 경험을 나누고 싶었다.

각자 경우가 다르다. 나는 반대다. 영재교육도 월반하지 않고 과목별 맞춤 교육하는 학교는 많다. 학업 성적이 뛰어나서 한 학년을 월반하는 학생이 있다. 간혹 2~3년씩 월반하는 학생들도 본다. 학업도 중요하지만, 건강을 잃으면 다 잃는다. 스포츠를 좋아하는지 묻는다. 기초체력은 중요하다. 체력적으로 월반은 적극 반대다.

알렉스의 조기입학을 한 시행착오 덕분에 켈리와 케일라의 학교생활은 수월했다. 절실함이 있을 때 결단할 수 있는 힘이 생긴다. 다시 똑같은 순간으로 돌아간다면, 나는 같은 결정을 내릴 거다. 간절함이 있으면 결단하게 된다.

인생은 결단의 연속이다. 타이밍을 놓치면 결단하는 힘은 점점 사라지고 만다.

3

나를 지키기 위한
단호한 결단

최형숙

어려서부터 의리에 살고 의리에 죽는 나는 촌년 마인드다. 다른 친구가 힘들면 도와주고, 배고파하면 밥 사 줘야 직성이 풀렸다. 그런 내가 살기 위해 친구와 거리를 두는 단호한 결심을 했다.

인희와 나는 배꼽 친구다. 가끔 싸우기도 하고 투덕 거리기도 하면서도 없으면 보고 싶은 친구였다. 그날도 인희는 우리 집 대문을 두드렸다.

"형숙아. 나 엄마한테 혼나서 밥도 못 먹고 쫓겨났어. 너 밥 먹었어?"

"난 밥 먹었지. 왜 엄마한테 혼났어? 삼양라면 있는데 먹을래?"

"흑흑 우리 엄마는 나를 다리 밑에서 주어온 게 틀림없어. 배고프다."

"알았어! 알았어. 막내 오빠 집에 오면 먹으라고 엄마가 남겨놓은 찬장에 있는 라면 끓여줄게."

얼른 냄비에 물을 넣고, 양파와 수프를 넣는다. 물이 끓기 시작하면 라면을 넣고 마지막 달걀 하나 터트려 얹어 준다.

"라면은 역시 형숙이가 끓이는 게 젤 맛있어."

"말 많이 하지 말고 얼른 먹어. 혼나서 속상하고 배고플 텐데."

"고마워 잘 먹을게."

"김치랑 같이 먹어. 밥 말아먹을래? 밥 줄까?"

"역시 라면에는 밥 말아먹어야지."

후후 불며 라면을 먹는 인희를 보니 속상했다. 다 먹고 나면 왜 혼났는지 물어보려 대기 중이다. 후루룩후루룩 라면을 다 먹은 인희는 일어난다. 얼른 집엘 가 봐야 한다고 하곤 나가 버린다.

'엥? 뭐야. 라면 먹고 왜 혼났는지 말도 안 해주고 갔다고? 나 이용당한 거야?'

인희는 매번 이런 식이었다. 속상하면 와서 하소연했다. 배고프면 와서 밥을 먹고 갔다.

7년 전 강사들의 모임이 있었다. 그중 창희는 나에게 친하게 다가왔다.

"언니 제가 남편이 의처증이 있어서 제가 많이 힘들어요. 사는 게 쉽지 않아요."

"많이 힘들었겠네."

"네. 어려서부터 힘들게 컸는데 결혼하고서도 너무 힘들게 살고 있어요."

"그런 가운데서도 열심히 살아서 공부하고 강사가 되었으니 대단하다. 잘 살았네."

그때부터 창희를 동생 삼아 챙겨주게 되었다. 딸로서 살아온 인생이 불쌍했다. 여자로서의 삶을 놓고 봐도 안 됐다. 사는 게 고단한 사람이다.

"이번에 서울에서 강사 교육 있는데 같이 갈래?"

"언니 저 배우는 것 좋아하는 데 정말 고마워요. 같이 가요."

"다른 선생님들도 가니까 같이 가자."

"언니 그런데 제가 지금 돈이 하나도 없어요. 교육비 좀 내주시면 안 돼요? 다음에 제가 드릴게요."

"알았어. 내가 내줄게. 준비하고 와."

"언니 고마워요."

다른 선생님들과 교육을 받고 내려오는 길. 중간 아웃렛이 있는 IC에서 내렸다. 배가 고파서 잠시 식당에 들렀다. 창희는 식당 계산대 앞에서 열심히 주문한다.

"오늘은 창희 선생님이 사는 거예요? 처음으로 창희 선생님한테 밥 얻어먹겠네."

"어머 언니 무슨 말씀이세요? 저 돈 없어요. 언니들이 사주시면 안 돼요? 배고픈데."

"오늘 내가 밥 살게. 맛있게 먹읍시다."

"왜 형숙 선생님이 사요? 오늘은 창희 선생님이 사지? 오늘 몸만 왔다 갔다 하는 거야?"

"선생님들 저에게 왜 말을 그렇게 해요. 서운해요."

"뭐가 서운해. 맨날 형숙 선생님이 우리한테 창희 선생님 잘해주라고 하고, 뭐든지 다 해주니까 옆에서 보니까 해도 해도 너무 하네. 형숙 선생님은 그렇게 똑똑한 양반이 왜 창희 선생님 속내가 안 보여요? 우리 눈에는 훤히 보이는데."

"아이고 그만하고 얼른 밥 먹어요. 앉아요. 앉아."

"언니 저 계란찜 하나 더 시켜도 돼요?"

일행 중 누구도 입을 열지 않는다. 다른 선생님들의 말에 그동안 보이지 않던 창희 신생님의 언행이 눈에 들어왔다. 갑자기 어렸을 적 인희가 생각났다.

'나 이렇게 또 당한 것인가?'

살다 보니 이런 패턴들의 연속이었다. 내가 가장 약한 부분, 불쌍한 모습으로 다가왔다. 도와주고 싶고 도움이 되고 싶어 하는 마음을 잘 이용하는 사람들이다. 그런 관계를 당연하게 맺어왔던 내가 단호히 끊어내야겠다고 결심했다. 그들이 내 옆에 있으면서 주었던 스트레스와 에너지를 줄이고 싶었다. 나 스스로에게도 자존심 상하지 않기로 했다.

나를 힘들게 하는 사람들의 이름을 노트에 적어 봤다. 겁도 났다. 이제껏 이어왔던 관계를 한순간에 끊어낸다는 게 두려웠다. 하지만 눈 딱 감고 과감히 그들과 거리를 두기 시작했다. 하루가 지나고 이틀이 지나도 아무 일도 일어나지 않았다. 오히려 더 많은 시간이 생겼다. 스트레스를 안 받으니 두통도 없어졌다. 내 일에 집중할 수 있게 되었다. 단호한 결심을 하는데 때로는 주위에서 보는 객관적인 시선이 도움이 된다. 그렇게 불편한 관계를 끊어낼 수 있었던 단호한 결심이 건강한 관계를 맺을 수 있는 계기가 되었다.

4

결단을 내리지 않는 것이야말로
최대의 해악이다

함해식

2022년 2월. 매주 일요일 아침 8시 정기 모임과 목요일 번개 마라톤이 있다. 일주일에 2번씩 총 20키로 뛴다. 좋은 점 3가지 있다. 첫째 힘들게 뛰면서 얼굴에 미소가 가득하다. 둘째 차로 다닐 때, 보지 못한 것도 사소한 즐거움 보게 된다. 셋째 우울감과 무기력이 없어진다. 체력이 좋아지다 보니 좋은 아이디어 사주 나온다. 반대도 단점도 있다. 한 달 정도 참석해 운동하다 보니 무릎이 좀 아파서 쉬고 있다. 오늘은 뭉친 근육 풀기 위해 목욕탕 가서 한 달 이용권 결제했다. 몸이 건강해야 일과 가정이 행복하다. 예전 같으면 무언가 사는 것도 결단 못 내린 경우가 많다. 공장 필요한 장비 사야 하는데 몇 개월째 고민만 하다 내 몸만 아팠던 적도 있다. 한참 뒤에야 샀다.

지금은 일상생활을 하다 필요한 물건이나 먹고 싶은 음식 있으면 몇 분 정도 고민하고 바로 산다. 남들은 가격 비교하는데 나는 이제 크게 고민하지 않는다. 사람마다 취향이 다르다고 생각한다.

마라톤 하기로 결단했다. 우연히 혼자서 등산 가다가 현수막 보고 전화해 바로 가입했다. 40대 넘어가면서 체력이 급격히 떨어졌다. 소화력이 떨어져서 저녁에 먹고 자고 일어나면 배가 더부룩하다. 아침에 컨디션도 좋지 않다. 하루에 조금 무리하게 일하면 다음 날 근육통 파스 붙이는 횟수가 늘어난다. 병원에 물리치료를 받으려고 자주 간다. 몸에 근력이 많이 떨어진다는 것을 느꼈다. 앞으로 하고 싶은 일을 하기 위해 체력이 필요함을 깨달았다. 그래서 2년 전부터 마라톤 미루다가 실행하기 시작했다.

초등학교 시절 어머니랑 시장에 고등어 사러 갔던 기억이 난다. 생선가게마다 가격 저렴한 곳을 둘러보셨다. 한참 지나고 나서야 산 후 저녁에 식구들이랑 맛나게 먹었다. 그 모습을 보고 자라서인지 선택할 때 신중하게 생각하고 결단 내리는 줄 알았는데 나에게 큰 도움이 되지 않았다.

2021년 1월에 아내 자동차가 오래되어서 그날 바로 매장 가서 구매했다. 적은 금액이 아닌데도 나는 내 감정에 따랐다. 아내가 내 모습에 놀라긴 했지만, 기분이 좋았다고 한다.

지금까지 내가 살아오면서 군대, 결혼, 새 아파트 구매 등 선택하면서 몇 달 고민하면서 거기에 에너지 쓰고 다녔다. 선택한 것에 생각해 본 적 있다. 지나고 나니 별것 아닌데 내가 너무 머리 아프게 고민했다는 판단이 든다. 처음엔 선택을 잘못했다고 믿었는데 몇 년 뒤 잘된 일도 있다. 큰마음 먹고 비싼 수업료 내고 서울에 강의 들으러 간 적도 있다. 괜히 결제했나라고 고민한 적도 많았다. 수업 듣고 난 뒤 사업에 대한 사고방식과 철학이 바뀌고 사람과도 친분도 생겨 지금도 큰 도움이 되고 있다. 지금은 돈 적게 들이고 자주 선택하고 실패하자는 신조도 가지게 되었다.

회사 출근해 일이 별로 없을 때 용접 연습하거나 사업에 관련 책을 본다. 사업하다 한 번씩 나에게 물어본 적도 있다. 너무 쉽게 생각하고 사업을 시작한 게 아닌가 하는 두려움 들었던 적도 있다. 하지만 이 사업이 잘되어 해외 진출도 하면 대한민국 꿈꾸는 청년들에게도 도움 되지 않을까 상상을 한다. 나는 기운이 생긴다. 지금은 선택했기에 이 분야에서 세계 최고가 되고 싶다.

아버지도 농사일을 하시다가 겨울에 일이 없을 때 뻥튀기 장사했다. 기술을 친척 고모부에게 배우고 그냥 시작했다. 처음에 이 동네 저 동네 돌아다니며 경험을 쌓았다. 몇 년 뒤에는 영천 터미널 근처 사람 많이 다니는 길에 장사했다. 줄 서서 기다리는 손님이 많았다. 그때 중학생이라 아버지가 저녁이 되면 분유 깡통에 돈 가득 담고 왔다. 그 모습이 아주 자랑스러웠다. 그 돈은 자식들 학비와 생활비로 다 썼다. 아버지처럼 일단 시작한 것부터 일등이 되고 싶다.

　매일 새벽에 일어나 10분 독서하고 있다. 읽고 안 읽은 하루 시작은 완전히 다르다. 책 속에 좋은 말이 내 감정 좋게 만들고 또 쓰게 만든다. 출근할 때 콧노래가 나오는 경우가 많다. 처음부터 독서를 좋아하지 않았다. 2년 전 누군가 독서 모임 권유한 적이 있다. 책에 대해 어릴 때부터 두렵고 남에게 발표하는 것도 부담스러웠다. 일단 하기로 결단하고 계속하다 보니 재미있었다. 지금은 왜 이 좋은 것을 알지 못했을까 웃기도 한다. 뭐든 안 하고 후회하기보다 하고 후회하는 게 더 좋은 것 같다.
　고등학교 친구가 사무실에 놀러 온 적이 있다. 책장에 책을 보고 먹지도 못하는데 왜 보냐며 물어본 적이 있다. 그 친구에게 예전에 나도 그런 생각 한 적 있지만 책 속에는 내가 하는 분야의 길이 보인다고 말했다. 책 속 작가 글을 보면 어려운 상황 속에서 좋은 질문이 인생을 좌우한다는 사실을 느꼈다. 그 예로 올해 1월 추운 겨울 경북 영주에 배관 공사 간 적이 있다. 일 주 전부터 걱정이 많았다. 공사 금액이 많다 보니 잘못하면 어떡하지. 10일 이상 밖에 나가서 일하는데 필요한 장비가 부족하면 어떡하지 등

일하기도 전에 걱정이 되어 잠도 자지 못했다. 누구 만나 밥을 먹어도 신경 쓰여 먹지도 못했다. 공사 1일 차 현장에 도착하니 날씨가 추웠다. 작업자끼리 서로 손발이 맞지 않아서 작업 속도 나지 않았다. 동네 주민 민원 신고가 계속 들어왔다. 계약 날짜까지 못 할까 고민 많았다. 그래서 새벽마다 일찍 일어나 커피 한잔 명상으로《10억을 번 사람들》(오시마 준이치 지음) 책을 봤다. 좋은 생각 하면 좋은 일이 일어나고 나쁜 생각 하면 나쁜 일이 일어납니다. 그 내용이 마음에 와닿았고 현재 나쁜 생각을 많이 하는 자신을 보게 되었다. 책에 내용을 적용해 좋은 생각을 많이 하려고 노력했다. 다음날 일하는 직원이 실수하거나 바람이 많이 불고 추워도 일이 잘되어 가고 있는 것에만 집중했다. 퇴근해서는 저녁 먹고 욕실에 따뜻한 물을 담아 목욕했다. 노래 들으며 이 공사 덕분에 경험 쌓고 관공서 견적 내는 방법 등 배운 부분에 감사함을 느꼈다. 1년 뒤 일 잘하는 업체라고 소문나는 장면도 떠올랐다. 수시로 좋은 생각 했다. 결국은 예정일보다 작업이 하루 늦게 끝나고 아무 사고 없이 끝낼 수 있었다. 그 뒤 책의 중요함을 다시 알게 되었다.

사업 시작하고 수입이 꾸준히 하지 않고 일도 내 마음처럼 되지 않고 많이 예민한 적도 있다. 대상 포진이 발생해 1년 방에 누워있었다. 밤마다 나를 원망하고 울었다. 왜 어려운 상황에 병까지 생겼는지 내가 너무 밉고 싫었다. 두 달 뒤 일기를 통해 내 마음을 다스리고 책 한 권 통해 위로받았던 적이 있다. 아직도 그 책 내용이 생각난다. 《백만장자 메신저》(브렌든 버처드 지음) '당신은 세상을 변화시키기 위해 태어났다' 저자는 성공하기까지 1년 동안 출판사로부터 거절당했다. 각종 세미나와 강의 참석하고 책을 닥치는 대로 사는 바람에 나날이 빚이 쌓여갔다. 쉽게 포기하지 않았고 2년 뒤 조금씩 성과 나기 시작했다. 지금은 저자의 작고 사소한 경험이 누군가에게 큰 도움이 되었다.

누군가 도움 주고 싶다는 생각에 책상에 앉아 유튜브 영상 찍어 올렸다. 내가 지금 대상 포진 걸렸는데 왜 걸렸고 치료 방법도 올린 적도 있다. 그 뒤로도 알고 있는 지식도 꾸준히 올렸다. 앞으로도 누군가에게 도움을 줄 수 있다면 알고 있는 지식 알리고 싶다.

내 동영상 보고 전화 온 적도 있다. 왜 용접 기술을 함부로 올리느냐고 따진다. 본인은 이 기술 알기 위해 몇 년이 걸린 적이 있다고 하소연한 적이 있다. 내가 하지 않아도 누군가 올리고 또 우리가 모두 태어나서 누군가 지식과 경험 통해 자라지 않았느냐고 말을 한다. 그 영상 보고 알아도 해 보지 않거나 처음 해 보면 쉽지 않다고 했다. 특히 초보자일수록 더 많이 연습해야 내 것이 된다고 말을 한 적이 있다.

실패를 통해 더 나은 결단을 내릴 수 있다면 그 실패야말로 가장 큰 선물이 될 수 있다.

용접 사업하고 7년이 지났는데도 계속 새로운 기술이나 부족한 기술 배우고 연습한다.

결단은 하는 일을 지속할 수 있는 시작이다.

5

결단은 몸부림이다

황성유

시작하면 끝을 맺어야 마음 편하다. 끝장 봐야 성취를 맛보는 성향이지만 망설임이 많았다. 완벽하게 하려는 기대가 크다 보니 신중했다. 확신 서지 않을 땐 지인에게 물어보기도 한다. 미래에 대한 불안으로 어떻게 살 것인가 생각하는 계기가 있었다. 하는 일은 100세까지 보장되어 줄 거 같지 않았다. 신앙인이라 말씀으로 분별하며 실천하려 했다. '개성대로 타고난 재능과 사명이 있다'라는 말씀 듣고 찾기 시작했다. 일만 하는 로봇처럼 살고 싶지 않았다. 밤낮 없고 휴일 없는 직장에서 일해 보니 기계처럼 일하고 있었다. 감정은 불필요한 요소였다. 보람과 낙은커녕 의미를 느낄 수 없었다. 입사 때는 전문직으로 경력 쌓고 싶은 욕심에 최선을 다했다. 일에 대한 과부하로 에너지 소진과 누적된 스트레스로 지쳤다. 어떻게든 버티고 싶었는데 번 아웃 증후군이 생겼다. 무기력하고 답답하고 감정 조절이 되지 않았다. 갑자기 화내는 나를 제어할 수 없었다. 직원들은 놀라고 상사와 면담을 하기도 했다. 결국, 퇴사하며 결혼하고 아픈 몸을 치료하는 데 전념하게 되었다.

야근하다 새벽에 택시를 탔다. 운전기사에게 운전이 적성에 맞는지 물었다. 그냥 먹고살면 되지 적성에 맞는 직업을 찾을 게 뭐 있겠냐고 했다. 직업에 관한 마인드는 가치관 따라 다르다고 생각했다. 어떤 이들은 돈 버는 게 중요한 걸 우선순위로 두고 산다. 가난해서 라면과 칼국수로 먹을 때가 많았다. 밥 먹을 때 어묵볶음이라도 나오면 동생들과 다투며 서로 먹으려고 했다. 굶고 사는 게 일상이었다. 할머니는 저녁에 뭐 해 먹어야 할지 걱정하며 돈 없다는 말을 많이 하셨다. 산업체 고등학교 다니며 공장 일과 병행하는 3교대 일했다. 몸은 고됐다. 오래도록 근무했지만, 경력은 인정해 주지 않았다. 경력이 될 만한 일이 아니니 월급도 신입과 별 차이가 안 났다. 생각 없이 하루살이 삶만 살고 있다는 걸 일한 지 15년 지나서야 알았다. 오래 근무한 직원은 노인네 취급했다. 퇴사하길 원하는 눈치를 줬다. 사무실에 일하는 사람들이 부러웠다. 편해 보였고 월급도 많이 받고 대우도 잘해주니 좋아 보였다.

그래서 전문직으로 전환하기 위해 대학 진학을 선택했다. 꿈은 선생님이었지만 서른 즈음 공부할 체력과 머리는 따라 주지 않아 일찌감치 포기했다. 고등학교에 다니기 위해 3교대 병행하며 다녔다. 대학교도 직장 다니며 야간에 수업을 들었다. 설계가 전공이라 밤샘으로 할 과제가 많았다. 편하게 공부만 하는 게 아니었다. 사서 고생한다 생각했지만 참고 다녔다. 미래를 준비하기에 늦었다고 생각했다. 젊은 애들과 공부하려니 눈치 보였다. 젊을 때는 체력으로 몸 쓰는 일은 어떻게든 깡다구로 극복하려 했다. 건강을 관리하지 않으니 버티기 힘들었다. 시행착오를 겪어보니 하루살이 생각만 하면 안 된다고 생각했다. 전문직은 전문직으로서 어렵고 고된 게 있었다. 어떤 일이든 쉬운 건 없었다. 적성에 맞는 직업을 갖는다면 보람되고 어려워도 이겨 보려는 힘을 갖게 한다. 원하는 좋은 걸 얻기 위해서는 행동해야겠다고 결단했다.

매일 반복하는 일은 안정적이지만 불만족스러웠다. 보람되고 뿌듯해할 만한 직업을 찾았다. 60세를 넘어서도 할 수 있는 일이었다. 적성에 맞는 직업을 찾기 전 다양한 검사를 했다. 맞는 듯 아닌 듯 검사 결과는 혼란스러웠다. 기질검사, 성격검사 등 직접 기관에 등록하고 이수하며 배웠다. 기관에서 배우면 뭔가 얻겠구나 하고 기대했는데 혼란스러운 마음만 커졌다. 감정을 억압하고 표현하지 않고 지냈으니 나를 찾기 어려웠었다는 걸 나중에서야 알게 되었다. 그래도 하나씩 뭔가 알게 되는 기쁨이 커서 여러 가지를 배웠다. 성향과 적성에 맞는 건 상담사였다. 살며 상담에 대해 생각해 보지 않았다. 의심스러웠다. 곰곰이 생각해 보니 작은 봉사로 접한 상담에서 기쁨과 보람을 경험한 게 떠올랐다. 과감히 학점은행제로 편입하고 심리학으로 등록했다. 그런데 무의식으로 거부하는 날이 많았다. 나 자신을 직면하고 싶지 않았다. 억울함과 분노 같은 감정들을 참아야 했던 과거의 경험을 떠올리기 싫어서였다. 온라인 영상을 열어놓고 보지 않는 날이 많았다. 빨리 대학원 가고 자격증 취득하려는 마음만 가득 찼다. 심리 상담 전공은 인기가 많은지 대학원에 원서 접수하는 사람들이 많았다. 조급하고 불안한 마음은 몇 번이나 떨어지게 했다. 포기하지 않았다. 끝까지 하려는 노력으로 '가족 상담' 전공으로 입학했다. 내 인생 선택에서 필요한 건 결단이었다. 그렇지만 욕심은 조급하게 했다. 대학원 공부와 상담 수련 기관을 두 군데나 등록하고 버거워했다. '어떻게든 하면 되지'란 어리석은 생각을 알아차리지 못했다. 자신의 한계를 알고 조절하는 게 중요하단 걸 뒤늦게 깨달았다. 몸은 하난데 여러 공부를 하려니 제대로 집중하기 어려웠다. 불안과 두려움을 회피하고 싶었던 행동이었다. 나 자신과 직면하는 게 쉽지 않았다. 빨리 해결하고 싶은 간절한 마음이 앞섰다. 집단 상담, 개인 상담, 내담자 경험, 상담자 경험, 교육 등을 받으며 바쁘게 보냈다. 내가 느끼는 나와 다른 사람들이 말해주는 피드

백은 일치하지 않고 공감이 안 되었다. 인정하고 싶지 않았다. 좋은 말이든 아니든 어떤 말을 듣는다는 자체가 싫고 무서웠다. 불안하고 두려운 감정으로만 받아들였다. 심리학 공부를 하며 예전과 다른 나를 느끼기 시작했다. 억압했던 감정을 느끼려 애썼다. 회피하고 경계선을 두었었다. 나를 지키려는 이면에 불안과 두려움, 화, 답답함, 억울함, 슬픔, 분노 등이 있었다. 꽝꽝 얼어 있는 감각을 녹이려 애썼다. 감정은 나쁘고 좋다고 판단할 게 아니라 욕구를 알아차리는 신호로 받아들여야 하는 거였다. 안 좋은 감정을 나쁘다고 생각하고 억압하고 있었다. 단번에 알아채는 일은 아니었다. 과거 공포의 상황들은 감정과 생각으로 묶여있었다. 엉클어진 실타래로 뭉쳐 어디서 풀어야 할지 기억하지 못하게 했다. 상담 공부는 인생 공부가 됐다. 신랑은 사람 됐다고 인정할 정도였다. 잘못된 생각을 알아차리고 바뀐 게 많다. 나를 지키기 위해 세워 두었던 울타리를 거두려 애쓰고 있다. 안전한 곳에서 살고 있다고 일깨워 주려 의식적으로 생각한다. 감정을 억압하지 않고 수용하고 받아 주기 위해 신체 감각을 통해 알아차리려 한다. 부정적 생각을 긍정 확언으로 걸러 내려 한다. 예민하고 까다로운 성향을 수용하려 한다. 경직된 사고, 감정, 신체를 유연하기 위해 복식 호흡을 한다. 무식하게만 도전하려 했던 욕심을 내려놓으려 한다. 잊지 않기 위해 기록한다. 나와 다른 이들의 생각과 마음을 통제하지 않으려 한다. 인생은 결과가 아닌 과정이라 결과에 연연하

지 않으려 한다. 성공, 실패에 대해 집착하지 않으려 한다. 좋은 쪽
으로 선택하려다 정하지 못할 때가 많았다. 신중히 생각하다 행
동하지 못할 때도 있었다. 행동치 않으니 변화와 성장에 마이너스
였다. 결단하고 시도하는 과정에 얻는 지혜가 많다는 걸 경험하였
다.

6

완벽한 때는 '지금'이다

김수옥

찰칵.

"여기 한 번 보세요."

시부모님과 남편이 나란히 앉아 있다. 설렘과 긴장감이 역력한 표정. 남편은 나를 보고 한쪽 눈을 살짝 찡그려 윙크한다.

2019년 12월 20일. 시부모님의 생애 첫 해외여행. 우리는 '코타키나발루행' 비행기에 올랐다.

"됐다 마!"

시부모님은 여행 이야기에 역정부터 내셨다. 큰돈 쓴다고 호통을 치신다. 우리는 이번 여행은 무조건 가겠다고 응수했다. 양보

할 수 없었다. 무엇보다 시부모님의 마음을 잘 안다. 화내는 마음이 전부가 아니라는 걸. 결혼할 때부터 해 준 게 없다고, 맞벌이하는 동안도 도와주지 못해 미안하다는 말을 수시로 하셨다. 그런데 큰돈 들여 여행을 간다니 좋아만 하실 수 없었을 것이다. 지금 아니면 언제 모시고 가겠는가. 아버님의 연세 90이다. 정정하신 편이긴 하지만 미루면 장시간의 비행이 시부모님께 어려우실 수도 있다. 또 하나, 친구들 사이에서 해외여행 이야기가 나올 때면 할 말이 없어 입을 꾹 다물고 있을 때가 많다고 했다. 자식된 도리로 모른 척할 수 없었다. 이번 여행을 계기로 친구들과도 당당하게 해외여행 이야기에 끼실 수 있기를 바랐다. 무엇보다 하루라도 더 건강하실 때 두 분께 꼭 기억에 남을 해외여행을 선물하고 싶었다. 두 달을 설득한 끝에 부모님은 여행길에 오르기로 약속하셨다.

"잊어 뿐 거 없나? 단디 챙겼재!"

새벽 4시부터 시어머니가 서두르신다. 해외여행을 떠나는 하루 전날 우리 집에 와서 주무신 시부모님은 잠을 설치셨단다. 된장, 김치, 떡까지 바리바리 싸 오셨다. 혹시라도 빼먹고 갈까 아침부터 분주하시다.

"해외에 가면 음식이 입에 안 맞아서 그렇게 고생을 한다더라! 그리고 한 끼는 해먹어야 재! 매번 나가서 사 묵으면 돈이 얼마고!"

시어머니 말씀에 군소리 달지 않았다. 국물과 냄새가 새어나가지 않게 단단하게 포장해서 트렁크 깊숙이 넣었다. 드르륵드르륵. 어둠이 가시지 않은 새벽. 여행 가방 끄는 소리가 주차장 안을 가득 메웠다.

"거기가 어디라고 했쟤? 자꾸 들어도 까묵는다!"

여행 사진을 찍는 나에게 비행기 창밖을 바라보던 시어머님이 물으셨다.

"말레이시아, 코타키나발루예요!"

긴장과 설렘 속. 다섯 시간 삼십 분 만에 코타키나발루에 도착했다. 그곳은 여름이었다. 아스팔트 위로 보이는 아지랑이. 태양의 열기가 뜨겁다 못해 따갑다. 겨드랑이와 목, 손에 땀이 났다. 한국에서 입고 온 두꺼운 패딩이 거추장스럽다. 야자나무, 형형색색의 자동차 사이로 달리는 오토바이. 그 뒤에 앉은 히잡을 쓴 여자들, 낮고 투박한 건물들을 따라 가이드 차를 타고 삼십여 분을 달려 우리가 묵을 숙소에 도착했다. 한적해 보이는 마을의 하얀 건물. 보자마자 마음에 들었다. 사람 키의 2배는 넘을 듯한 커다란 문이 스르륵 열렸다. 우리를 기다리고 있던 도우미가 나와 친절하게 웃으며 가방을 받아 환영해 주었다. 하얀 벽, 높은 천장, 느긋하게 돌아가고 있는 커다란 실링 팬, 벽 곳곳에 이국적인 그림과 조각품들, 마당 한가운데엔 코발트빛 수영장, 가득 고인 물이 햇볕에 반짝이고 있었다. "와~~!" 세 아이는 쉼 없이 계단을 오르락내리락하며 자기 방을 정하느라 신이 났다. 도우미가 시원한 음료를 소파 테이블 위에 놓아주었다. 시원하다는 표현이 딱 이맛일까? 피로와 긴장이 모두 쓸려 내려간다. 탁 트인 하늘과 바다가 마당의 수영장과 맞닿아 있다. 살아있는 그림이다.

"사모님! 여행 일정을 오늘부터 바로 하실 수 있으시겠어요?"

가이드가 물었다. 나는 시부모님의 표정을 먼저 살폈다. 새벽부터 서둘러 6시간 가까이 비행기를 타고 오셨다. 조금 쉬게 해 드리는 게 낫겠다 싶어 내일로 미루자고 가이드에게 양해를 구하려던 찰나.

"그럼! 그럼! 우째 온 여행이고! 1분이라도 허투루 보낼 수 없데이!"

소파에서 벌떡 일어나시는 시부모님의 모습에 놀랐다. 한편으론 기쁘고 다행이다 싶었다.

도착한 첫날부터 여행은 순조로웠다. 섬나라 코타키나발루는 어딜 가도 바다가 보이고 항구가 많았다. 바다와 항구를 좋아하는 두 분께 안성맞춤이라 생각되었다. 우리도 항구에서 사그마한 배를 타고 이십여 분 달려 또 다른 섬으로 갔다. 원숭이가 야자나무 가지 위에 걸터앉아 꾸벅꾸벅 졸고 있는 모습에 아이들은 물론 나도 신기해 자꾸 쳐다보았다. 짙은 구릿빛 피부. 알록달록한 옷을 입은 원주민들이 환한 표정으로 인사를 해주니 우리도 덩달아 흥이 올라왔다. 하늘이 바다인지 바다가 하늘인지. 구름 사이로 무지개색 패러글라이딩을 탄 사람들이 손을 흔드는 모습이 눈에 들어왔다. 새하얀 솜뭉치 같은 구름. 햇빛에 반사되어 반짝이는 에메랄드빛 바다. 어딜 가도 한 폭의 그림 속으로 들어온 느낌이었다. 그때 마침, 가이드가 우리에게도 바다 패러글라이딩을 해 보지 않겠냐고 제안했다. 올해 구십이신 아버님이 흔쾌히 하시겠다고 나서셨다. 우리는 물론 안전요원과 가이드까지 놀랐다. "정말 가능하신가요?" 모두가 재차 물었다. 걱정은 괜한 것이었다. 잠시 후 아버님과 남편이 탄 패러글라이딩이 바다 위로 날아오르는 게 보였다. 손 흔드는 아버님의 모습이 어린아이처럼 신나 보였다. 눈이 부셨다.

"이건 기네스북 감이야!"

안전요원과 가이드가 엄지를 들어 올렸다. 내 가슴도 뜨거워졌다. 이번 여행은 결단하길 잘했다. 코타키나발루 여행 동안 시장 문화를 좋아하는 어머님은 낯선 문화를 마음껏 구경하셨다. 아버님과 단둘이 숙소 풀장에서 수영도 하고, 신혼여행 온 듯 두 분만의 사진도 남기어 자랑하셨다. 혹시 타지에서 탈이라도 날까 봐 챙겨갔던 비상약을 쓸 일은 없었다. 내내 식사도 잘 하시고, 여행도 즐기셨다. 시부모님의 적극적인 호응 덕분에 보람이 느껴졌다. 4박 5일의 여행은 아쉬울 정도로 짧았다.

여행 마지막 날, 아버님과 어머님이 숙소 도우미와 가이드에게 정중히 고마움의 인사를 하셨다. 가이드가 아버님께 다가와 조그만 선물 가방을 건네며 두 손을 꼭 잡았다.

"어르신 건강히 지내십시오! 제 가이드 역사에 어르신이 최고령 이시자 바다 패러글라이딩을 하신 최초의 분입니다! 한국에 계신 저희 아버지 생각이 많이 났습니다."

순간 코끝이 찡해졌다. 두고두고 좋은 기억으로 떠오를 것 같아 뿌듯했다.

한국에 도착하니 어둠이 가시지 않은 이른 새벽. 겨울의 한파가 온몸으로 스며들었다. 여섯 시간 전 따뜻했던 기억이 꿈을 꾼 것 같다.

여행 두 달 후. 코로나 사태가 심각해졌다. 거리 두기, 마스크 착용, 학교 등교중지, 온라인 수업 대체 등 전 세계가 코로나 19로 비상사태가 되었다. 평소 가족, 지인들 간의 모임뿐 아니라 명절에도 만남이 자제되었다. 불편한 생활이 이어졌다. 두 달 전 함께 여행을 다녀온 일이 무색할 정도로 구정 명절에는 영상통화로 인사를 나누어야 했다. 코로나 사태로 2년이 흘렀다. 두 분의 건강이 염려스러운 정도로 좋지 않다. 무심코 다시 펼친 시부모님의 여권. 마치 오늘 받은 것처럼 새것 같다. 2년 전. 안 되는 이유로 결단하지 못하고 망설이기만 했다면 구십의 연세에 패러글라이딩을 멋지게 소화하신 추억, 아버님 어머님만의 수영장 사진 등 소중한 경험을 드리지도 못했을 터다. 내일을 알 수 없는 세상이다. 망설이다 아무것도 하지 못하게 될지도 모른다. 지금이 적기다.

인터넷 창을 열었다. 어르신을 모시고 가기에 가까운 거리의 여행지를 검색했다. 통화 버튼을 눌렀다. 미소를 머금으실 아버님과 어머님의 얼굴이 떠오른다.

7

결단의 열매

김동아

밑이 터진 하얀 가운을 입고 다리를 벌린 채 기다리고 있다. 의사 선생님을 기다리는 몇 분이 그동안 아이를 가지기 위해 친정엄마와 기도한 5년이라는 시간이 떠올랐다. 강원도 진부. 월정사에서 1시간 남짓 등산해야 도착할 수 있는 상원사 적멸보궁(부처님 몸체에서 나온 불사리를 모신 곳). 성선 사북 정암사 적멸보궁, 영월 법흥사, 경남 양산 통도사. 설악산 봉정암, 5대 적멸보궁을 찾아 매년 기도했다. 적멸보궁은 부처님의 진신사리가 있어서 불상은 없다. 남해 보리암, 양양 낙산사에 있는 홍련암 등 절을 찾아 108배를 하며 기도했던 시간들이 슬라이드 필름처럼 돌아가고 있다. 난자를 채취하기 위해 배란 주사를 내 손으로 꽂던 첫날. 손을 덜덜

떨면서 배에 주사를 놓았던 일도 스쳐 지나갔다. 아이를 가지기 위해 여러 한의원 한약도 수도 없이 먹었던 기억. 그해 여름 사천 시댁 근처 블루베리 농장에서 10팩 이상 챙겨 먹었었다. 시댁 바로 옆 뽕나무가 있었다. 오디를 먹어서 입 주위와 혓바닥이 파랗게 물들어 서로의 모습을 보며 한바탕 웃기도 했던 기억들이 두서없이 떠올랐다.

결혼 7년 차였다. 애가 들어서지 않아 시어머님께 1년도 안 돼 "너희들 피임하냐?"라는 말까지 들었다. 내심 놀라며 "아니요. 저희 피임한 적 없어요." 한마디 하고서도 개운하지 않았다. 하고 싶은 말들이 목구멍까지 차올랐지만 입을 다물었다. 그때부터 몸을 단련시키기 위해 야간 라인댄스도 다니고 요가도 다니고 했다. 어느새 3년이 지났다. 마음이 조급해졌다. 분당 차병원을 갔다. 모든 검사를 했지만 둘 다 정상이다. 또 다른 검사를 위해 올라가다가 평창휴게소에서 차바퀴 휠이 난데없이 빠졌다. 일진이 좋지 않았다. 난소 검사를 끝내고 돌아온 담날부터 밑이 간지러웠다. 강릉 시내 산부인과를 찾았다. 바이러스성 염증이라고 했다. 왠지 차병원은 나와 맞지 않는다는 생각에 신랑과 상의 후 근처 강릉병원에 다니기로 했다. 인공수정 후 두 번의 실패. 난소가 이상하다며 하나의 난소를 제거해야 한다는 소리를 들었다. 믿기지 않았다. 손이 떨리고 숨이 턱 막혀왔다. 버스를 탔다. 바깥 풍경이 눈에 들어오지 않았다. 퇴근한 남편에게 얘기했다. 남편의 얼굴이 어두워지며 미간 주름이 더욱 깊어졌다. 다음 날 인근 산부인과를 찾았다. 검사를 다시 했다. 난소에는 아무 문제가 없다고 했다. 천만다행이었다. 아기 갖는 데 애쓰지 말자며 자기도 나도 건강한데, 생기면 감사한 거고 안 생기면 둘이 살면 되지 않느냐는 남편의 말에 인공수정을 중단했다. 그해 겨울. 강릉은 눈 폭탄을 맞았다. 2월에 1미터 넘게 눈이 내렸다.

2015년 8월 주문진의 도서관 동아리방은 유화물감 냄새로 가득했다. 어릴 때, EBS에서 옅은 갈색 파마머리가 인상 깊었던 외국 아저씨가 그린 그림. 그 짧은 시간에 한 폭의 풍경화를 뚝 딱 그려냈던 밥 아저씨. 밥 로스 그림을 배우는 중이었다. 이런저런 얘기를 하다가 강사님이 요즘 아이 앤 맘이 시험관 시술 성공률이 점점 높아지고 있다고 했다.

"동아 님도 그 기류를 함께 타요."

나보다 어린 선생님. 임신이 되지 않아 병원 도움을 받고 있었나 보다. 날씬한 몸매에 키가 170이 넘으니 더 말라 보였다. 저녁 시간 남편에게 말을 건넸다.

"자기야 강릉에 있는 아이 앤 맘에 가 보자. 그곳이 유일하게 시험관 시술을 하는 곳인데 지금 성공률이 높아지고 있는데. 우리 한번 가 보자."

낮빛이 어두워진 남편과 함께 아이 앤 맘 산부인과를 찾았다. 지금까지 일어난 일들을 원장에게 털어놓았다. 180 이상인 키에 덩치가 크고, 약간 사투리가 섞인 허스키한 목소리로 원장님의 한마디.

"다 잘 될 겁니다."

건네주는 그 한마디가 그동안 고생했던 기억을 안아주었다. 초음파 검사, 피검사, 소변검사를 했다. 신랑은 정자 검사를 했다. 결과는 좋았다.

시술 당일 9시 신랑이 나타나지 않았다. 술을 먹어서 오늘이 시술인 걸 까먹었나? 오다가 사고가 난 건 아니겠지? 세상 걱정 다 짊어진 사람처럼 한숨이 새어 나왔다. 고개를 절레절레 흔들었다. 이렇게 연락 안 된 적이 없었다. 소파에 덩그러니 앉아 있으니 별의별 생각이 다 든다.

"김동아 님!"

간호사가 불렀다.

"남편분은요?"

묻는 순간 딩동 엘리베이터가 도착하는 소리와 함께 남편이 나타났다. 기다리다 지친 내 입에서 원망 섞인 말들이 쏟아져 나왔다.

"왜 이제 왔어?"

한마디 쏘아붙였다. 미안하다며 간호사를 따라서 안쪽으로 향하는 남편. 난 가운을 갈아입고 시술실로 들어갔다. 의사가 들어왔다. 난자 채취가 12개 되었다고 설명해 주었다. 9개 수정되어 5개를 시술에 쓴다고 했다.

"잘 되실 겁니다. 힘내세요."

손을 꼭 잡아주셨다. 시술을 마치고 기다리는 동안 남편의 손이 눈에 들어왔다. 긁혀있었다. 왜 그런 거지? 옷으로 갈아입고 기다리고 있는 남편을 봤다, 초췌해 보인다. 그제야 남편 손이 제대로 보인다. 여기저기 긁히고 까인 자국, 물어보았다. 전날 텔레비전을 옮기다가 발밑이 안 보였고 판단 잘못했다고 한다. 손이 자꾸 미끄러져서 항구 벽 타이어를 겨우 잡고 올라왔었다며 내가 놀랄까 봐 연락도 안 하고 달려왔다는 소리에 눈물이 왈칵 쏟아졌다.

한 달 뒤 피검사하고 연락이 왔다.

"임신 축하합니다."

6년간의 세월이 보상되는 느낌이었다. 전화를 걸었다.

"우리 이제 엄마 아빠가 된대."

눈물이 쏟아졌다. 전화기 너머에는 남편이 흐느끼는 소리가 들려왔다. 남편이 우는 소리가 나를 더 북받치게 했다.

"감사합니다! 고맙습니다!!"

결단은 시작이다. 산부인과를 몇 번씩 옮겨 다니며 힘든 일도 많았었다. 산부인과를 옮겨 다니고 시술을 포기했다가 다시 시작한 결심은 생명의 시작, 임신이라는 열매를 맺어주었다. 운이 좋았다는 말 외에 더 이상의 표현은 없다. 만약 시도조차 하지 않았다면 우리 부부에게 존재만으로도 웃게 해주는 딸이 없었다.

8

제2의 인생은 50부터

김경희

이제부터 시작이다. 완벽하진 않지만 도전하는 삶을 살기로 했다. 인생은 50부터라고 하지 않던가? 지금도 늦지 않다. 실패가 두려워 포기하고 살아왔다. 남는 게 없다. 지금 나는 하고 싶은 게 많다. 하고 싶은 것을 다 할 순 없겠지만 적어도 뒤로 숨진 않겠다. 당당하게 내 꿈을 펼치기 위해 최소한의 노력이라도 할 것이다. 꿈이 되었건 그 어떤 무엇이 되었건 간에 시작하고 도전하는 나를 만나고 싶다. '다 귀찮아. 이제까지 살아온 데로 그냥 살지 뭐.' '이 나이에 내가 뭘 할 수 있겠어?' 매사가 이런 식이었다. 하나둘 포기하다 보니 도전이란 단어는 나와는 상관없는 얘기로만 들렸다. 완벽주의자. 나의 고질병이다. 시작부터 하지 못했었다. 시작이 반이라고 했다. 나는 뭐가 두려운가? 아무것도 하지 않는 삶이 안정적인 삶인 거 같지만 그렇지 않음을 몸소 체험했다. 도전하는 모습은 언제 봐도 아름답다. 내가 성취해야 할 목표가 뚜렷하다면 두려워할 필요가 없지 않은가? 이제껏 소심하게 살아왔다. 그래서 더 도전하고 싶은 욕심이 생겼다. 내가 하고 싶은 것, 내 꿈을 이루기 위해 다시 시작하려 한다.

이제 막 입학해 새 학기를 시작하는 학생처럼 모든 시작은 사람을 설레게 한다. 내 나이 쉰. 지금이야말로 제2의 인생을 새로 시작할 수 있는 나이다. 책 읽고 글을 쓴다. 책을 통해 지혜를 배운다. 나만의 철학도 배운다. 인생 멘토를 만났다. 작가라는 꿈을 향해 걸어가는 중이다. 1년 전만 하더라도 이렇게까지 바뀔 줄은 꿈에도 몰랐다. 독서하면서 힐링이나 하자 생각했었다. 평범한 일상을 보내고 있었다. 작가는 중학교 시절 꿈이었고 말 그대로 꿈이라 여겼었다. 우연인지 필연인지 꿈과의 재회는 아무리 생각해 봐도 신기하다. 나를 이끈 한 사람이 내 꿈을 찾아 주리라고는 생각조차 하지 않았다.

이제껏 도전을 두려워하고 매번 익숙한 생활 속에 살기 바빴다. 타성에 젖는다는 말이 딱 그랬다. 새로운 배움은 나와는 상관없는 얘기였다. 긍정보단 부정적이었고 지적하기 바빴다. 하는 일마다 내 의지와는 다르게 빗나갔다. 도대체 뭘 하며 사는 건지 몰랐다. 살아지는 데로 살았다. 그러다 보니 흔들리는 날들이 대부분이었다. 1년 전 자이언트 북 컨설팅을 만나면서 조금씩 바뀌어 가기 시작했다. 글을 쓰면서 바뀔 수 있다고 생각해 본 적 없었다. 더 정확히 말하면 몰랐다는 게 맞겠다. 일찍 하루를 시작했다. 사부님이 시키는 그대로 했다. 알람이 울리자마자 욕실로 달려갔다. 곧장 샤워기를 머리에 갖다 댔다. 잠이 확 달아났다. 그리고 곧장 책상에 앉아 일기장을 펼쳤다. 전날 직장에서 있었던 속상한 얘기들, 출근길 버스에서 벌어지는 사소한 일들까지 다 기록했다. 아침에 들려오는 까마귀, 까치, 참새의 노랫소리, 대낮처럼 훤한 달을 보며 감탄했던 것까지 모조리 다 담았다. 속이 후련했다. 이 나이에 내가 유난을 떠는 건 아닌지 자책도 했다. 노가다(막일), 서빙, 청소. 이때까지 살고자 했던 일들. 하고 싶은 일이 생겼다고 그 일이 갑자기 잘 되는 건 아니었다. 여느 드라마 속 이야기였다.

글쓰기 수업을 들으면서 나의 부족함을 느낀다. 지천명을 넘어서는 나이에 느끼는 성장통은 여느 청춘들의 통증과 다르지 않다. 글쓰기 수업을 마치면 수강생들은 수업의 후기를 남긴다. 처음엔 후기를 어떻게 써야 하나 막막해서 노트에 필기해 놓은 걸 대충 정리해서 올렸다. 다른 작가의 후기를 보며 감동만 하다 어느새 시계가 열두 시를 가리킬 때도 있었다. 감동만 하다가 정작 내 글은 올리지 못하다가 겨우 몇 줄 써 올린 게 전부였다. 자신감 부족이었다. 하지만 언제부터였을까. 머릿속에 남는 게 하나둘 생겨나기 시작했다. 노트에 필기한 내용을 올리는 게 아니라 기억에 하나라도 남는 단어나 문장을 후기로 올린다는 사실을 뒤늦게 알았다. 비록 적은 내용이라도 그날 배운 내용을 숙지하니 내 것이 되었다. 하루 이틀 한 달 두 달 시간이 흐르고 반복되는 내용이 기억에 남았다. 작가님이 강조하는 말들은 매번 비슷했다. 수업 시간마다 다른 내용이지만 일맥상통했다. 자신감이 조금씩 생겨나기 시작했다. 작가님이 매번 하는 말이 있다. "그냥 쓰세요. 겉멋 부리지 말고 글 쓴답시고 가족들 괴롭히지 마시고 그냥 쓰면 됩니다." 맞다. 그냥 쓰면 된다. 책 쓰기 수업 후기든 글쓰기든 내 생각을 소신껏 쓰면 되는 거다. 남 눈치 볼 필요 없다. 어차피 글쓰기 초보다. 두렵다는 생각조차 사치다. 글 못 쓴다고 뭐라 할 사람 아무도 없다. 난 초보 작가이니까.

내 인생은 드라마가 아니다. 나는 슈퍼맨도 아니고 원더우먼도 아니다. 일하면서 예쁘장하게 글 쓸 여력도 없다. 그런데도 내 불행을 쓰면서 내 기분을 조금이나마 위로할 힘은 있다.

우리는 흔히 말한다. 10대에 꿈을 찾고, 20대에 꿈을 향해 나아간다. 30대와 40대는 열심히 벌고 50대엔 안정을 찾는다고 했다. 난 여태껏 무엇을 하고 살았나 싶어 자신을 지독히도 괴롭혀

왔다. 하지만 지금의 난 다르다. 안정보다는 도전을 마다하지 않는다. 그 이유는 어느 날 갑자기 찾아온 내 꿈을 향해 도전하기 위해서다. 이제껏 소심했다. 변화를 두려워했고 익숙함이 편했다. 평범했다. 언제부터인지 매일 반복되는 일상이 싫었다. 변화를 주고 싶었다. 인생은 오십부터라고 하는데 까짓 거 모 아니면 도다. 그래! 부딪혀보자! 나도 할 수 있다는 생각이 들었다.

제2의 스무 살로 다시 태어났다고 생각하기로 마음 고쳐먹었다. 도전하기로 했다. 몸이 늙는다고 마음마저 늙는 건 아니니까. 이젠 실패도 두렵지 않다. 산전수전 공중전까지 다 겪어온 나다. 이 나이에 두려울 게 뭐 있겠나? 넘어지면 일어서면 그만이다. 호랑이에게 잡혀가도 정신만 차리면 살아 나올 수 있다고 했다. 100세 시대다. 살아온 날보다 살아갈 날이 더 길지도 모른다. 살아있는 동안 내가 하고 싶은 꿈을 찾아 도전하는 삶을 살아보고 싶다.

두 번의 도산과 잘못된 판단으로 죽을 고비 넘기고서야 깨닫게 되었다. 평범한 삶도 결코 쉬운 일이 아니었다. 실패하고 나서 알았다. 타인의 더 큰 불행을 보면 위로가 되듯이 지금 이 정도임에 감사해야겠다고 다짐했다. 그래서 내 불행이 누군가에게 조그마한 위로가 된다면, 적어도 글을 쓰는 이 시간이 내겐 더없이 소중한 시간이 되지 않을까 생각한다.

9

실패, 다시 쓰는 인생

김미예

자기 계발에 미친 중독자였다. 무조건 배우기만 하면 돈이 될 줄 알았다. 나의 미래가 찬란하게 빛날 줄 알았다. 목표나 계획 따위 없었다. 배움에만 목말랐다. 신용카드. 능력도 없으면서 무서운 줄 모르고 썼다. 빚은 갚으면 된다고 생각했다. 매달 대출금이 늘어났지만 새로운 강의, 또 다른 무언가를 찾아 헤맸다.

매일 강의를 듣고 책 읽는 흉내를 냈다. 강의 수강을 통해 알게 된 사람들과 소통하면서 얼굴 알리기에 바빴다. 어깨에 힘이 잔뜩 들어갔다. 쓰러질 줄 모르고 냅다 달렸다. 2019년 5월. 독서법 강의를 시작으로 백만장자 메신저 과정, 두 시간 만에 논리적으로 말하고 요약하는 스피치, 키네마스터, 파워포인트, 3P 바인더, 블로그 수익화 강의 등 퇴근 후 세 시간 정도 자기 계발이라는 곳에 나를 밀어 넣었다. 틈만 나면 책을 수집하고, 강의를 들었다. 집은 온통 책으로 뒤덮였다. 책장이 미어터지듯 쌓였지만 새로운 책이 출간되면 광 클릭하여 무조건 사고 봤다. 강의도 마찬가지였다. 거의 모든 강의를 신청했다. 신세계였다. 블로그도 알게 되었다. 강의를 듣고 처음으로 수업에 대한 후기를 포스팅했다. 온라인이라는 공간에서 서로 소통할 수 있다는 것이 신기했다. 공감과 댓글로 응원의 메시지를 주고받았다. 정성껏 써서 올리니 나를 알아보는 사람들이 많아졌고, 블로그 댓글로 질문하는 사람들도 생겼다. 우쭐한 마음에 욕심이 났고, 알려주고 싶었다. 다 안다는 듯 각 강의에 대해 평가했다. 강의를 들으며 집중하고 공부하기보다 이걸 사람들에게 어떻게 자랑할까만 생각했다. 사람들이 "우와! 대단해요." "어쩜 그리 아는 게 많으세요?" 해주길 바랐고 집착했다. 내가 올리는 강의 후기를 읽고 누군가 수강하면 떠벌렸다. 인정받고 싶어 거의 모든 강의를 듣고 또 들었다. 머리만 커졌다.

2020년 1월. 카드 대출 칠백만 원을 받아 메신저 사관학교에 입과했다. 1 대 1 밀착 코칭이었다. 일주일에 한 번 만나 강사에게 필요한 역량 강화, 칼럼 필사, 영업 노하우 글쓰기부터 배웠다. 인생 달라질 거라 확신했다. 그러나 달라질 거라 믿었던 내 삶은 생각지도 못한 코로나에 무너졌다. 오프라인 모임이 취소되고 '줌'

이라는 온라인 공간으로 바뀌었다. 새로운 강의들이 우후죽순 생겼다. 오프라인에서 볼 수 없었던 온라인의 장점에 놀랐다. 마음만 먹으면 여러 강의를 무료로 들을 수 있었다. 공짜라는 함정에 빠져 무조건 강의를 신청하고 들었다. 듣기에만 집중한 나머지 내 삶에 적용하기는 커녕 1도 활용하지 못했다. 강의를 듣고 활용하여 유명 강사 대열에 오른 이들을 보았다. 배가 아팠다. 노력은 하지 않고 그들의 유명세만 부러워했다. 행동은 하지 않고 다람쥐 쳇바퀴 돌 듯하는 생활은 여전했다.

블로그에 강의 후기를 꾸준하게 올리니 글을 잘 쓴다는 댓글들이 달렸다. 멘토로 따랐던 박현근 코치와 윤스키 코치가 책을 써보라고 권했다. 작가가 되면 강의도 할 수 있고, 세상에 '나'라는 사람을 알릴 기회가 많을 거라 말했다. 그 말에 나는 혹했다. 책을 써서 작가가 되고 돈을 벌고 싶다는 생각을 했다.

2020년 7월. 책 쓰기 코치, 작가, 강연가로 활동하고 있는 이은대 작가를 만났다. 무료특강이었다. 처음엔 '그래 얼마나 잘하나 보자'라는 마음으로 강의를 신청했다. 모니터 화면에 나타난 이은대 작가. 눈매가 날카로웠다. 경상도 특유의 강한 사투리와 거침없는 말투에서 힘이 느껴졌다. 시선을 고정한 채 눈을 떼지 못했다. 강의 시작 5분도 되지 않아 자동으로 몸을 앞으로 바짝 기댔다. 강사로서 자신의 경험을 솔직하게 강의에 담았다. 청중이 공감할 수 있도록 정성을 다했다. 강의를 신청했을 때 강사를 평가하겠다고 생각했던 게 부끄러워 얼굴이 화끈거렸다. 강사의 얼굴을 똑바로 바라볼 수 없었다. 강의를 듣고 여운이 오래 남았던 나는 블로그에 정성 후기를 남겼다. 처음으로 강사로부터 후기에 대한 답글을 받았다. 가슴이 콩닥콩닥 뛰었다. 알 수 없는 흥분과 진율이 온몸에 쫙 퍼졌다. 묘한 매력에 끌렸다. 당장 등록하고 싶었다. 비용에 대한 부담이 있었지만 어떻게든 마련할 터였다. 신용카드 할부. 이번이 마지막이라고 생각하고 저질렀다. 온라인 '줌' 수업. 책 쓰기 정규 과정에 입과 했다. 다른 건 생각하지 않기로 했다. 첫 강의부터 뒤통수를 얻어맞은 느낌이었다. 돈벌이로만 생각했던 내 속내를 들킨 것 같았다. 한 번 두 번 반복해서 책 쓰기 강의를 들었다. 지금까지 들었던 강의들과는 다르게 들렸다. 강사의 한 마디한 마디가 가슴에 꽂혔다. 책을 읽고도, 강의를 듣고서도 달라지지 않았던 나다. 삐딱한 시선으로 다 알고 있어라며 넘겼었다. 매주 책 쓰기 강의를 통해 글을 쓰는 작가의 태도, 오늘을 사는 지혜와 주변 사람들과의 관계에 대해 하나하나 배웠다. 그간 이리저리 휩쓸리듯 무분별하게 들었던 강의를 정리하기 시작했다. 오직하나의 수업에 집중하기로 했다. 이은대 작가와의 만남은 새로운 삶을 시작하는 계기가 되었다. 강의도 강사도 좋아지기 시작했다.

따라하기 시작했다. 하지 않을 이유가 없었다. 각종 강의, 오픈톡 방, 사람과의 관계를 정리하기 시작했다. 한눈팔 시간이 없었다. 눈과 귀를 한곳에 집중했다. "닮고 싶은 사람이 있나요? 당신의 꿈은 무엇인가요?"라고 물었을 때 닮고 싶은 사람은 김미경 강사, 내 꿈은 우주에 가 있었다. 그들이 가진 배경이 부러웠기 때문이다. 지금, 나에게 당신의 멘토는 누구인가요? 묻는다면 망설임없이 이은대 작가라 말하겠다. 내 인생 멘토다.

2020년 9월부터 일상, 강의 후기 등을 꾸준하게 블로그에 포스팅했다. 일기를 다시 쓰기 시작했다. 독서는 하루 한 페이지만 읽기로 했다. 욕심내지 않고 우선 3가지만 해 보기로 했다. 한 페이지 읽고 기억하고 싶은 문장에 밑줄 긋기. 매일 한 페이지 일기 쓰기. 글쓰기 선생님이 삶으로 보여주었기에 그냥 따라 했다. 삶에 적용할 수 있는 길이라 생각했다. 멘토의 삶을 배움으로 나의 삶도 달라지기를 기대했다. 블로그 글은 조금 유난 떨며 썼다. 나름의 루틴이 생겼다. 일기 쓰기와 독서는 중간에 조금 빼먹기도 했지만 6개월 후 나는 달라져 있었다. 하루하루 일상의 흩어진 생각과 찰나의 순간순간을 기록으로 남긴 지금. 뒤엉켜 있던 생각의 실타래를 풀며 나를 다독였다.

실패의 쓴맛을 톡톡히 보았다. 하지 말아야 할 습관을 줄이고, 해야 할 일에 집중했다. 첫째, 욕심을 내려놓았다. '지금' 할 수 있는 일에만 시간을 투자했다. 둘째, 무분별하게 들었던 강의를 줄이고, 2년 동안 경청과 읽고 쓰는 삶에 집중했다. 셋째, 충동적 행동과 말을 아꼈다. 결단했다. 하나하나 경험을 쌓고 배우는 중이다. 결단 앞에 망설이고 고민만 하는 사람은 결국 아무것도 이루어내지 못한다. 결단은 집중과 흔들리지 않는 단단함을 채워주고, 다시 살게 해 주었다. 오늘도 작은 결단으로 새로운 시작을 맞는다.

Part 5
능력·Ability

THE

5

LOCDA

1

강점으로
승부를 겨루는 세상

김한송

능력에 대한 사전적 정의는 일을 감당해 낼 수 있는 힘.

나는 어떤 일이든 잘 감당하며 살아왔을까? 작은 일도 지레 겁부터 먹었다. 도전하고 부딪히며 훌훌 털고 일어나는 사람들을 보면 항상 대단해 보였다. 늘 나의 부족하고 모자란 약점만 신경 쓰며 살았다. 하지만 이젠 안다. 누가 뭐래도 세상은 내가 가지고 태어난 강점으로 살아가게 된다는 것을. 누구나 잘하는 일이 한두 개쯤 있다. 그것이 무엇이든 지금까지 잘 다듬어 왔던 길 속에 답이 있지 않을까?

스물여섯. 엄마가 되었다. 스물여덟. 나는 또 엄마가 된다. 아들

둘 엄마. 세상 경험이 별로 없는 나는 엄마가 되기에 많이 어려웠다. 오래전부터 내 아이는 하고 싶은 거 다 할 수 있도록 자유롭게 키울 거라고 마음에 품고 살았다. 어렸을 때부터 규제가 많고 엄격하게 큰 탓인지 사소한 것에 아이를 가두고 싶지 않았다. 내 아이만큼은 나처럼 소심하지 않고 적극적이고 밝게 자랐으면 좋겠다는 바람을 가졌다. 타고난 성향과 기질은 형제, 남매, 자매 막론하고 다르기 마련일 것이다. 내 아이 둘도 정반대의 성격과 타고남으로 자랐다.

큰아들은 나와는 전혀 다른 성향이다. 무슨 일에든 적극적이고 욕심도 많다. 머리도 영리하다. 갖고 싶은 것도 많고 하고 싶은 것은 반드시 해야 직성이 풀리는 아이다. 떼를 써서라도 자기가 원하는 것은 쟁취하고야 마는 아이였다. '나는 엄마한테 떼 한번 못 써봤는데 저 녀석은 엄마를 잘 만난 거지'하고 내심 부럽기도 했다. 어릴 적부터 노래를 잘했다. 어른들이 시키면 뒤로 숨지 않았고, 개그맨 흉내도 똑같이 내기도 했다. 끼가 다분했다. 앞에 나서는 것을 좋아했다. 뭐든 배우는 것을 좋아했고, 학습 욕구도 뛰어났다. 공부도 곧 잘해서 영재반에 뽑히기도 했었다. 호기심이 많아서 TV에 나오는 건 뭐든 사달라고 조르기도 했다. 그림 그리기도 참 좋아했다. 평범한 것보다 눈에 띄는 것과 유행에 민감했다. 뭐든 경험해 보고 싶어 했다. 그런 큰애의 모습을 보면서 약간의 대리만족을 했다. 아이가 나와 반대 성향이 꼭 나쁜 것만은 아니었다. 큰애의 기질은 한마디로 '팔방미인형'이다. 다방면에서의 재능과 관심은 자기 주도적인 힘으로 나타났다.

둘째 아들은 나의 어린 시절을 보는 것 같다. 말수가 없고 차분하다. 욕심도 없고 떼 부리는 법도 없다. 형 말도 곧잘 들었다. 먹고 싶은 거 있냐고 물으면 늘 대답은 '아무거나'였다. 특별히 원하는 것도 없고 갖고 싶은 것도 없었다. 우리는 순둥이라고 불렀다. 형이 개성이 강하고 워낙 눈에 튀어서 그런지 둘째는 있는 듯 없는 듯 자랐다. 쑥스러움이 많았지만 정해진 일은 묵묵히 했다. 앞에 나서거나 시끄러운 것을 싫어했다. 오죽하면 어릴 적 별명이 과묵한 청년이었을까. 실용적이고 현실적인 성격이다. 아무리 급해도 절대 서두르는 법이 없다. 무슨 일을 하든지 침착하게 대처한다. 쓸데없는 일에 참견하지 않는 성격이다.

그야말로 '착실 과장형'이다. 한 가지 일에 꾸준한 지구력이 있다. 온순한 성격이라 엄마로서 참 수월했지만, 행여나 개성이 강한 형의 그늘에 가려 상처받은 건 아닌지 늘 신경이 쓰였다. 지금까지 변함없는걸 보면 타고난 묵직함이 장점인 아이다.

성인이 되어 잘 자란 두 아들은 전혀 다른 진로를 선택했다. 큰애는 문과이면서 예술형 기질이고, 둘째는 이과이면서 현실 탐구

형 기질이다. 큰애는 춤, 노래, 패션, 미술 등 다양한 재능과 끼와 걸맞게 싱어송라이터의 길을 걷고 있다. 둘째는 전공한 토목공학을 살려 직장인이 될 준비 중이다. 타고난 점을 바꾸려 하지 않고 기다려주면 자신에게 맞는 길을 저절로 찾아가게 된다는 것을 아들들을 통해서 알게 되었다. 전혀 다른 기질과 성격인 아이들을 똑같은 방식으로 대하고 가르치는 것은 모순이다. 영영 자기가 누군지 모른 채 그냥 살아가라고 말하는 것과 같다.

두 아들을 지켜보면서 엄마인 나 자신의 타고난 점은 무엇일까 생각하게 되었다. 아이의 타고난 성격과 다름을 있는 그대로 인정했듯이 나의 원래의 성향도 있는 그대로 수용해야 함을 알았다. 내 생각이 어디를 향하고 있는지 직시할 줄 알게 되었다. 그렇다면 나의 진짜 강점은 무엇일까? 사회생활을 하게 되면서부터 몰랐던 '나'를 점차 발견하고 있었다. 무엇보다 나는 관계 지향적인 사람이었다. 여러 사람과의 만남이나 관계를 만들어 갈 때 의외로 적극적이었다. 책임감이 강한 성격은 가르치는 교육 분야와 딱 맞았다. 아이에게 일어나는 작은 변화까지도 놓치지 않았다. 특히, 엄마로서의 경험을 알리는 부모교육에 대해 꾸준히 관심을 가졌다. 자녀를 있는 그대로 바라봐 줄 때 부모의 성장이 시작됨을 강조했다. 또, 누가 뭐래도 성실했다. 그 성실성으로 꾸준히 부모교육을 실천한 덕분에 '소통'은 나의 교육철학으로 자리할 수 있었다. 다양한 사람과의 관계를 통해 어릴 적 주눅 들고 소심했던 모습은 사라지고 있었다. 결정적인 순간에 나를 지키는 방법을 알게 되면서 당당한 모습으로 변화해 나갔다.

결국, 능력은 내가 감당한 만큼 만들어진다고 생각한다. 주어진 일에 회피하지 않고 받아들인 만큼 단단해지기 때문이다. 어린 시절에는 스스로 할 수 있는 일이 없다고 생각했다. 작은 선택 하나도 망설이고 주저했다. 엄마가 결정해 주는 대로 사는 게 편했다. 엄마가 무섭고 엄했다는 말로 숨어서 지냈다. 어차피 내 의견 따위는 소용없을 거라 단정 지으며 나약한 마음을 품고 살았다. 하지만, 적극적이고 주도적인 삶을 살아야겠다고 생각을 바꾸기 시작하니 조금씩 달라지기 시작했다. 엄마가 되고, 유아들을 가르치면서 누구나 타고난 능력과 재능이 있음을 알게 되었다. 내 안에 있는 보석을 찾으면 찾을수록 더 멋진 강점으로 자리 잡았다. 엄마로서 중심을 잡고 조급한 마음 없이 아들들을 키울 수 있었다.

엄마와 자녀는 연결되어 있지만, 독립적인 개체다. 전혀 다른 기질을 가진 두 아이를 통해 늦게나마 나의 내면에 귀 기울일 수 있었다. 나의 바람대로 두 아들은 내 친구가 되었다. 서로의 꿈을 응원하는 엄마와 아들 사이가 되어 든든하다. 내가 자라온 방식을 강요하지 않고 스스로 행동할 수 있도록 믿어주었기에 가능했

다. 내가 가지고 있는 특별한 강점이 세상과 만난다면 그 어떤 일
도 감당할 자신이 생긴다. 나약하고 부족한 모습보다 내가 잘할
수 있는 일에 열심을 다 하는 요즘이다.

어떤 두려움도 이겨 낼 거뜬한 힘! 내 안에서 찾는다.

2

배려와 인내

민주란

아버지는 군인 출신이었다. 그래서인지 자녀들을 엄하게 키우셨다. 잘못한 거에 대해서는 단호하게 혼내셨다. 사 남매 중 그 누구도 예외가 없었다. 언니나 동생은 그런 아버지가 무섭다고 싫어했지만, 나는 아버지가 좋았다. 누구보다 우리를 지지해 주고 다름을 인정해 주셨다는 걸 알기 때문이다.

나는 아버지를 닮았다. 다른 사람을 충분히 인정하고 존중해 주는 아버지의 성품을 쏙 빼닮았다. 늘 주변 사람들의 마음을 헤아려 주고 배려했다. 그런데 결혼생활은 달랐다. 모든 남자는 아버지 같은 줄 알았다. 나의 착각이었다.

아이들의 소아과 주치의 플런스키가 준 처방전이 있었다. 2002년 막내가 한 살이 되던 때 아이 셋을 데리고 건강검진을 받았다. 한 시간이 넘게 아이들을 검진하며 대화를 나눴다. 지난 6년간의 육아를 지켜본 플런스키 처방전이 우리 부부에게 내려졌다. 다른 하나는 남편에게 내린 특별한 진단이었다.

첫아이를 임신하고 소아과 의사를 찾는데 신경을 곤두세웠다. 남편 친구들에게 물어보고, 인터넷 검색도 하고, 산부인과 의사에게도 물어서 알게 된 의사였다. 다른 의사들과는 달랐다. 아픈 아이들 치료와 건강검진만을 제공하지 않았다. 다양한 방법으로 육아의 길잡이가 되어 주었다.

"Hi Mrs. Min, 어떻게 지냈나요? 내가 알려 주었던 것들은 하고 있나요?"
"아니요. 엄두도 내지 못하고 있어요."

아이를 키우면서 어려운 점이 한둘이 아니었다. 산후조리는 다행히 친정엄마와 여동생이 번갈아 와 줘서 4주 정도는 최대한 도움을 받았다. 4주 후부터는 모든 것을 둘이서 해내야 했다. 남편은 개인 사업을 하면서 밤에는 선잠을 자며 아이를 함께 돌보았다. 나는 완전히 회복되지 않았지만, 육아와 일을 병행했다.

첫째 알렉스가 6개월 정도 되었을 때 닥터는 부부만의 시간을 보내야 한다며 한 달에 한 번은 데이트하라고 권했다. 귀에 들리지도 않았다. '어떻게 아이를 놔두고 나가지!' 상상도 할 수 없었다. 베이비시터를 둔다는 것은 내가 용납하지 않았다. 누구도 믿을 수가 없었다. 육아에 대한 교육이 부족해 하루하루가 실수투성이였다. 둘째 켈리가 태어나서는 더 바빠지기는 했지만, 첫아이를 키운 경험이 있어 수월했다. 셋째가 태어나자 완전히 달랐다. 아이 셋을 키운다는 것은 상상 그 이상이었다.

처음으로 남편과 나는 데이트를 나갔다. 아이 셋을 알렉스 친구 엄마에게 3시간만 봐 달라고 했다. 남편과 나는 너무 신이 나서 어쩔 줄 몰랐다. 저녁 식사를 근사한 곳에서 할 계획이었는데, 시간이 주어지자 영화관으로 향했다. 둘 다 영화를 좋아하는데, 육아를 시작하고 둘만 함께 본 적은 없었다. 주로 아이들 영화를 함께 보러 다녔다. 어떤 영화였는지는 생각나지 않는다. 신나게 보면서도 시간이 얼마나 흘렀는지 수시로 시계를 확인했다.

"자기야, 애들 데리러 가야 해."
"음, 그럼 다녀와. 난 한편 더 보고 있을게."

아이들을 데리러 약 30분 정도 달려갔다. 아이 셋을 싣고 영화

관으로 가는 내내 얼굴이 벌겋게 상기되었다. 부들부들 떨리는 손은 애꿎은 운전대만 꽉 쥐었다. 가슴이 답답했다. 집으로 가는 내내 나는 입술을 꼭 다문 채 창밖만 바라봤다.

첫 번째 처방전에는 조건이 있었다. 부부가 데이트하는 동안 아이들 이야기로 채우면 안 된다는 원칙이었다. 둘만의 대화를 나누라는 의미다. 운동을 좋아하는 남편과 골프를 치러 가고 싶어도 오랜 시간을 맡길 때가 없어서 우리의 데이트는 저녁 식사 정도다. 여러 방법을 시도했다. 한식, 일식, 스테이크하우스 등 어느 곳을 가도 한 시간을 넘기지 않았다. 대화는 금세 끊어졌다. 자주 갈 수 있는 식당을 찾았다. Melting Pot이라는 식당이다. 퐁듀를 먹으며 적어도 식사 시간이 2시간은 걸렸다. 다른 곳보다는 어두웠고 자리마다 칸막이가 쳐져 다른 사람들에게 방해받지 않아서 좋았다. 억지로라도 함께 있는 시간 동안 대화를 나누려는 노력을 기울였다.

두 번째는 남편에게 주는 처방전이다. 일주일에 한 번 묻지도 따지지도 말고! 부인을 몇 시간이든 집 밖으로 나가게 하라는 내용이다. 당연히 아이들은 남편이 봐야 했다. 토요일 아침 남편이 나에게 반나절 휴가를 줬다. 나가기 전에 나는 분주했다. 아이들 아침과 점심, 그리고 간식을 해 놓았다. 가방 하나에는 막내 기저

귀와 큰아이들의 여분의 옷들과 간식을 채워 놓았다. 차를 몰고 나가는데, 너무 피곤해서 길가에 차를 세우고 잠시 눈을 붙이고 싶어질 정도였다.

어디로 가야 하는지, 무엇을 하고 싶은지, 리스트를 만들어 노트에 적어놓았지만 허사였다. 하고 싶은 게 많아서인지 아니면 무얼 할지 몰라서인지 나는 그저 스타벅스 커피숍에서 몇 시간을 앉아 있다가 집으로 가곤 했다.

닥터 플런스키를 만난 건 행운이었다. 가정을 꾸리면서 자칫 힘들어질 수 있었던 관계가 덕분에 회복되었다.

남편은 한국 사람이지만, 5살에 브라질로 이민 가서 고등학교를 졸업하고 미국에 왔다. 브라질 공용어는 포르투갈어다. 남편은 한국말이 서툴렀고 나는 영어가 서툴렀다. 함께 공감할 수 있는 무언가가 필요했다. 바로 그때! 한국 드라마가 결정적 역할을 해주었다. 남편과 함께 처음 본 드라마가 '주몽'이다. 우리나라의 전통도 알리고 남편에게 상황을 설명하며 대화도 나누었다. 결혼하고 7년은 한국말로 부부 싸움을 했다. 어쩌면 지금까지 결혼생활을 유지할 수 있는 비법일지도 모르겠다. 특별한 부부는 없다. 서로를 특별한 존재로 여기면 된다.

결혼하면 부부관계는 저절로 유지된다고 믿는 사람들이 많은

듯하다. 나도 그랬다. 별생각 없었다. 몇십 년을 다른 환경에서 자라 왔는데 사랑한다는 이유로 모든 것을 이해하기는 쉽지 않다. 가정을 꾸려나가는 노력은 부부가 함께 꾸준히 해야 한다는 데 의심의 여지가 없다. 부부관계도 서로 노력하고, 마음을 다하고 훈련해야 한다는 것을 알게 됐다. 인정하고 기다려주는 나의 장점은 그저 타고난 성품으로만 생각했다. 살아보니 완벽한 나의 능력이었다. 나에게 자부심을 느낀다.

3

번개 통찰 최형숙,
최고다!

최형숙

난 해결형 인간이다. 일이나 상황이 벌어지면 그 일이 어떻게 전개될 것인지 빨리 판단하는 버릇이 있다. 그것이 '통찰'이라는 것을 사회에 나와서 알았다.

연수가 초등학교 4학년. 12년 전 일이다. 늦게 일어나 칭얼거리던 딸아이 아침밥을 먹이고, 아토스 차에 태워 학교를 데려다주는 길, 신호등에 걸렸다. 조수석에 앉은 연수에게 학교에 가서 급식 나오면 잘 먹으라는 잔소리를 하고 있었다.

그 순간 스타렉스가 내 차 운전석 문짝부터 뒤 펜더까지 밀치고 가는 사고가 났다. 분명히 신호등이 빨간색이었다. 스타렉스는 바쁜 일 때문에 내 차를 지나쳐 우회전하려고 했다. 우회전 각도를 잘못 계산해 정차해 있던 내 차의 운전석을 아작 냈다.

먼저 비상등을 켜고 딸아이가 괜찮은지 살폈다. 연수는 핸드폰 카메라로 스타렉스 차 번호를 찍고 있었다. 카센터 집 딸 맞다. 괜찮다고 하는 대답을 듣고 보험 회사에 접수했다. 차에서 내렸다.

"차를 한쪽에 잘 정차하고 있어야지 어중간하게 대고 있으니 내가 사고가 난 거잖아. 아줌마가 밥이나 하지 차는 왜 끌고 나와서 지랄이야."

"아저씨 말조심하세요. 보험 접수하실 거예요?"

"보험 접수를 왜 해? 내가 잘못도 안 했는데. 당신이 차를 잘못 세워놨잖아."

"잠깐만요." 뒤차로 갔다. 운전석 창문을 두드렸다.

"죄송하지만 지금 제 차 사고 나는 것 보셨죠? 혹시 증언 좀 해주실 수 있나요? 전화번호 주시면 감사하겠어요. 제 명함 드리겠습니다. 저는 연수동에서 카센터 하는 사람입니다."

"아, 저 여기 카센터 엔진오일 교환하러 간 적 있어요. 사모님이군요. 그럼요. 증언해 드릴게요. 제 명함도 드릴게요."

"고맙습니다. 저희 가게 오시면 제가 꼭 보답해 드리겠습니다."

다시 차로 돌아왔다. 스타렉스 차 번호판, 사고 난 부위, 내 차와의 거리. 도로 상황 등 사진을 찍었다.

"아줌마 왜 재수 없게 내 차 번호를 허락 없이 찍어. 경찰 불러?"

"네. 경찰 부르세요. 어차피 딱지 끊으면 그만이죠. 지금이 조선 시대도 아닌데 목소리 크면 다인지 아세요?"

"아줌마가 몰라서 그러는데, 내가 아는 경찰이 얼마나 많은지 알아?"

"네, 알았으니 잠깐만 계세요. 시끄러워서 머리가 아파요. 목도 아프고요."

딸이 아빠한테 전화한 모양이다. 남편이 와서 딸아이를 학교에 데려다주었다. 그새 지나가는 사람이 112에 신고를 했는지 경찰 차가 왔다.

"아저씨가 잘못했네. 신호등 기다렸다 가면 되지 뭐 하러 빨간 불에 먼저 가겠다고 서 있는 차 앞질러 가요. 빨리 미안하다 해요."

"아니 아줌마가 차를 어중간하게 세워놔서 사고가 난 거라고요. 경찰 아저씨는 알지도 못하면서."

"잘 정차해 있는 차를 사고 내놓고 그런 말이 나와요? 빨리 사과하고 감정 더 상하지 않게 하세요."

그제야 아저씨는 고개를 숙였다.

"아줌마 미안해요. 내가 실수를 했네요. 난 늦어서 화가 나서 나도 모르게 막말을 했어요. 젊은 아기 엄마가 화도 안 내고 그래서 내가 더 약이 올라 그랬어요. 미안해요."

"아저씨도 놀라셨을 텐데 청심환이라도 하나 사서 드시고, 몸 조리하세요. 저도 혹시 입원해야 하면 대인 접수 부탁드릴게요."

"그래요. 내가 한번 카센터에 엔진오일 갈러 갈게요."

내가 찍어놓은 사진, 차 트렁크에 있던 래커로 도로에 그려놓은 사고 현장이 증거가 되었다. 보험 처리하고, 딸아이와 나는 이튿날 입원을 했다.

"아저씨, 저희가 목이랑 어깨가 아파서 입원했어요. 대인 접수 좀 부탁드려요."

"그럼요. 접수해 드릴 테니 치료 잘 받으세요."

"아저씨도 아프시면 치료 꼭 받으세요. 교통사고 후유증이 오래간대요."

"아기 엄마 고마워요. 내가 교통사고를 몇 번 나 봤는데, 피해자하고 이렇게 사이좋기는 처음이네요."

2주의 입원 치료와 자동차 수리 등 가해자 과실 100%로 마무리가 되었다. 교통사고 났을 때 아무리 주위에서 훈수 드는 말을 해도 신경 쓰지 않았다. 사람 대 사람으로 대하면 된다. 스타렉스 아저씨도 가해자가 아닌 나랑 같이 교통사고 난 사람으로 대했기에 수월하게 문제가 해결된 것이다. 그 일이 있고 나서 아저씨는 우리 카센터에 12년째 단골손님이다.

어떤 상황에서든 해결형이다 보니, 나도 모르게 통찰력이 늘어났다. 난 매일 책을 읽고, 공부하면서 통찰력이 커지고 해결 능력이 좋아짐을 느낀다. 매일 새벽 6시 10분, 책상 앞에 앉는다. 1시간 정해진 페이지만큼 책을 읽고 하루를 시작한다. 분야를 나누는 것은 아니지만, 주로 심리학을 많이 읽는다. 모든 학문의 기초가 철학이듯이, 사람의 행동과 관계 기본은 심리이기 때문이다.

문제 해결형인 나는 나 자신에게 인색하고 냉정하다. 힘들어도 참는다. 가끔 주위에서 혀를 내 두르기도 한다. 공부하고 새벽 독서를 하면서 나 자신에게도 너그러워지는 연습 중이다.

마트를 가도 내가 좋아하는 플레인 요플레 먼저 사고 시장을 본다. 힘들어서 졸리면 잠깐 눈 감고 졸고 일어나 기지개 한 번 펴고 다시 시작한다. 밤이면 나 스스로 하루 잘 살아냈다고 토닥토닥 안아준다.

나를 안아주고 칭찬해 주지 못하며 살았다. 지금은 매일 나 자신을 사랑하는 연습을 하고 있다. 혼자 걸으며 '형숙아 너 잘하고 있어. 사랑해'라고 수없이 셀프 토크를 한다. 아침 세수를 하고 거울을 보며 '역시 형숙이 넌 최고다' 엄지 척을 들어 보이기도 한다. 언젠가 나 자신을 제일 사랑하는 행복한 이기주의자가 될 것이라 믿고 있다.

모든 면에서 통찰력을 키운다. 특히, '나에 대한 통찰력'을 더 키우는 중이다.

4

시도해 보지 않고는 누구도
자신이 얼마만큼 해낼 수 있는지
알지 못한다

함해식

일은 신이 주신 선물이다. 특수용접으로 자존감과 자신감을 찾았다. 2019년 1월에 대기업 자동차 공장에 특수용접을 해 준 적이 있다. 큰 기계 앞에서 용접하는데 회사 직원 20명이 내가 어떻게 용접하는지 구경했다. 며칠에 걸쳐 테스트하는데 용접이 잘되어 음식 대접도 받았다. 담당자가 다른 업체에서 못 한다고 하던데 이런 기술 어디서 배웠는지 궁금해했다. 또 주변에 홍보해 준다며 칭찬받은 적도 있다. 일 끝내고 높은 금액도 받았다.

과거 직장 생활할 때는 시키는 일만 하고 내가 없어도 누군가 해주는 사람이 있어서 책임감 있게 하지 않았다. 매일 주어진 시간 출근하고 점심 먹고 일하고 퇴근했다. 10년 하다 보니 나이는 먹어 가는데 내면 의식 수준은 똑같았다. 내가 성장하고 있다는 것을 느끼지 못했다. 일하다 문제가 생겨도 회사가 알아서 해주겠지. 내 것도 아닌데 나는 월급 받는 만큼 일하면 된다고 생각했다. 직장 생활 내 사람과의 관계에서 누구를 험담하고 단점만 보고 다녔다. 회사 생활이 재미가 없었다.

지금은 주어진 일을 할 때 즐거움을 찾으려 하고 고객에게 진심으로 대하려 한다. 일에 대해 애착을 갖고 시작했다. 어느 순간엔 누군가 나를 알아줘서 기분이 좋다. 고객에게 감사하다는 말을 듣거나 그 일로 인해 만족감도 느낄 때도 많았다. 단점도 있었다. 초창기 사업할 때 좋은 기술 있다 보니 경험과 신용을 얻기보다는 돈만 보고 따라다녔다. 일 자체만 집중하고 사랑해야 하는데 말이다. 어느 순간 병이 와서 1년 동안 누워있었다. 나 자신을 원망 많이 했다. 건강하다고 생각했던 내가 늘 일 걱정 매출 걱정하다 보니 한순간에 몸이 망가졌다. 하지만 1년 뒤 병 덕분에 다르게 세상을 보게 되었다. 그전엔 빨리 성공해야 한다고 조급했다. 이젠 틈틈이 다른 사람도 도와주고 살고자 한다. 모든 사람은 내 마음 같지 않다. 그러니 사람에게 싫은 소리 들어도 예민하게 반응하지 말자는 식으로 바꿨다.

지인 중에 주식 17년 한 사람이 있다. 서울 올라가서 주식을 배워 돈을 엄청나게 벌어서 다른 사업을 하다 망했다. 그 뒤 우울증

와서 2년간 방에서 생활했다. 본인이 잘한다고 생각했던 일이 망하다 보니 다른 사람 만나기도 싫었다. 수시로 자살까지 생각했다고 한다. 하지만 어느 순간 인터넷 영상을 보고 희망을 품고 나도 누군가 도우면 살아봐야겠다고 결심했다. 절망에서 희망을 보는 순간 세상 모든 것이 재미있고 즐겁게 보인다고 말했다. 남을 돕겠다는 마음으로 일하다 보니 돈을 적게 받았다고 한다. 왜냐하면 돈을 따라가다 보면 내 몸이 무너지는 것을 경험했기 때문이다. 돈을 따라오게 해야 한다고 말을 한다. 그런 마인드로 일 시작하니 소개가 들어오고 좋은 사람들도 모인다고 했다. 나도 그 말에 공감이 갔다.

오늘도 아침에 눈을 뜨자마자 거울을 보고 나에게 칭찬한다. 어느 책에서 성공한 사람일수록 자기 칭찬을 잘한다는 말을 나도 따라 했다. 지금까지 살아오면서 얼마나 자주 칭찬했는지 생각했다. 1년 동안 거의 없었다. 칭찬보다는 남과 비교하거나 가진 것보다 없는 것에 더 집중했다. 그럴수록 내 마음이 조급해지면서 항상 불안과 걱정이 가득했다.

웅진 그룹 윤석금 회장 자서전 《사람의 힘》을 읽은 적이 있다. 2012년 무너져 가는 회사를 살려 보겠다고 투자했던 2조 원이 한순간에 날렸다. 가슴이 아프고 힘들었다고 한다. "사업을 일으키는 데는 오래 걸리는데 무너지는 것은 한순간이다."라는 것을 처음 느꼈다고 한다. 수시로 나쁜 생각과 나쁜 마음이 찾아왔다고 한다. 힘들지만 지금 가진 것에 집중했다고 한다. 큰돈이 없지만 건강한 몸이 있어 "감사합니다."라고 했다. 아프지 않아서 다시 일으킬 수 있었다고 했다. 수시로 다시 시작할 수 있다는 희망찬 말을 자주 했다. 자신에게 행복하게 해주는 일들을 하나씩 찾았다. 마음이 따뜻하게 하는 책을 읽었다. 좋은 강의 듣고, 좋은 음악 감상, 좋아하는 사람 만났다고 한다. 또 TV 프로그램 중에서 어둡고 슬픈 내용보다는 고통과 어려움 딛고 일어선 사람들이 나오는 것을 골라서 봤다. 마음을 편안히 먹으니 1년 뒤 다시 사업이 잘 되었다고 한다.

　나도 좋은 습관 가지기 위해 자주 칭찬하고 감사 일기도 적는다. 쓰다 보면 좋은 것에 관심 두게 된다. 점차 자신감이 생기고 일하다 나쁜 마음이 생기더라도 예민하게 반응하기보다는 좋은 점에 집중한다. 이제는 나쁜 감정이 생기지 않았다.

　여름에 할 일이 많은 포도 수확할 시기. 아버지가 갑자기 무릎 인대가 나가서 병원에 입원한 적이 있다. 어머니는 일할 사람이 없어서 매우 속상했다고 한다. 바꿀 수 없는 현실이라면 현실을 따라야 했다. 어머니는 마음을 비우고 오직 포도밭에 집중했다. 아침 일찍 일어나 혼자서 포도 따서 화물차 보냈다고 한다. 70살이 넘었는데도 할 수 있다는 마음을 먹으니 가능했다고 말했다.

　매일 책과 사람들을 통해 좋은 습관을 만들려고 한다. 안 하던 일을 내 것으로 만들기가 쉽지는 않지만, 천천히 하더라도 포기하지 않으려 한다. 혼자 있는 시간에 수시로 책을 보고 글을 쓴다. 1년 전 책 쓰기 수업 들으면 무슨 말인지 몰랐다. 수업 끝나고 노트에 글을 적으려 하면 몇 줄 쓰다가 덮고 다른 것을 했다. 계속 수업 듣고 쓰려고 하면 할수록 조금씩 글자 수가 늘어난다. 신기하면서 재미가 있다.

모든 일을 내 것을 만들기 위해서는 절대량을 투자하겠다는 마음이 같이 있어야 한다. 하기 싫은 것도 꿋꿋이 하다 보면 어느 순간 즐거움이 찾아온다. 내가 용접하는 것도 그렇다. 일하다 지금이 안 되면 내일이 되는 경우가 많다. 처음 시작하기 어렵지만 계속하다 보면 되지 않을 때 보다 잘 되는 경우가 더 많이 생긴다. 나는 최고가 되기까지 포기하지 않고 끝까지 해내고자 한다.

학창 시절 공부에 대한 불안감과 두려움이 많았다. 공부하고 싶어도 나쁜 감정이 있다 보니 지겨워 금방 그만뒀다. 조금만 더 참으면 더 좋은 결과 나온다는 생각까지 하지 못했다. 중학교 시험 기간 다가오면 선생님이 책에 밑줄을 치면 이 부분 꼭 시험에 나온다고 말했다. 나는 그 말을 듣고 집에 가서 꼭 공부해야지 다짐한다. 집에 가서는 마음을 바꿔 공부하지 않았다. 다음날 시험 치면 점수가 좋지 않았다.

"천재는 99퍼센트의 노력과 1퍼센트의 영감으로 만들어진다."
라는 에디슨의 말처럼 성공은 재능보다도 착실한 노력과 땀을 흘
리는 과정에서 얻어진다. 순간순간 닥쳐오는 상황에 흔들리지 말
고, 어떤 일이 일어나도 굽히지 말고 부단히 앞을 향해 나아가야
가야 한다. 가는 길이 예상하지 못한 변수가 생기더라도 당황하지
말고 끈기 있게 그 길을 가야 한다.

5

노력이 능력이다

황성유

어릴 때 철봉 놀이를 좋아했다. 별명이 원숭이였다. 체구는 작은데 체육 시간에 시범을 보일 정도로 널뛰기도 잘했다. 몸 쓰는 운동이 좋았다. 내 한계는 어디까지인지 시험해 보는 걸 좋아했다. 달리기로 '운동장 10바퀴 돌자' 다짐하고 시도했다. 또래 남자애들과 축구시합을 할 때도 있었다. 춤 잘 춘다고 선생님께 칭찬받았다. 아버지의 폭력과 폭언으로 무력했던 환경에서 우울한 기분을 잠시 잊을 수 있었다. 고등학교 때 3교대로 일하며 받는 스트레스가 컸다. 롤러스케이트장에서 신나는 음악을 들으며 트랙을 돌다 보면 들뜬 기분이 들어 좋았다. 디제이 춤 모습 보고 잠 안 자며 연습하였다. 수학여행 때 장기 자랑에도 나가기도 했다. 뭔가 꽂히면 될 때까지 연습하고 연습하는 노력파였다. 힘들고 어려운 환경에서 재미를 찾아 우울한 감정에서 벗어나려 했다. 자신감 넘치는 나로 살고 싶었다.

내 자존심을 삶의 무기라 생각하고 자존심 지키려 무던히 노력했다. 사람들에게 아쉬운 부탁하기 싫었다. 결심하면 실행에 옮기려 노력했다. 옆에서 지켜본 지인들은 끝까지 하는 책임감이 있다고 했다. 결심하고 시작하면 끝까지 해내는 기질로 만들려고 노력했다. '몸부림 없이 걸작품이 나오지 않는다'라는 말씀을 마음에 새겨 실천하는 데 최선을 다했다. 나 자신을 명품으로 만들고 싶었다. 자존심을 지키는 게 옳다고 생각했는데 잘못된 생각이었다. 자존심과 자존감은 반대의 뜻이라는 거를 알고부터다. 낮은 자존감인 사람은 자존심이 높다고 한다. 자존심을 지키려 했을 때 나를 존중하지 않고 무력으로 질책하며 끌고 가려 했다. 그러니 실천하면서도 행복을 느낄 수 없었다. 지금은 자존감을 높이려고 내 의사를 물어보며 배려하며 노력하고 있다.

모든 행동에는 장단점이 있다. 열심히 노력한 것은 좋지만 약한 체력이 문제였다. 인생 주인공은 나인데 내 몸과 마음을 돌보지 않았다. 꾸역꾸역 참고하는 인내만 집중했다. 스트레스를 받는 상황에 나를 보호할 줄 몰랐다. 자신에 대한 무지였다. 감사하게 수술하면서 나에 대해 돌아보는 전환점을 갖게 되었다.

어떤 하나에 꽂히면 해소해야 마음이 편하다. 호기심은 다양한 것을 시도하게 한다. 달리기, 축구, 배구, 탁구, 야구, 스키, 수영, 헬스, 등산, 피아노, 리코더, 꽃꽂이, 성악 등 여러 가지를 배웠다. 마음에 끌려야 한다. 사람 사귀는 것도 마찬가지다. 대쪽 같은 성격은 아니면 끝까지 아니라고 고집하는 데 치중했다. 지금은 유연한 관계를 갖는 데 노력한다.

겸손을 미덕으로 생각했었다. 지금은 자기 자랑하는 시대다. 인터넷 발달로 좋은 정보들이 많다. 자기 역량을 넓히려고 강점 검사를 했다. 1. 지적 사고(Intellection) 테마 2. 배움(Learner) 테마 3. 수집(Input) 테마 4. 개별화(Individualization) 테마 5. 복구 (Restorative) 테마이다. 생소한 문구였지만 구체적인 해석 내용을 보니 공감되는 내용이 많았다. 내가 아는 나를 더 자세히 설명해 주는 게 신기했다. 강점은 쓰는 만큼 발휘된다고 한다. 강점대로 살지 않으면 환경에서 에너지 소진이 많다고 한다. 왕성한 지적 활동, 내적 성찰을 하는 게 기쁘고 즐겁다. 독서할 때도 마찬가지다. 나를 훈련으로 온전한 인격체를 가지는 훈련을 좋아한다. 돈보다 나 자신 만들기에 주요시했다. 돈은 있다가 없고 없다가 있겠지만 나를 만들면 뺏어 갈 수 없다고 생각했다. '자기 만들기 프로젝트'

를 중심 삼고 살았다.

　전환점을 가진 수술 후 비난, 자책, 통제, 깡다구로 버틴 과거를 돌아보기 시작했다. 중학교 때 수학과 도덕 시간이 좋았다. 영어 선생님은 회초리로 교육하는 게 무섭고 싫었다. 사람이 좋으면 과목도 좋아지는 성향이 컸다. 타고난 대로 살려는 건 기질이라 한다. 환경 따라 변하는 게 성격이다. 기질은 변하지 않지만, 성격은 환경 따라 변할 수 있다고 한다. 상담 공부를 하고 집단 상담과 개인 상담 경험은 거울 보듯 나를 마주 보는 시간이 많았다. 묻어 두었던 기억을 끄집어내는 과정은 힘들었다. 그렇지만 성찰하고 깨닫는 게 많을수록 견디는 힘도 커졌다. 굳어있던 생각과 마음이 풀리기 시작했다. 감정을 느끼려 노력할수록 경직된 얼굴과 몸을 자각하게 되었다. 편안한 호흡이 어떤 건지 경험하였다. 긴장과 불안을 알아차리며 좋아졌다. 수시로 복식 호흡으로 풀고 있다. 약점은 강점을 상쇄하게 하는 경험이 되었다. 강점을 명료하게 알고 성공 경험이 많을수록 자신감이 생겼다.

　하고자 마음먹은 대로 노력한다고 했는데 수술 전 표현하지 않고 살아온 게 병의 원인이었다. 전에는 사소한 말 한마디로 상처받고 싶지 않아 표현하지 않았다. 철저하게 사람들과 관계에서 차단하려 했다. 부족한 내 행동으로 안 좋게 보이고 싶지 않았다. 상담 공부로 좋은 생각 하게 되었다. 오래 묵은 불안과 두려움은 인간관계에 영향이 컸다. 사람들과 거리 두며 살려 했다. 관계 단절은 높은 스트레스가 된다는 통계가 있다. 어떻게든 관계를 회피하는 게 상책이라 믿었던 내 생각이 깨졌다.

야간대학교를 입학하며 컴퓨터를 구매했다. 잘 아는 동생이 가르쳐 주겠다고 했지만 거절했다. 배울만한 체력이 안 되니 호기심보다 스트레스가 컸다. 과제 때문에 컴퓨터 프로그램을 배워야 했다. 먹고사는 문제로 컴퓨터 앞에서 살다시피 했다. 일자 목, 만성피로, 탈진으로 이어졌다. 올바른 자세의 소중함을 아는 계기가 되었다. 몸의 장기가 멀쩡해도 고통을 호소할 수 있구나 싶었다. 아픔을 겪어보니 컴퓨터 하는 사람 있으면 말리고 싶어질 정도였다. 보이지 않지만, 몸이 망가지는 지름길이라 생각했다. 여러 병원에 다니며 치료하며 보내는 데도 나아지지 않았다. 나 자신을 돌보려는 노력을 배제하고 살았다. 아픈 곳을 치료하는데 시간과 비용이 많이 들었다. 추나요법, 한약 등 여러 가지 시도했다. 건강에 관한 책을 보면서도 원인에 대해 찾지 않았다. 성취감으로 살기 급급했다. 다른 사람의 사랑과 인정을 받고 싶었다. 우선순위를 잘못 두었다. 나부터 관심, 사랑, 인정, 배려하는 거였다. 약한 체력으로 이루기 힘든 욕심이었다. 어릴 때 받은 학대를 나에게 적용하고 있었다. 나부터 우선순위를 두고 실천하려 노력 중이다. 나를 비난하지 않고 있는 그대로 수용하려 한다. 자연스러운 모습으로 편안히 지내려 한다. 무리하게 운동하지 않으려 한다. 생체리듬에 맞게 잘 때자고 영양가 있는 음식과 영양제로 챙기려 노력하고 있다.

　나를 우선으로 정하고 시도한 건 기록하기다. 나와 타인의 비난받고 평가받는 게 두려웠다. 글쓰기 또한 쉽지 않았다. 나에게 인색했다. 내 노력을 인정해 주지 않았다. 완벽주의와 높은 기대로 칭찬과 격려할 줄 몰랐다. 지금은 부족한 나를 수용하려고 한다. 사람들 모인 곳에서 불안을 알아차리고 경직된 몸과 마음을 편히 하려 한다. 사랑과 인정 욕구에 대한 결핍을 다른 사람들에게 채우려 했다는 걸 자각했다. 나에 대해 집중하고 배려하고 존중하기다. 무의식적 회피로 인해 몸과 마음이 따로 놀았다. 나를 칭찬해 주고 격려해 주는 데 초점을 두고 기록한다. 자만한 마음을 알아차리고 비우기 위해 글 쓴다. 사람들과 독서를 통해 소통하기 위해 공부를 한다. 나와 다른 사람을 통제하지 않으려 한다. 감정을 알아차리고 수용하는데 글쓰기가 좋다. 나를 수용해야 타인을 수용하는 게 편하게 사는 방법이란 걸 알았다. 잊지 않으려고 기록한다.

6

영포자 엄마의
자신감 5 구조

김수옥

입시만을 위해 배웠던 영어. 영어와의 거리가 좁혀지지 않았다. 영어에 대한 미련이 남아있다. 영어 공부 모임에 참여했다. 6년 만에 다시 하는 영어 공부. 설레고 기대된다. 영어 원서 동화를 각자 순서에 따라 정해진 분량만큼 읽고 해석해 나간다. 지인들과 함께 하는 수업이라지만 쑥스럽다. 내 순서다. 읽기와 해석이 서툰 나를 보고 함께 한 동생 선영이가 한숨을 쉬면서 물었다.

"언니! 영어 문장 5구조는 알고 있죠?"

순간 멍했다. '내가 이렇게 모르나?' 당황스러웠지만 참았다.

"언니! 제가 공무원 공부할 때 봤던 영어 사이트 지금 보냈거든요? 그거 보면 도움 되실 거예요!"

한술 더 뜬다. 같이 있던 동생 주영이의 표정이 어둡다. 난처했다. 서로 잘해 보자 시작한 모임의 분위기가 일순간 찬물을 끼얹은듯했다. 나를 대하는 선영의 태도가 마음에 걸렸다. 불쾌했다.

스무 살에 친구 민주와 유럽으로 배낭여행을 떠났다. 유럽에서의 한 달. 내 생에 첫 해외여행이었다. 그때까지 외국인과 말 한번 섞어본 적 없는 나. 유럽에 도착한 첫날 처음 보는 광경에 눈이 휘둥그레졌다. 시선을 어디에 둬야 할지 어리둥절했다. 누구라도 붙잡고 물어봐야 하는데 '알아야 면장을 해 먹지. 휴⋯⋯.' 학교 다닐 때 배운 문법은 현실에서 도움이 되지 않았다. 고역이었다. 큰일 났다. 어찌 되었든 유럽여행을 왔으니 부딪혀야 했다. 콩글리시든, 손짓, 발짓을 해서라도 내가 할 수 있는 선까지 해야 했다. 지금 생각하면 영어 실력은 바닥이었지만 배짱 하나는 두둑했었다.

"Excuse me. How can I⋯⋯ Where is⋯⋯"

사실 내가 하고 싶은 말은 '실례합니다. 여기 지도에 보이는 유스호스텔을 가려면 어느 방향으로 가야 합니까?'이었다. 말이 입안에서 뒤엉켰다. 다행히 귀 기울여 듣고, 친절하게 알려주는 현지인들 덕분에 목적지까지 찾아다니며 여행을 무사히 마칠 수 있었다. 유럽여행은 영어에 대한 자신감뿐 아니라 시야를 넓힐 수 있는 시작이었다.

유럽여행에서 돌아오자마자 야심차게 영어 회화 새벽반에 등록했다. 잘할 수 있을 것 같았다. 의욕만큼 쉽지 않았다. '내가 무슨 영어를 해' 금방 시들해졌고, 흐지부지됐다. 사실 한국에서 영어를 하지 못해도 크게 불편함이 없으니 의욕 너머로 영어는 미뤄 두었다.

율이와 훈이가 초등학교에 입학했다. 아이들 영어에 깊이 관심을 가져야 했다. 여기저기 영어를 알아보던 중, 친구의 소개로 필리핀 원어민 선생님과 수업할 기회가 생겼다. 딸과 아들의 반응은 시큰둥했다. 아이들과 영어를 두고 팽팽하게 맞섰다.

"딸, 아들! 모르니까 하나씩 배우면 되는 거야. 그래야 나중에 외국인과 말도 하고 해외에서 공부도 할 수 있는 거야."

소용없었다. 나도 이런데 애들은 오죽할까. 그 마음 이해할 수 있을 것 같았다. 몇 날 며칠. 아이들을 달래고 얼렀다. 돌발 상황은 어디서나 발생한다. 어르고 달래 겨우 영어 수업을 받기로 한 날. 둘째 훈이의 반란이 터지고 말았다. 설득은커녕 꼼짝하지 않는다. 결국, 내가 율이와 함께 수업을 들어야 했다. 율이 30분, 나 30분. 이렇게 총 한 시간이었다. 예기치 못한 상황과 아들 대신 들어야 했던 영어 수업. 20년 전 유럽 배낭여행 때가 떠올랐다. 내 차례를 기다리며 아는 영어를 끌어 모으며 혼자 중얼거렸다. 수업 시작. 5분 만에 내 머릿속이 고장 난 듯 하얘졌다.

"Mrs. Kim! It's Ok. No Problem!"

노트북 앞에서 공황상태가 된 나를 필리핀 선생님이 연신 격려한다. 수업 30분이 세 시간 같았다. 노트북을 덮으며 나도 모르게 긴 한숨을 내쉬었다. 아무렇지도 않은 척 방문을 열고 나오는데 딸의 말에 한방 얻어맞았다. "엄마! 영어 진짜 못하더라." 부끄러웠다. 그러나 당당하게 말을 이어갔다.

"그래 맞아. 엄마 영어 못해. 근데 말이야 율이야! 그래도 엄만 씩씩하게 도전하잖아."

사실 발가벗겨진 기분이었다. 한편으론 다 까발려진 것이 오히려 홀가분하기도 했다. 편안한 마음으로 해도 되겠다 싶었다. 까짓 것 한번 해 보지 뭐. 또다시 용기가 생겼다. 한 달, 두 달, 6개월, 1년. 영어에 재미를 느끼게 되었다. 빨래할 때도, 밥을 하다가도 앞치마 맨 채, 막내 현이가 들어와 안아달라고 칭얼거릴 때도 아이를 안고 그대로 수업에 참여했다. 수업 시간에 원어민 선생님에게 질문하다 보면 어떤 날은 하나의 단어로 30분을 다 채우는 날도 있었다. 준비된 교재가 있었지만 그런 건 상관없었다. 지금 내가 궁금한 걸 질문하고 바로바로 영어 설명으로도 알아간다는 것이 신났다. 어색한 나의 발음에도 찰떡같이 알아듣고 이끌어주는 선생님 덕분에도 매번 더 긍정적으로 참여할 수 있었다. 꾸준하게 반복하고 연습한 시간이 쌓이니 조금씩 귀가 열렸다. 가끔 미국 영화의 대화가 들리기도 했다. 언어의 흐름을 이해할 수 있다는 것도 신기하고 반가웠다. 아이들 때문에 대신 참여하게 된 영어 수업. 나의 영어 실력에 도움이 되고, 아이들에게 꾸준한 엄마의 모습을 보여주려고 했던 의도 덕분에 자신감이 생겼다. 영어에 자신감이 붙은 나는 가족들과 해외여행을 갈 때 가이드 없이 자유여행을 갈 수도 있었다. 20년 전 배낭여행 때를 생각해 보면 놀라운 변화였다. 2년 가까이 필리핀 영어 수업을 지속했다. 아쉽지만 각자의 사정으로 마무리해야 했다. 흐름을 놓치고 싶지 않아 틈틈이 단어를 외우고, 문장을 만들어 말하며 영어 공부를 했다. 혼자 할수록 함께 하던 영어가 아쉬웠다. 마침, 동네 동생이 영어 공부 모임을 제안했다. 반가웠다. 모임 안에 전공자가 도와준다니 기대도 컸다. 그런데 모임은 예상했던 방향과 전혀 달랐고 다시 영어 공부를 혼자 하게 됐다.

여전히 영어가 어렵고 서툴다. 게다가 문법은 점점 더 헤맨다. 그럼에도 얼마 전 외국인이 다가와 도움 요청했을 때 서툴지만 적극적으로 알려 주었다. 잠시 짧은 대화도 나누었다. 캐나다에서 왔고, 영어 선생님이고, 근처 영어 마을을 찾고 있었다. 영어 문장 5구조는 완벽하게 소화하지 못했지만 당당한 자신감은 스스로 칭찬하고 싶었다.

능력은 새로운 것을 개발하는 데만 있는 것이 아니라 기존에 있는 것을 내 색깔로 창조하여 끊임없이 공부하고 연구하는 것이 아닐까 생각한다. 영어 문장 5구 때문에 잠시 속상했지만 나는 나만의 방식으로 영어 공부를 지속하려 한다. 영어 모임에서 끝내지 못한 독해 책도 마무리하고 꾸준히 단어 외우기와 문장 만들기도 잊지 않고 하려 한다. 회화도 다시 하기로 했다.

오늘도 힘차게 나만의 자신감 5 구조를 향해 실행을 멈추지 않는다.

7

밥만 할 줄 알았더니
씽크와이즈 강사가 되다

김동아

작년 12월 어린이집 코로나 확진자 때문에 밀접 접촉자로 분류됐다. 지우가 어려서 보호자도 같이 자가 격리를 했다. 하루는 지우가 줄넘기를 나에게 가지고 왔다. 자기 키보다 훨씬 긴 줄넘기. 줄이 길어서 어찌할 줄 몰라했다. 먼저 내가 시범을 보였다. 줄넘기를 천천히 넘기며 발아래로 줄을 건너뛰는 모습을 가르쳐주었다. 또래보다 키가 작은 지우. 긴 줄넘기를 감당하기엔 힘이 들었나 보다. 자기 마음대로 될 리 없었다. "나, 이거 안 해, 호기할래!" 지우는 포기를 호기라고 부른다. 그 모습이 어찌나 귀여운지 한바탕 웃었다. 그 맘도 몰라주는 엄마 때문에 더 화가 났다.

"나 이거 안 할 거야! 갖다 버려!"

"우리 지우 속상했나 보네. 근데 지우야 처음은 다 그런 거야. 처음부터 잘하는 사람은 없어. 엄마도 처음에는 못했어. 네가 아는 언니들도 처음에는 서툴렀어. 한 번 넘고 두 번 넘고 연습을 계속했더니 잘하게 된 거야. 지우야 생각해 봐. 지우가 지금은 서서 그네를 잘 타잖아. 근데 처음부터 잘 탔어?"

"아니! 처음에는 앉아만 탔어. 서서 타는 게 무서웠거든!"

"지금은?"

"지금은 잘 타. 이제는 무섭지도 않아."

"왜 그렇게 된 것 같아? 처음엔 엄마가 밀어주고 다음엔 지우가 한번 타고 두 번 타고 계속 연습했잖아. 그래서 잘 타게 된 거지? 그것처럼 줄넘기도 마찬가지야. 한 번 넘고 두 번 넘고 계속 연습하다 보면 잘하게 돼."

비비 샘과 줌을 통해 소통하다가 줄을 잘라 주라는 말을 듣고 줄을 잘라 주었다. 지우 키에 맞게. 그러니 넘는 게 수월해졌다. "엄마 이거 봐~여기 와 봐!" 하며 부른다. 안방에서 부르는 지우를 봤다. 혼자 연습을 얼마나 했는지 제법 잘한다. 줄넘기를 넘을 때마다 지우의 자신감도 올라간다.

"엄마 봤어? 나 줄넘기 잘하지?"

자신감에 찬 지우의 목소리가 상기됐다.

"우와! 너무 잘한다. 우와! 하나~둘. 셋."

줄에 걸렸다. 다시 셋 하며 줄을 넘는 지우를 보며 나 또한 목소리가 점점 높아진다.

"잘한다. 지우야. 우리 지우 최고야! 넷…. 90, 91, 92, 92, 93, 94… 99 100!! 우와! 100까지 했어? 지우야 너 참 대단하다. 친구 중에 이렇게 100까지 하는 애는 드물걸. 우리 지우 정말 멋지다."

엄지손을 치켜세우며 칭찬했다. 자기가 자랑스러운지 줄넘기를 던지며 내게 달려와 와락 안긴다. 자기 얼굴을 내 얼굴에 갖다 대며 연신 비벼댄다.

"엄마, 나 대단하지? 미안해. 호기한다고 말해서."

"아니야 지우야. 너는 뭐든지 잘할 수 있는 아이야! 넌 특별해! 나의 보물! 세상에서 가장 빛나는 보물이야. 너무 눈이 부셔서 눈을 못 뜨겠는데? 하하하. 지우야 앞으로도 이런 일이 많이 있을 거야 그럴 때마다, 그네와 줄넘기를 생각해. 안 되면 될 때까지 연습하는 거야. 처음부터 잘하는 사람은 없어."

태어나면서부터 잘하는 사람은 천재 빼고는 거의 없다. 김연아가 아이스링크 위에서 트리플 액셀을 성공시키는 멋진 모습은 수많은 실패와 연습을 통해 일궈낸 결과물이다. 박세리가 연못에 빠진 샷을 살려내는 유명한 플레이도 어렸을 때부터 맹연습하고 혼자서 미국 생활하면서 슬럼프를 이겨 내며 연습한 결과들이다. 지금의 김연아와 박세리가 빛나는 이유이다

2020년 공부할 것도 많고, 생각 정리가 안 돼서 찾은 도구가 씽크와이즈다. 최서연 작가님의 만남이 여기서 시작됐다. 서연 선배님의 씽크와이즈 독서 마인드맵 강의 결제를 했다. 녹화된 강의 영상을 여러 번 멈춰가며 배웠다. 그리고 또 다른 오픈 카카오 방의 씽크와이즈 강의를 듣고 "아~이런 거였어?" 깨달음이 왔었다. 그 시기에 경북 대구지점 오픈 프로모션으로 강사과정이 30% 할인했다. 절호의 기회였다. 서연 선배님께 물었다. 어떤 걸 배우면 좋겠냐고? 서연 선배님은 PQ 과정 들으면 강사과정이 듣고 싶을 거라고 했다. 저는 강사과정 추천한다고 나중을 생각해서라도 강사과정이라고 친절하게 대답해 줘서 강사과정을 듣고 강사 자격증을 땄다. 두 번 들은 상태에서는 교육과정이 어려웠다. 18시간 이틀 과정을 들었다. 거꾸로 담날 입문 과정을 들었다. 강사과정에서 알쏭달쏭했던 부분이 인문과정에서는 쉽게 이해가 됐다. 이런 부분에서 이렇게 설명해 줘야겠다는 인사이트도 얻었다. 오픈 카카오 방의 씽크와이즈 특강을 위해 특훈도 여러 번 했다. 나의 취약점을 알았다. 물어보지 않고 강의만 하는 나의 잘못된 점을 알고 나서 바로 고쳤다. 다른 모임에서 무료특강도 하면서 씽크와이즈 강의 실력을 늘려갔다. 우여곡절 끝에 씽크와이즈 강의를 200명 가까운 사람들 앞에서 했다. 많이 떨렸다. 줌 스피커에 떨리는 내 목소리에 내가 더 긴장했다. 한 사람도 놓치지 않고 끌고 가려는 나의 강의가 보는 사람들의 마음을 움직였나 보다. 후기에 써진 말 한마디가 나를 울렸다. 강연은 저렇게 하는 거라며 진정성이 보여서 감동하였다는 후기였다. 수강자들의 질문에 하나하나 답변하는 사이에 내 실력은 더 쌓여갔다. 다른 사람에게 뭔가를 가르치다 보니 자신감도 생기고, 더불어 뿌듯한 마음에 자존감까지 더해졌다. 안 되면 될 때까지 연습하는 지우를 보면서 예전의 나를 떠 올려본다. 될 때까지 연습하고 훈련하는 습관! 다른 사람 도와주고 가르쳐주면서 확실하게 키울 수 있다.

가르치는 일에는 세 가지 좋은 점이 있다.

첫째, 공부하게 된다. 자기만 알기 위해 하는 공부보다 훨씬 깊이 있게 제대로 학습할 수 있다.

둘째, 자신감 빵빵해진다. 내 말에 귀를 기울이는 사람들을 보면서 하나라도 더 알려주고 싶다는 생각에 용기도 생긴다.

셋째, 자존감 치솟는다. 나한테도 누군가를 도울 힘이 있구나. 나에게도 다른 사람 가르칠 만한 능력이 있었구나. 더할 나위 없다.

이 글을 읽는 독자도 자신의 분야에서 혹은 새로운 도전에서 성과를 내고 싶다면, 먼저 주변 사람 돕고 가르치는 일부터 먼저 해 보라고 권하고 싶다.

8

인생은 마라톤이다

김경희

사람은 누구나 작은 사회 속에서 살아간다. 각자 자신의 자리에서 그 역할에 맞는 일들을 하면서 살아가는 것처럼 나 또한 그렇게 걸어왔다. 결과에만 집중했고 과정은 무시했다. 원하는 일다 이루지 못했다. 새벽 기상과 책 쓰기 수업을 통해 잃어버린 나를 찾았고 자신감도 생겼다. 지금이 내 인생을 바꿔 줄 기회라는 것도 알게 되었다. 오십이 되어서야 깨닫게 된 사실만으로도 감사할 따름이다. 완벽하진 않지만, 나의 경험을 토대로 한 걸음씩 나아가 보려 한다.

경북 산내에서 태어나 세 번의 이사를 했다. 초등학교 2학년

말 아버지 고향 경주에서 연고지 없는 범서로. 5학년 말쯤 엄마 고향 반천으로 이사했다. 친구들을 오래 사귈 수 없었다. 그나마 다행인 건 가는 곳마다 나를 따르던 친구가 한 명씩은 있었다. 나와 친구는 산과 들로 뛰어다니며 동네가 떠들썩할 정도로 놀이에 빠져 살았다. 중고등학교 시절도 초등학교와 다르지 않았다. 공부와 담을 쌓고 살았다. 친구들이 좋았고 노는 게 좋았다. 처음 새벽 기상을 하고 책을 펼쳤을 땐 눈꺼풀이 내려와서 책상에서 졸기도 했다. 잠시 누웠다 일어나야지 했지만 잠들어버렸다. 평생 공부라곤 해 본 적 없던 내가 오십이 되어서 하려니 몸이 적응을 못 하는 거다. 학창 시절에 지금처럼 공부했더라면 서울대는 아니어도 서울에 있는 대학교는 가지 않았을까. 과거를 떠올리며 후회도 반성도 많이 했다. 내가 만약 스무 살에 책을 만나고 공부했더라면 어땠을까. 내 인생은 또 달라졌을 것이다. 어찌할 수 없는 시간을 되돌리고도 싶었지만, 그것 또한 나의 한 부분임을 인정하기로 했다. 그 또한 나의 또 다른 내 모습일 테니까.

스무 살 졸업 후 곧바로 사회생활을 했다. 그 당시엔 대학을 가지 않고 취직하는 친구들이 많아서였을까? 나 또한 자연스럽게 취직했다. 누구나 들으면 다 아는 롯데제과에 입사했다. 난생처음 회사에 갔고 생산직에 있다 보니 모든 게 서툴렀다. 교대 근무도 했다. 문제는 잠이었다. 평소 잠이 많던 난 출퇴근 통근 버스에서 머리를 박아가며 1년을 버텨냈다. 겨우 1년을 다니고 퇴사했다. 아마 이때부터다. 몸으로 이겨 낸다는 게 얼마나 힘든 건지를 몸소 체험했다. 정신적인 고통 못지않게 육체노동이 힘들다는 걸 스무 살에 알게 됐다. 어느 곳 취직해도 야근만 아니면 다 버텨냈다. 혹독한 첫 직장의 경험 덕분이다.

퇴근 후 집에 오면 두 아들의 열렬한 환영의 인사를 받는다. "엄마 고생했어요. 오늘은 별일 없었어요?" "응" 언제부터인가 직장에서 일어난 일을 말하기가 조심스럽다. 두 아들이 힘들어하는 모습을 보고 나서였다. 일 얘기하지 않기로 다짐했다. 미국 갔던 둘째가 오고 나서 처음엔 서먹서먹했었다. 서로 적응한다고 그랬을까. 요즘은 퇴근 후 집에 오면 두 녀석의 장난 때문에 웃음이 끊이질 않는다. 다름 아닌 코잡기 놀이하며 저녁 시간을 보낸다. 먼저 코 잡는 사람이 혼쭐이 난다. 그 덕분에 큰 놈은 아예 마스크를 하고 나는 코를 잡고 집안을 돌아다닌다. 다른 사람이 들었을 땐 뭐가 재미있냐고 할 수도 있지만 나름 우리 집 놀이 중 하나다. 아무려면 어떠하랴. 즐거우면 그만이다. 하루는 큰 놈 은호가 밥을 차려놓고 나를 불렀다. "엄마 글 쓰느라 정신없을 텐데 제가 차려준 밥 드시고 글 쓰러 가세요." 순간 울컥했다. 어느새 철이 들어 지금은 엄마를 챙기는 효자 노릇을 한다. 내가 해 준 것도 없는데, 아들이 차려준 밥상을 받으니 미안하기도 하고 내가 이렇게 대접받아도 되나 싶은 생각이 들었다. "아들 고마워. 잘 먹을게." 차마 사랑한다는 말은 쑥스러워 입안에서만 맴돈다. 그래서 요즘은 살맛이 난다. 글을 쓰면서부터인지 두 아들의 응원 덕분인지 바닥을 치던 자존감이 올라가기 시작했다. 책상에 앉아 있는 엄마를 위해 집안일을 도맡아 하는 둘째 민호와 같이 집안일을 거드는 은호가 내겐 더없이 큰 힘이 된다. 덕분에 글을 쓸 수 있는 환경이 되어 더 집중할 수 있었다. 뭐부터 써야 할까. 어떻게 써야하나 두렵고 막막하지만, 그냥 키보드 두들긴다. 과거의 기억에 갇혀서 옴짝달싹 못 하던 나는 이제 없다. 어제보다 나은 내일을 위해 오늘에 집중하기로 했다.

지금도 빚을 갚고 있다. 하지만 내가 살아있고 건강이 허락하는 한 두려울 게 없다. 시련과 역경 속에서 포기하지 않고 견뎌냈던 것이 한몫했다. 지금 나는 자기 계발에 매진 중이다. 하고 싶은 게 많아서 여기저기 기웃거리다 이제는 한곳에 정착했다. 글쓰기 코치를 알게 되어 글쓰기에 푹 빠져 있다. 잘 쓰지 못하는 글이라도 쓸 때만큼은 세상 누구 부럽지 않다. 독서도 마찬가지다. 매일 아침 버스에서 책 읽는 재미를 경험해 보지 않은 사람은 모른다. 버스에서 책을 읽던 어느 날이었다. 건너편 자리에서 다소곳이 앉아 긴 파마머리를 늘어뜨린 미모의 여인이 책을 읽고 있다. 순간 인사를 하고 싶었지만, 독서에 방해가 될까 봐 그만두었다. 매일 버스에 오르면 나와 같이 독서를 한다. 아침 출근길 버스, 입가에 미소가 떠나질 않는다. 매일 아침 버스 기사에게 인사를 건넨다. 왜 이런 삶을 예전엔 몰랐을까? 지금이라도 알게 되어서 다행이다. 그저 하루하루가 감사한 날의 연속이다. 이렇듯 소소한 일상이 행복임을 오십에서야 깨달았다. 건강하다. 혼자 힘으로 병원 갈 수 있다. 감사한 인생이다. 살아보니 알겠다. 행복이 무엇인지를. 현재 내게 주어진 것, 가족과 지인, 나를 아는 사람들과 같이 울고 웃고 살아간다는 사실 하나만으로도 행복이라고 생각한다. 가진 게 많아서도 아니다. 높은 자리에 있어서도 아니다. 이제야 알게 됐다. 책을 만나고 글을 쓰기 시작하면서 달리 보인다. 내가 어떤 시각으로 보고 느끼는지 어떤 말을 하는지 따라 내 인생이 달라진다. 몸소 느끼는 요즘이다. 장점보다 단점을 들추어내어 자책하기 바빴던 지난날이었다. 남들 앞에 나서기를 죽기보다 싫어했고 소심했다. 그런 내 모습이 싫어서 자책도 했다. 아직도 부족하다. 하지만 비겁하게 뒤로 숨지는 않는다. 당당하게 나의 의견을 말할 수 있는 사람으로 다시 태어나고 있다. 오늘 충실함에 감사하다. 현재에 만족하며 지금 내가 할 수 있는 일에 집중하는 삶. 그것이 내가 그토록 찾아 헤매던 인생이었다. 남에게 폐 끼치지 않고 법에 어긋나지 않는다면 어떤 일이든 도전하며 살아가려 한다. 1년 후, 5년 후, 10년 후, 나 자신에게 부끄럽지 않기 위해 오늘도 나는 책상에 앉아 노트북을 펼친다.

9

꾸준한 반복과 연습,
능력이 쌓인다

김미예

43년 전, 일곱 살이 되던 해부터 농사일을 거들었다. 키도 작고, 한참 응석 부릴 때다. 엄마 치맛자락 붙잡고 나가 놀자 할 나이. 우리 집은 통하지 않았다. 새벽같이 일어나야 했다. 아버지 따라다니며 거들지 않으면 그날 내 몫의 밥은 없었다.

초등학교 1학년 때. 우리 동네 또래 남자애 집에 처음으로 흑백 TV가 들어왔다. 신기한 물건 들어왔다며 동네 사람들은 너 나 할 것 없이 그 집으로 몰려들었다.

나는 아버지 일 도와드려야 하니 가지 못했다. 일은 하지만 나만 끼지 못해 혼자 속으로 씩씩거리곤 했다. 그때부터였나 보다. 깡으로 버텼다. 아이들이 놀 때 나는 아버지 일을 도왔고, 응석 부릴 때 내 일을 혼자서도 척척해내는 아이가 되었다. 하도 억척스럽게 이리저리 휘젓고 다니니 동네 어른들은 "조그만 게 일도 잘하네. 이쁘다. 네 아버지 일 잘 도와드려야 하는 기라." 칭찬도 해 주시고 머리도 쓰다듬어 주고, 어깨를 두드려 주곤 하셨다. 어른들의 칭찬에 기가 살았다. 인정받으니 더 잘하고 싶었다. 내가 맡은 일은 무슨 일이 있어도 해냈고, 언니 오빠들 몫까지 더 거들었다. 아버지 옆에서 일을 익히니 언니 오빠들보다 더 잘한다는 칭찬을 들었다. 자신감이 점점 올라갔다.

안 할 거면 시작을 말고 할 거라면 끝까지 해내야 한다고 아버지는 늘 말씀하셨다. 직접 행동으로 보여주셨다. 농사 일지를 쓰셨고, 특용작물을 키워내기 위해 관련 서적을 읽으셨다. 또 농협 협동조합에 가서 공부하고 연구하셨다. 꾸준하게 반복하고, 연습하고, 길러내셨다. 덕분에 동네에서 농사 박사로 불렸다. 아버지께 의지하고 도움 청하는 이웃 사람들이 많아졌다.

2004년 8월. 한 달 월급 이백만 원에서 오백만 원까지 벌 수 있다는 지인의 말에 영업회사에 입사했다. 사무실 안은 헤드폰을 낀 사람들로 꽉 차 있었다. 해피콜 서비스센터 느낌에 주눅 들었다. 모든 것이 낯설고 어색했다. 자리 배정을 받았다. 내 자리에는 컴퓨터와 텔레마케터의 스크립트, 헤드셋이 준비되어 있었다. 자리에 앉아 보았다. 시작도 하기 전에 떨렸다. 우선 선배들이 일하는 모습을 관찰했다. 무슨 말을 하는지 도통 알아들을 수가 없다. 내 귀에는 "사장님, 회원가입하시면……." 그저 가입하라는 말 외에는 들리지 않았다. 첫날이니 회사 홈페이지를 살펴보라 하였다. 설명해 줄 줄 알았는데 혼자 보란다. 이리저리 검색 버튼만 열심히 눌러보았다. 뭐라는 건지 알 길이 없다. 답답하고 재미없었다. 옆에 앉은 선배의 모니터 화면을 보았다. 나와 달랐다. '뭐지? 나도 전화를 하게 되면 저런 화면으로 바뀔까?' 궁금해서 물어보았다. 선배는 "김 대리도 곧 알게 될 거야." 컴퓨터 화면을 보는 척하고 그 선배의 일하는 스타일을 곁눈질로 슬쩍슬쩍 살펴봤다. 경력이 꽤 되는 듯 능수능란하게 고객을 다뤘다. 귀 열고 계속 들으니 나도 해 볼 수 있겠다 싶었다. "팀장님! 저도 해 보고 싶어요. 어떻게 하면 되나요? 저 빨리 배워야 하거든요." 사람들이 일제히 나를 쳐다보았다. 팀장은 서류철 하나를 내게 내밀었다. "자, 지금부터 해봐. 옆에 선배들 하는 건 들었지?" 내 등을 두드려 주며 자신의 자리로 돌아가는 게 아닌가. 멀어진 팀장의 뒷모습과 서류철만 바라보았다. 어쩔 수 없이 혼자 시도해 봐야 했다. 첫 고객에게 전화를 걸었다. 전화를 받은 고객에게 떨리는 마음으로 "안녕하세요. 사장님! B 사 고객센터입니다." "그런데요?" "저희 B 사 상품 가입해서 이용해 보시라고 전화드렸습니다." "뭐라는 거야. 됐어요!" 상대가 전화를 끊었다. 당황스러웠다. 숨을 몰아쉬고 다시 전화기를 들어 번호를 눌렀다. '제발 받지 마, 받지 마!' 속으로 빌었다. "여보세요." 이런 젠장! "아! 저기 여기는……." 말문이 막혔다. 쥐구멍이 있으면 들어가 숨고 싶었다. 이러다간 계약은커녕 돈도 받지 못하고 쫓겨날까 두려웠다. 애꿎은 컴퓨터와 전화기만 노려보았다. 성급한 내 행동에 후회했다. 다음날도, 그 이튿날도 나는 고객에게 보기 좋게 깨졌다. 창피했지만 오기가 생겼다. 한 건만 할 수 있다면.

　다른 방법을 찾아야 했다. 관리자 툴을 통째로 외워보기로 했다. 회사에 출근해 매일 두 시간씩 관리자 툴의 순서와 등록 방식 등을 외웠다. 고객에게 어떻게 설명하면 쉬울지를 반복하고 연습했다. 선배들은 "그런 건해서 뭐 할 건데. 쓸데없는 짓 하지 말고 전화나 돌려. 그래야 계약해서 월급 타지." 하고 충고했다. 맞는 말이다. 한 건이라도 더 돌려야 계약할 확률이 높다는 건 나도 안다. 그러나 고객의 입장이 되어보았다. 우리 회사를 통해 광고할 때 매물 등록이 쉬워야 하고 고객이 편해야 한다. 그래야 돈을 들여 광고하는 기쁨을 누릴 것이다. 그러면 그 고객이 또 다른 사람을 소개해 줄 거라 믿었다. 관리자 툴을 외우니 자신감이 조금 생겼다. 두려움을 극복하는 길은 매일 일정량의 콜을 해 보는 것이라 선배들이 알려 줬다. 까짓것 해 보지 뭐. 하루 50여 명의 고객과 통화했다. 회원가입 관련과 매물 등록 설명이 대부분이었다. 처음엔 잦은 실수로 고생했지만, 매일 50여 분의 사장님, 실장님들과 통화하다 보니 대처 능력이 생겼다. 실수할 때는 죄송합니다. 인정하고 사과드린 후 다음 말을 이어갔다.

"대리님이 뭣이 죄송합니까? 실수할 수도 있지. 괜찮습니다. 당당하이소."라고 말해준 공인중개사 대표님 말에 벌떡 일어나 "고맙습니다"를 외치는 바람에 사무실을 한바탕 웃음바다로 만들기도 했다. 당당하이소라는 말로 내게 용기를 준 분이 있었기에 지금까지 버틸 수 있었다. 내게 힘주시는 분들께 나도 도움을 드리고 싶어서 '노력'이란 걸 하게 됐다. 최고가 되고, 공인중개사에게 도움을 드리겠다고 외운 관리자 툴은 내게 큰 무기가 되었다. 언제 어디서 고객의 전화를 받더라도 두렵지 않았다. 오히려 힘찬 목소리로 답변해 드리니 목소리 밝고 활기차서 기분 좋다고 말해주었다. 상담이 잘되니 고객들도 나를 신뢰하는 정도가 많아졌다. 하루 50통의 고객 상담은 맷집을 키우는 데 도움이 되었다. 성장하는 나를 발견했다. 처음 일할 때는 고객의 말뜻을 알아듣지 못해 답답했는데 지금은 "2차가 뭐래요! 대표님?" 등과 같은 과한 농도 웃어넘기며 받아칠 수 있는 담력이 생겼다. 매일 고객의 불편한 문제에 대해 고민하고 공부했다. 고객이 마음 편히 상담할 수 있도록 24시간 핸드폰을 열어 두었다. SNS가 발달한 시대인만큼 새로운 정보, 변경된 회사 정책에 대해 고객에게 문자, 카톡등으로 소통하고 있다.

새벽 기상도 도전했다. 11개월째다. 새벽 기상을 통해 내 생각을 기록하고 하루 일정을 체크한다. 단 하루의 예외도 두지 않고 매일 정해진 시간에 일어나 기록한다. 나만의 실천이라는 명목으로 100일 챌린지에 도전하고 있다. 타협은 없다. 오히려 정신은 또렷해지고 업무에 대한 만족감도 높아진다. 나 자신과의 약속을 지키는 성취감은 덤이다. 틈이 날 때마다 성공한 사람들의 책을 읽고 강의를 듣는다. 매주 글쓰기 선생님께 책 쓰기 수업과 인생 수업도 듣는다. 한결같은 말씀. 잘할 수 있는 비결은 꾸준히 반복하고 연습하는 것뿐이라고 말한다.

광고대행사에서 15년. 뚝심 있게 버틸 수 있었던 이유는 꾸준한 반복과 연습 덕분이다. 사소한 일이라도 매일 반복하고 연습하면 내 안에 차곡차곡 쌓인다는 걸, 15년 동안 일하면서 깨닫게 되었다. 아버지로부터 물려받은 승부욕과 책임감도 한몫했으리라.

이제, 그 노하우를 풀어놓을 때가 되었다. 수많은 시행착오와 경험이 다른 사람을 도울 수 있다는 확신이 생겼다.

어디로 가고 있는지, 잘 가고 있는지 몰라서 허둥대고 방황했었다 이제는 흔들리지 않는다. 반복과 연습으로 누적된 시간이 삶의 방향과 길을 정해준다는 사실을 잘 알고 있다. 재고 따지고 분석하지 않는다. '그냥' 한다. 그냥 하는 모든 시간과 노력이 나를 성장시키고 지속하게 만든다는 걸 믿기 때문이다.

김한송

배움은 언제나 나를 성장시키는 강력한 도구였다. 배우며 한발 나아가는 모습을 통해 세상이 알려주는 수많은 가치를 알게 되었다. 힘든 순간이 올 때마다 참고 견디는 힘은 나를 더욱 단단하게 성장시켜 주었다. 성장하고 변화해야겠다고 결심한 순간! 좋은 습관은 나를 끌어당기고 좋은 인생의 방향을 제시해 준다. 어제보다 좀 더 나은 삶을 살겠다고 매일 다짐하는 한 줄의 글이 오늘을 만들었다. 세상을 살아가는 절대적인 힘은 '나'를 믿는 순간부터 더 키워진다. 읽고 쓰는 삶을 향해 오늘도 한 걸음 나아간다.

민주란

자신을 들여다보는 시간을 갖게 되었습니다. 친구들과 나누던 이야기들을 글로 쓰게 되니 떨립니다. 한 명의 친구라도 더 생길 수 있다는 생각에 기대가 됩니다. 소소한 일상을 나누며 조금이라도 나은 삶을 위해서는 배움을 게을리하지 않으려고 합니다. 성과가 있을 때도, 실패했다고 생각했을 때도 포기만 하지 않으면 됩니다. 함께 성장할 수 있는 것은 행운입니다. 더 나은 삶은 어제의 나와 비교했을 때 성장하고 변화하는 자신을 발견하는 순간입니다. 하루를 응원합니다.

최형숙

지금까지 열심히 살았다. 난 넘어졌을 때 일어서는 방법으로 공부를 택했다. 공부하면서 세상을 보는 관점이 달라졌다. 책을 통해서, 글을 쓰면서, 사람을 통해서, 경험을 통해서 배우는 삶은 성장이라는 선물을 주었다. 남을 도와주는 능력이 생겼다. 돕고 도와주는 선순환의 삶. 내가 원하는 삶이다.

세상의 변화에 적응하고, 사람들과 어울려 내가 원하는 삶을 살기 위해, 난 오늘도 그 시간, 그 자리에서 그 일(독서, 공부, 봉사 등)을 꾸준히 하며 계속 성장해 나갈 것이다!!

함해식

나는 20년 차 용접사입니다. 사업 3년 차, 매일 반복된 하루 변화와 성
장을 원했습니다. 지인 추천으로 2020년 7월 서울 강의에 참석했습니
다. 강의실 안에서 새로운 사람을 만나고 변화가 시작되었습니다. 독서
모임을 추천받아 글쓰기도 하게 되었습니다. 과거에는 부정적 성격과 우
유부단함에 선택하기를 두려워했지만 지금은 실패하더라도 일단 시작
합니다. 글을 쓰면서 힘들었던 지난날을 마주하며 다시 생각하게 되었고
지금은 과거에 비해 가진 게 많고 성장함에 감사합니다.

황성유

배움과 성장은 성숙한 자기다움을 돕는 매개체가 된다. 공저를 통해 내
인생을 조망하며 성찰하게 되었다. 공저 작가에게 얻는 시너지가 컸다.
공동의 과정은 책임감을 느끼게 하였다. 글 쓰는 순간은 잡념을 잊게 했
다. 쓰지 않는 때에도 생각에서 놓을 수 없었다. 마감이 있었기에 가능
한 작업이었다. 공저 프로젝트의 위력을 경험하였다. 인생은 데드라인이

있기에 도전할만하다. 단지 각자 종점이 다르니, 현재 최선을 다할 뿐이다. 영광의 하나님! 든든한 신랑, 공저 기회를 주신 이은대 작가님 고맙습니다.

김수옥

힘든 시간을 버텨낼 수 있었던 것은 잘 될 것이라는 믿음과 확신이었다. 막연하지 않았다면 거짓말이다. 누군가는 무모하다고 했고 긍정적인 모습은 보기 좋다며 비아냥댔다. 그럴수록 나 스스로 더 믿고 되뇌었다. 2~3년이 지나 되돌아보았다. 나는 확신했다. 하루하루 성실한 시간이 쌓이면 결국 성장할 수밖에 없다는 것을. 더 단단해졌고, 선명해질 수 있었다. 나의 10년, 20년 후가 기대된다. 내가 바라던 꿈으로 한걸음 가 있는 나! 꾸준하게 한 계단 한 계단 올라갈 것이다. 오늘도 나는 떳떳한 최고의 하루를 산다.

김동아

멈칫했다. 출발 선상에서 망설였다. 내가 잘할 수 있을까? 나 자신을 믿지 않았다. 포기했다. 뒤를 돌아보니 제자리가 아니라 뒷걸음질하고 있

었다. 시간도 허비했다. 예전의 나의 모습이었다. 지금도 멈칫한다. 시작
이 두렵고 무섭지만 한 발 내디딘다. 늦더라도 내 속도대로. 공부하고 배
운다. 배우고 공부하다 보니 성장하고 있었다. 이 글을 읽는 독자분도 두
렵지만 한 발만 내딛길 권해 본다. 첫발, 나의 성장과 응원의 메아리가
되어 돌아올 것을 믿는다.

김경희

뒤늦은 나이에 배움을 시작했습니다. 책 쓰기 수업을 듣고 독서를 합니
다. 책에다 밑줄을 긋고 필사도 합니다. 배운다는 게 이렇게 즐거운 일이
라는 걸 이제야 알게 되었습니다. 새벽 기상을 하고 독서와 글쓰기를 하
면서 마음 정리가 되어서 무엇보다 즐겁습니다. 미래의 자신에게 선물하
기 위해 나를 돌보고 성찰하는 시간도 가집니다. 지금, 이 순간이 더없이
귀한 시간입니다. 내 꿈을 향해 느리지만 조금씩 성장하며 나아가고 있
습니다.

김미예

변화와 성장을 위해 내가 한 일은 "할 수 있다"라는 긍정적인 마음가짐

이 출발이었다. 잘하지 못하는 것을 두려워하기보다 이 고비만 넘으면 조금 더 성장한 사람으로 되어있을 거라 먼저 상상했다. 나를 믿었다. 돌고 돌아 이 자리까지 왔다. 놓치고 싶지 않다. 배우고 반복하고 연습하는 것만이 나를 지킬 수 있고 더 나은 삶을 살아갈 수 있다는 것을 깨달았다. 소소한 일상의 모든 경험을 기록한다. 일기를 쓰고, 블로그에 끄적끄적 한다. 다행이다. 당당한 나로 살 수 있어서. 읽고 쓰는 삶, 지금 시작한다.

더 파이브 LOCDA

초판인쇄	2022년 7월 20일
초판발행	2022년 7월 26일

지은이	김한송 외 8인
발행인	조현수
펴낸곳	도서출판 더로드
기획	조용재
마케팅	최관호 최문섭
편집	강상희
디자인	호기심고양이

주소	경기도 고양시 일산동구 백석2동 1301-2
	넥스빌오피스텔 704호
전화	031-925-5366~7
팩스	031-925-5368
이메일	provence70@naver.com
등록번호	제2015-000135호
등록	2015년 06월 18일

정가 16,000원

ISBN 979-11-6338-288-1 03810

THE
5
LOCDA